U0045630
打工吧★魔王大人
5
和ケ原聡司
插畫■029
Satoshi Wagahara
Illustration■Oniku

CONTENTS

5

打工吧★魔王大人

Satoshi Wagahara
Illustration ■ Oniku
和ヶ原聡司
插畫 ■ 029

Kadokawa Fantastic Novels

序章

「呼啊啊啊啊啊……」

男子打著呵欠，從大型躺椅上起身。

起初就算只睡一兩個鐘頭也會讓肩膀與腰感到僵硬，但總覺得最近已經適應了椅子的形狀，睡醒後也不再像以前那樣感到疲累。

「我都不曉得自己的適應力居然這麼強。」

男子再次伸了個懶腰，拿起放在標有ＤＥＲＵ品牌的電腦螢幕旁的牙刷跟杯子，走出隔間往洗手間前進。

挑高的天花板、寬廣的空間，以及占據這些空間的無數書櫃與隔間。整個室內只有空調的聲音與客人偶爾發出的動作聲，這裡是都內的一間網咖。

「啊，烏龍茶的燈亮了。」

走進免費飲料區後，男子發現烏龍茶的開關上亮起了顯示待補充的燈號。

「喔，希臘人。」

的男性。

「啊，早安，佐藤。」

此時男子巧遇一位認識的對象，那位稱呼男子為「希臘人」的客人，是一位通稱「佐藤」

「佐藤，你運氣真不好，烏龍茶已經沒了。」

「啊？真的假的！」

佐藤看了飲料吧一眼後便不悅地啐道：

「嘖，真不吉利。感覺今天一整天都會很不順。」

「沒那麼誇張吧，不過是個烏龍茶，去跟櫃檯老闆講一聲就好啦。」

「說什麼蠢話，今天店長下午才會來上班吧。這時間應該是那個叫什麼小加的外國人在顧櫃檯，那些傢伙一看見我就會緊張得半死，我才不想跟他們說話。」

「那就放棄，改喝可樂如何？」

男子不曉得「佐藤」的本名。

佐藤非常堅持不喝烏龍茶以外的飲料。據本人所言，似乎是為了維護健康，所以才特別留意糖分與脂肪。

「開什麼玩笑！我可不想早死。等等喝個水後就要出去工作啦。」

說完後，佐藤在飲水機倒了杯水喝，接著看也不看男子一眼便快步離去。

「原來你今天有工作啊，恭喜你！」

男子對著佐藤的背影喊道，對方則是頭也不回地舉起單手回應。

「……唉，一大早就喝可樂，的確有點勉強。」

男子小聲地嘟囔著，同時走向洗手間的洗臉臺，開始刷起牙來。

由於在公所進行住民登錄（註：指在當地公所登錄包括居住地在內的基本資料，以做為相關行政事務的基礎）時能夠登記這間網咖「CYBER@SAFE」，因此這裡在附近稱得上是小有名氣。

儘管男子只是為了便宜獲得情報管道與睡覺場所而選擇這裡，但不知不覺間卻也滯留了一段相當長的時間。

他就是在這段期間內認識了佐藤。

男子不曉得佐藤為何不願透露本名，但以前針對這點提出疑問時——

『若隨便搬出我的本名，可是會有一堆人感到困擾呢。』

對方曾經這樣莫名地搪塞過去。

然而男子也沒有告訴佐藤本名，直接讓對方稱他為「希臘人」。男子的外表無論怎麼看都不像是日本人，但佐藤依然打從初次見面起便親切地向他搭話，因此對男子而言，佐藤是個饒富興味的觀察對象。

雖然佐藤不願透露本名，但對於自己的經歷倒是十分饒舌。

他從外地來到都會，在國立大學以系上第十四名畢業，之後通過國家公務員一種考試進入中央政府，任職了數年後才趁著科網泡沫辭掉工作另起爐灶。據說佐藤有一段時間頗具權勢，不但在高輪蓋了間附庭院的獨棟房屋，就連在輕井澤也擁有別墅。

然而由於獨自主持整間公司的佐藤缺乏人望，因此在被部下挪用公款之後，公司的營運狀況便一口氣惡化，最後他不但將公司交給其他人經營，還欠下了一大筆債。

不過佐藤之後還是憑著天生的行動力進了一間貨運公司，並耗費十年還清了借款。正當他以為總算能夠重新開始時，工作的貨運公司卻因為碰上政府的管制鬆綁導致競爭對手一口氣增加，而被其他公司吸收合併，佐藤也意外地遭到了解雇，再度一無所有地流落街頭。

即使如此，過了幾個月遊民生活的佐藤依然不屈不撓地透過打零工存錢，兩人也在男子於這間能做為住所登記的網咖逗留了兩個月後相遇。

據佐藤所言，他目前打算先腳踏實地存錢，等明年就要搬到像樣一點的公寓，並學不乖地再次創業。

「真厲害。我從來沒認識過像他那麼有骨氣的傢伙。」

男子並不在意佐藤所說的話是真是假。

至少以這個國家的生活水平來看，佐藤現在的狀況絕對稱不上是富足。然而——

「他看起來生氣勃勃的，眼神果然不一樣呢。」

刷完牙後，男子用水洗臉並拿毛巾擦了一下。

將視線轉向鏡子，上面正映照出一個有著銀色頭髮與深紅眼眸、身材高大的男性。若那個人披著的長袍底下沒露出一件寫著「I LOVE L.A」的T恤，從外觀看來簡直就像是位真正的「古代希臘人」。

男子無論臉色還是健康都勝過佐藤，體格看起來也十分強健，更何況他還比對方年輕。不過──

「……就連超市賣的冷凍金眼鯛的眼睛，都比我還要來得炯炯有神呢。」

誕生自生命之樹、並構成世界的球體──「質點」的守護天使加百列有些自嘲地聳著肩。

「哎呀？」

回到自己借的隔間後，發現放在電腦旁邊的機器正在響的加百列連忙將它拿起。

「喂。」

只要利用這個世界特有的機器「手機」，就能進行更精密的「概念收發」，這是加百列最近的新發現。

看上這點的加百列命令自己那些天兵大隊的部下們留在日本，並住在附近的網咖保持連絡，然而這次打電話來的人並不是他們。

「喔，你已經到啦。是是是，這都怪我沒拿出成果，真是對不起啊。」

加百列聳肩，語氣中完全感覺不到反省。

「那邊的『戰爭』沒問題嗎？哎呀，那不是你做的啊。喔～了解。那麼，是在哪裡？方尖碑？喔，那裡啊。話先說在前頭，那可不是什麼方尖碑，是人類工作的大樓。嗯，你先在那裡的屋頂等一下，我過去接你。」

毫無幹勁的加百列掛斷電話。

「那麼……我接下來到底該為了什麼工作呢。」

那雙原本比金眼鯛還要死氣沉沉的紅色雙眼，現在正彷彿對事情的發展抱持著期待般閃閃發光。

「身為天使，果然還是會想為了正義工作呢。」

魔王，強硬主張購買電視

那棟建築物被稱為「薔薇宅第」。

薔薇自古以來就被當成美的象徵，並為當時的掌權者所愛，人類的歷史旁邊總是能看見這種盛開的美麗花朵。

冠上花之女王名號的那棟「宅第」，自然也擁有相應的華美與豔麗，並累積了長久的歷史，是一個能讓被稱為「王」的偉大客人們休養身心、獲得安寧的場所。

因此受到眾人崇拜的天使，會造訪那棟由莊嚴主人統治、讓王者逗留停歇，且擁有和身為花之女王的薔薇相稱歷史的房屋，或許稱得上是必然也不一定。

然而「薔薇宅第」終究是人間之物，器量遠遠不足以做為迎接天上存在的場所。

在天使之光照耀下的薔薇宅第，上頭卻破了一個讓樂園崩壞的大洞，宣告王者安適生活的終結。

「這段外出的時間真的是說長不長，說短不短呢。」

王仰望原本應該被天使穿了個大洞的薔薇宅第牆壁。

「實際上算短吧，畢竟連原本預定的一半都沒工作到。」

站在王身邊的隨從也同樣抬頭看向宅第。

「我倒是鬆了口氣呢。這樣我就能繼續窩在家裡了。」

靠王供養的食客毫無幹勁地表示。

「雖然俗話說久居則安，但這麼一看，真的會有種『自己回來了』的感覺呢。」

住在王隔壁房間的聖職者感慨地嘟囔著。

「不過，沒想到真的才四天就恢復原狀了呢。」

王的職場後輩欽佩地仰望宅第。

「再怎麼說都太不符合常識了吧，那麼大的洞居然才四天就消失得無影無蹤。」

王的宿敵冷靜地吐槽。

「家裡，變漂亮了嗎？」

將王與王的宿敵當成父母的小孩向王問道。

「唉，雖然大家各自應該都有很多話想說，但我只想問房東一件事！」

「薔薇宅第」，亦即「Villa・Rosa笹塚」。

企圖征服異世界安特・伊蘇拉的惡魔之王撒旦——真奧貞夫仰望這棟位於東京澀谷區笹塚、屋齡六十年的木造二樓公寓大聲說道：

「為什麼要我們把東西都搬出來啊，這裡根本就沒什麼變不是嗎？」

因為大天使加百列的襲擊而破了一個大洞的魔王城，Villa・Rosa笹塚二〇一號室。

這棟包含了魔王城在內的公寓外觀已經恢復到跟幾天前一模一樣，正靜靜地佇立在東京澀谷區笹塚住宅區的角落，簡樸地刻畫著時光。

※

「基礎」是誕生自生命之樹，構成世界的球體「質點」之一。

在一場圍繞著「基礎」碎片的戰鬥中，碎片化身的小女孩阿拉斯．拉瑪斯與勇者艾米莉亞所持有的「進化聖劍．單翼」融合，並和大天使加百列展開了激戰，位於東京澀谷區笹塚的魔王城Villa．Rosa笹塚二〇一號室，不但因此被開了一個讓人無法繼續居住的大洞，公寓的居民們為了配合改建工程，也不得不暫時離開此處。

雖然住在魔王城隔壁的聖職者克莉絲提亞．貝爾——鎌月鈴乃決定暫時寄宿勇者艾米莉亞，亦即遊佐惠美的公寓，但碰上打工處將因為改裝而暫時歇業以及公寓修繕工程的真奧，卻同時失去了家與職場。

在公寓房東志波美輝的安排下，真奧決定去一間位於千葉海邊、由志波親戚所經營的海之家，並住在那裡打工一段時間，於是惡魔大元帥艾謝爾——蘆屋四郎與化名為漆原半藏的路西菲爾，也跟著真奧前往千葉。

惠美、鈴乃以及儘管身為日本人，卻是唯一知道真奧和惠美的真面目與異世界的高中女生佐佐木千穗，也追著他們來到了千葉。

他們在那裡遇見了原本負責留守魔界的惡魔大尚書卡米歐，並從他口中得知安特．伊蘇拉和魔界的局勢開始出現巨大的變動，以及地球上也存在著充滿謎團的神祕等事實。

然而對身為魔王的真奧而言，最重要的還是他們本來應該要工作半個月的海之家，不到四天便如同字面意思般的消失了。

雖然真奧、蘆屋以及漆原三人總算獲得了略高於真奧半個月收入的薪水，但工作比預定的還要提早許多結束這點，還是讓真奧難掩失望。

卡米歐所傳達的魔界分裂，以及安特．伊蘇拉的人類們正為了爭奪惠美的「進化聖劍．單翼」而掀起戰爭等狀況，讓真奧與惠美的心情感到十分沉重。

同時一行人也從這些事件中，發現了過去曾在日本掀起混亂的前勇者同伴兼鈴乃上司——安特．伊蘇拉西大陸大法神教會最高位聖職者奧爾巴．梅亞暗中行動的跡象。

若今後位於日本的真奧等人身邊再發生更多的麻煩，或許連下個月以後的餐費都會有危險也不一定。

這是一行人原本應該在海之家大黑屋工作，八月第一個星期的事情。

※

「好了，上吧，蘆屋。」

「遵命。漆原，你要好好指揮喔。」

「好好好，小心別踩空啦。」

Villa・Rosa笹塚的庭院上擺了幾個紙箱跟家電。

雖然接下來還必須把這些東西搬到房間裡，但蘆屋在得知若想請運送工人將大型家具搬到二樓得另行收費後，便拒絕了這項額外開支。

於是就演變成真奧在上面拉，蘆屋在底下推，漆原站在庭院仰望樓梯指引方向，三人同心協力將大型家電搬到二樓的狀況。

讓外行的兩位男性搬著重量級的家具，挑戰這座過去曾讓聖劍勇者數次踩空跌倒的樓梯，可說是需要超越勇者的勇氣。

不過若聚集了魔界之王與惡魔大元帥後，卻連臺冰箱都搬不到公寓二樓，那麼就更別指望能征服世界了。

「總之我先把房間稍微打掃過了……請你們要小心點喔。」

千穗從樓上的魔王城探出頭來。

雖然在將較輕的衣物、收納櫃以及餐具等物品搬上樓後，千穗便自告奮勇地幫忙整理，但她似乎也不認為真奧他們會讓自己幫忙搬家電，而擔心地看著真奧等人。

「動作快點，後面還有人在等耶！」

另一方面，待在公寓庭院的鈴乃則是一臉不悅地仰望樓梯，毫不留情地催促三人。

和真奧等人相比，鈴乃的家具和家電種類顯得更加豐富，裝和服用的桐木製衣櫃、以獨居而言明顯太大的家庭號冰箱，以及厚重的櫻木梳妝臺等，全都是些讓人擔心手一滑會不小心弄壞、在精神負擔方面遠遠超過真奧等人的物品。

然而鈴乃也乾脆地拒絕了運送工人幫忙搬到二樓的提議。

儘管她當時是以「這裡有其他男性能幫忙」為由打發運送工人，但包括真奧房間的冰箱在內，兩位男性卻因此得做好將這些家具與家電搬上樓的覺悟。

「爸爸加油！」

站在不遠處抱著阿拉斯．拉瑪斯的惠美，冷淡地看著這幅場景。

即使借助惠美的力量，搬運這些東西依然是項困難的工作。

話說回來，就常理來看，光靠兩位女性根本就無法將鈴乃房間裡的那些家具搬到樓上。

沒想到居然得在這種時候償還於海之家大黑屋所欠下的人情。

一想到若不小心弄掉並傷到那些看來價值不菲的家具，就算不是真奧也會感到心驚膽寒。

「魔王大人！您在發什麼呆啊！」

發現真奧心不在焉的蘆屋，慌張地喊道。

「啊，抱、抱歉，那麼我要往上抬囉，你好好撐著……嘿咻！」

站在公共樓梯上的真奧，為了將冰箱往上拉而稍微將它抬起。

「好的，我要用力囉！」

蘆屋抓著旁邊的把手，使盡全力將冰箱從地面往上抬了一階。

「蘆屋，稍微往右邊挪一點，不然可能會卡到角落。嗯，這樣就可以了。」

漆原慌慌張張地往來狹窄的樓梯與樓梯底下，仔細確認周圍並下達指示，真奧與蘆屋則是稍微調整姿勢，好不容易才將冰箱往上抬了一階。

此時三人已經滿頭大汗。

「很、很好，要繼續往上搬囉！」

「遵、遵命！按照這個步調，只剩下十二階了！」

「很好！要再往上一階囉，預備～起！」

「喝啊啊！」

「真奧，你擦到牆壁了啦！」

在一連串咯吱咯吱、乒乒乓乓的碰撞聲中，魔王與惡魔大元帥兩人合力，一階一階地走上階梯將冰箱運往魔王城。

「真奧哥，加油！」

千穗從樓上出聲替真奧打氣。

「真是的……早知道多付個三千圓，就不會變成這樣了……」

在樓下的漆原厭煩地說道。

「只有這次，我跟路西菲爾意見一致。」

遠眺著兩位宿敵吃力地搬著冰箱的惠美，深深地嘆了口氣。

「那麼，貝爾，妳該不會真的打算讓他們幫忙吧？」

惠美看著鈴乃的家具問道。

鈴乃搖頭回答：

「我當然沒那個打算。只要請千穗小姐幫忙注意腳邊，這點行李我一個人就搬得上去。」

光是臺普通的冰箱，就已經讓兩個大男人搬得十分勉強了，身材嬌小纖細的鈴乃又能拿大型的家庭用冰箱怎麼樣呢。

然而惠美卻回答——

「說的也是。」

對此絲毫不感到懷疑。

就在兩人對話的期間內，真奧與蘆屋總算在沒弄掉冰箱的情況下，成功將它搬到了二樓的公共走廊上。

在八月的酷暑中，兩人已經是滿身大汗。

「喂，現在不是休息的時候，洗衣機都還沒搬呢！」

漆原在底下嚷嚷的聲音實在是很惹人厭。

「真奧哥，蘆屋先生，就差一點點了，加油吧！」

如同往常，果然還是只有千穗站在兩人那邊。

「小千，能麻煩妳幫我拿幾個空紙箱過來嗎？」

之前打包行李時，蘆屋曾到超市拿了幾個紙箱回來，因此千穗便照真奧所說的，拿了兩個原本裝著衣服的空紙箱給他。

「蘆屋，稍微往前抬一下……很好，這個墊在後面。」

真奧將紙箱墊在走廊的冰箱底下。

「那麼，要開始拉囉，預備……」

接著便開始緩緩將冰箱拉到玄關前面。

原來真奧是為了避免冰箱底部刮傷地板，所以才事先在地板上鋪了紙箱。

最後兩人抵達令人懷念的魔王城城門，也就是二〇一號室的大門前方，再一口氣將冰箱抬上門檻，才總算讓它回到了原本的固定位置。

插上插頭後，冰箱內便開始充滿不輸夏日酷暑的冷氣。

「很好很好，看來是沒壞……」

真奧摸著冰箱門，向滿身大汗且一臉疲累的蘆屋說道：

「喂，接下來換搬洗衣機了，要是現在就休息，可是會被惠美她們罵呢。」

「好、好的，我、我的手臂在顫抖。」

蘆屋擦拭著額頭上的汗，並在真奧的斥責下抬起頭準備走出房間，然而就在他即將走出玄關時──

「哇！鈴、鈴乃小姐？」

便同時聽見了千穗的叫喊聲，以及走廊上傳出某種重物落地的聲音。

「怎麼了，小千……啊？」

眼前的物品讓真奧感到難以置信。

直到剛才都還被放在庭院裡的魔王城洗衣機，居然已經穩穩地被放在走廊排水孔旁邊了。

而另一旁則是瞠目結舌地站在那裡的千穗，以及神態自若地甩著手的鈴乃。

「若配合你們的步調，那可能要到天黑才搬得完。」

鈴乃皺起因為陽光而滲出些微汗水的眉頭，若無其事地說道。

從房間探出頭的真奧和蘆屋，交互地看向洗衣機與鈴乃。

「這、這個，妳，一個人？」

「沒錯，那又怎樣？」

「呃……怎樣……啊。」

真奧驚訝得張口結舌，蘆屋則是不自覺地藏起因為粗重勞動而發抖的雙手。

真奧和蘆屋完全無法想像穿著輕飄飄浴衣、身材嬌小纖細的鈴乃獨自一人扛著洗衣機，走上Villa・Rosa笹塚樓梯的樣子。

「那、那個，鈴、鈴乃小姐，輕、輕而易舉地就……」

難得陷入混亂的千穗突然結巴了起來。

「千穗小姐，您不用那麼驚訝。對我跟艾米莉亞來說，這點程度的小事根本不算什麼。」

斜眼看了一眼嚇得說不出話的真奧、蘆屋以及千穗後，穿著草鞋的鈴乃踏著輕快的腳步「咚咚咚」地走下樓梯。

鈴乃經過在底下一樣嚇得目瞪口呆的漆原面前，逕自走向自己房間的冰箱。

「嘿咻！」

只見她宛如在搬保麗龍的空箱般，輕輕鬆鬆地便抬起了冰箱。

「喂，魔王、艾謝爾！你們待在那裡會害貝爾進不到走廊裡面，快點讓開啦！」

惠美出聲提醒樓上的真奧和蘆屋，而驚訝得說不出話的兩人也乖乖地聽話退回了房間。

千穗一邊看著冰箱朝自己逼近，一邊緩緩地往後退。

「千穗小姐，不好意思，能麻煩您幫忙開一下我房間的門嗎？」

「啊，好、好的。」

在冰箱的吩咐之下，千穗坦率地打開了二〇二號室的門。

「感謝。」

冰箱輕輕地行了一禮，接著便跟一位穿著浴衣的女性一同走進了二〇二號室。

「……話說回來，鈴乃那傢伙……」

真奧看著這幅場景，茫然地嘟囔道：

「當初來到這裡時，也是毫不費力地就抱起了裝滿烏龍麵的紙箱……」

「該、該不會她跟外表不同，其實非常孔武有力吧……」

「喂，我都聽到囉，你們兩個遲鈍惡魔。」

聽見真奧與蘆屋的竊竊私語後，鈴乃不悅地走出二〇二號室責問兩人。

「這只是透過聖法術簡單地強化肌肉罷了。你們應該不會不曉得吧。」

「……喔，原來是那個啊。」

換句話說就是透過聖法氣強化運動能力，而最高境界應該就是像惠美的聖法術「天光駿靴」那樣，甚至能在空中飛吧。

這原本是隸屬於教會的法術醫在進行治療時，用來提高患者體力以確保手術安全的法術。除此之外，這種法術並非只要往體內注入聖法氣就夠了，若超過病患原本的容量，不但將白白消耗施術者的聖法氣，還經常因為術式崩壞而產生削減對方體力的副作用，所以通常不會用在提升士兵臂力之類的用途。

因此這是只有身為高位聖職者，並能夠使用像聖法術——武身鐵光這種大槌的戰士鈴乃才能夠使用的方式。

在西大陸大法神教會甚至被視為奇蹟的一部分的聖法術，居然被用在把冰箱跟洗衣機搬到二樓，真奧不禁覺得這樣的聖職者實在是有問題。

「啊，那麼真奧哥他們只要也使用魔力……」

「如果他們辦得到，當初就不會在銚子的海上溺水啦。」

惠美掛著嘲諷真奧等人的表情走上樓梯，她的右手抱著阿拉斯．拉瑪斯，左手則是一派輕鬆地提著鈴乃的微波爐。

雖然真奧馬上打算回嘴——

「爸爸一直在吐泡泡喔。」

但被天真無邪的阿拉斯．拉瑪斯這麼一說，差點脫口而出的反駁頓時無處可發，只能化為嘆息就此消散。

「阿拉斯．拉瑪斯……長大後該不會變得像媽媽那樣吧……」

「你是什麼意思，那樣不好嗎？」

惠美沒漏聽真奧打從心裡感到沮喪所發出的嘟囔聲。

「應該就是字面上的意思吧。阿拉斯．拉瑪斯現在年紀還小，還是少讓她聽些毀謗或中傷他人的話會比較好吧？」

一上樓便馬上走進魔王城的漆原，在經過眾人面前時如此回答，惠美雖想發難，但由於對方講的話也算是有道理，因此惠美只有不悅地瞪了一眼便罷休。

不知為何，漆原僅限於跟阿拉斯．拉瑪斯有關的事情會說出正經話，這點不只是惠美，同時也讓所有人都莫名地有種難以釋懷的感覺。

「不、不過，那表示真奧哥為了守護日本而用盡了全力吧！」

「不愧是佐佐木小姐，真是明白事理。」

千穗連忙緩頰，而蘆屋也點頭表示肯定。

「而且關於馬勒布朗契那件事，妳不也說過要一起負起責任嗎？」

「唔。」

被真奧這麼一指摘，惠美頓時啞口無言。

「所以就我們這次必須辛苦地搬行李這點，妳也算是有責任！」

「你在說什麼啊！這兩件事根本無關吧！」

「哪裡無關！基本上那是怎樣，就只有你們在不知不覺間變得能隨意使用聖法氣！如果得使用力量，那我們這邊的消耗會比較大吧，關於這點也必須列入考慮才行！」

魔王城的居民們至今還不曉得惠美跟鈴乃透過安特・伊蘇拉的夥伴——艾美拉達・愛德華取得了聖法氣濃縮飲料保力美達β。

「即使如此，要你們把魔力用在這種地方，難道不會覺得可悲嗎？」

「總之！」

「沒道理鈴乃能用我們卻不能用吧，基本上……」

「你們兩個擋在那裡很礙事耶。」

真奧與惠美一如往常地展開無意義的爭吵，而最後介入兩人之間的竟是一個桐木製衣櫃。

「啊，抱歉。」

「對、對不起。」

「還有雖然我不想學路西菲爾，但父母在孩子面前吵架，對小孩子的發育似乎會有不好的影響喔。」

桐木製衣櫃難得打趣地說完後，便穿過啞口無言的惠美與真奧中間，悠然地走進了二〇二號室。

「所以大家好好相處吧！」

也不曉得到底有沒有在看氣氛，千穗接著鈴乃的話做出了莫名奇妙的結論。

「……」

真奧與惠美尷尬地交換了一下視線，接著決定互相別過臉不再理睬對方。

「爸爸，媽媽，不可以吵架喔。」

然而被毫無緊張感的阿拉斯·拉瑪斯這麼一仲裁，搬運魔王城與鈴乃行李的工作便在一片混亂的氣氛下結束。

「……不過，還真是一點都沒變呢。」

重新環視房間內部的真奧做出評語。

環坐在被爐旁邊的真奧、蘆屋、千穗，以及坐在窗邊電腦桌前固定位置的漆原，正喝著沖泡式的麥茶補充水分。

至於惠美、鈴乃與阿拉斯·拉瑪斯則是在二〇二號室喝茶，原本固定在鈴乃房間舉辦的餐

會也自然停辦了。

由於最近這幾天總是一大票人聚在一起，因此即使有四個人在，依然讓人覺得有點寂寥。

「不，並非如此。」

蘆屋指向廚房的流理臺。

「鬆掉的水龍頭修好了。最近不管怎麼轉都會滴水，讓我累積了不少壓力，這下真是幫了大忙呢。」

「……這樣啊。」

面對蘆屋這個不曉得認真到什麼程度的感想，真奧也只能如此回應。

「雖然有一部分是因為洞被補好了，不過房間的牆壁應該也有重新漆過。」

「咦，真的嗎？」

「嗯，原本應該是更暗淡一點的綠色，現在則是變成了漂亮的抹茶色，大概是為了配合新補的牆壁而重新漆了一次吧？」

「這我倒是沒發現呢……」

如千穗所言，房間內的牆壁顏色看起來的確變得比以前還要明亮。

不過這些變化也只到連住在這房間一年以上的居民，都無法確切證明的程度。

「唉，反正房租也沒變，期待太多反而讓人覺得不好意思。」

「就是啊，我希望真奧哥們能夠一直待在這附近，所以要是這裡的租金提高，那我也會很困擾呢。」

千穗自然地順著真奧的話題，然而真奧本人卻驚訝地正色反問：

「小千為什麼要覺得困擾啊？」

「咦？因為我不希望真奧哥你們搬到很遠的地方去啊。坦白講之前我也很擔心事情會不會變成那樣呢。」

「我們哪裡都不會去喔？畢竟我們既無處可去，又沒有搬家的錢。」

真奧普通地回答，蘆屋也同意似的點頭。

千穗小聲地嘟囔著「我又不是那個意思」，接著繼續說道：

「既然如此，那就好了。」

這次則是用兩人聽得見的聲音回答。

「……真是的，看來本人意外地不懂呢。」

如同往常順勢聽著這段對話的漆原，懶洋洋地起身確認筆記型電腦的電源。

接著他從壁櫥裡拿出充電工具接上筆電、插上插座，看來是必須充電了。

「咦？」

此時漆原發現了一個陌生的東西。

「這裡原本是長這樣嗎？」

Villa・Rosa笹塚每個房間的廚房側都有兩個插座，供冰箱、微波爐以及電鍋等家電使用，玄關外的公共走廊下方也有一個供洗衣機用的插座，至於面向後院的窗戶側牆壁上，則是設有兩個通用插座。

雖然其中一個通用插座通常都是被漆原那些跟電腦有關的插頭占領，但那塊電源面板除了兩個插座以外，還附了一個端子。

Villa・Rosa笹塚修繕之前的端子外觀，是由兩根螺絲釘像門閂般固定著一片金屬片。

由於魔王城並沒有使用那個端子的電器，因此也沒有人會刻意留意那個端子，然而此時出現在漆原眼前的端子外形，明顯跟一行人去海之家大黑屋前的端子不一樣。

「這該不會是……」

漆原忍不住嘟囔了一聲。

那是一個圓形的端子。

端子上頭有著螺紋，是一個在中間開了小洞的白色圓筒狀突起。

就在這個瞬間，漆原腦中突然閃過一個想法。

「難不成！」

真奧、蘆屋以及千穗因為漆原突然大喊而嚇得睜大了眼睛。

然而漆原卻無視三人倏地衝了出去。

漆原居然會主動外出，這簡直就比把自己關在天岩戶內的古代女神（註：暗指日本神話中的天照大神），突然變成鐵人三項的選手還要令人難以置信，不過在真奧等人反應過來之前，漆原已經衝下樓梯，回頭仰望公寓的屋頂。

在看見位於屋頂的某物後，漆原總算確信了。

「果然……！」

由於漆原回來時的臉色實在過於嚴肅，因此完全不曉得發生什麼事的真奧、蘆屋以及千穗，只能靜靜地等待漆原開口。

接著擁有紫色眼眸的古代墮天使沉重地說道：

「真奧，不得了了。」

「怎、怎麼了？」

真奧不自覺地嚥了一下口水。

漆原以前所未有的真摯眼神看向三人，而他接著說出口的話更為惡魔之王與另一位惡魔大元帥帶來了巨大的衝擊。

「Villa・Rosa笹塚……變得能裝數位電視了！」

現場陷入了一陣沉默。千穗無法理解漆原究竟為何要那麼緊張。

然而真奧與蘆屋——

「你……」

「你……」

「「你說什麼？」」

「哇！」

「發生什麼事了？阿拉斯．拉瑪斯好不容易才睡著，又被你們吵醒了啦！」

「怎麼了，有敵人來襲嗎？」

卻全力發出了一陣讓千穗嚇得動彈不得，且甚至讓惠美與鈴乃驚訝地衝出房間的慘叫。

※

在這一年以上的期間內，魔王城雖然大手筆地買了冰箱、洗衣機、電腦以及自行車等各式各樣的物品，但基於幾個理由，他們至今仍未購買電視。

除了撥不出買電視的預算之外，最主要還是剛來日本的真奧與蘆屋無法理解「收看電視節目」這個概念。

雖然他們之後理解到電視有助於取得企業廣告、了解世界情況用的新聞報導，以及天氣變化等情報，但不只是電視，還有許多手段能得到這些資訊。

而且數位電視已經完全成為現今時代的潮流這點，更是讓魔王城居民對購買電視感到猶豫的頭號原因。

Villa・Rosa笹塚的天線端子至今依然只能接收類比訊號，而在租賃契約書上面，也完全未提及關於數位電視的事情。

真奧等人試著調查過後，發現若想個別裝設數位電視，就必須負擔設置天線的費用，且若自己安裝天線，恐怕ＭＨＫ的收費人員將大幅消耗他們的盈餘。

明明光買一臺電視就要抱持著極大的決心，若一個不小心跟房東詢問天線的事情，然後對方擅自裝設並調漲租金的話，那還得了。

即使不依靠電視，日本也有許多獲得情報的手段，相較於與兵糧問題息息相關的冰箱以及維持清潔所必須的洗衣機，購買電視與否對魔王城而言並沒有那麼重要。

「唉，反正現在只要有手機跟網路，無論是想看新聞還是天氣預報都沒問題呢。」

「被妳這麼一說，感覺還滿火大的。」

同樣身為異世界訪客的惠美得意地說道，讓真奧這位魔王有些無地自容。

「的確，我最近好不容易才開始知道能透過手機跟網路獲取情報呢。」

鈴乃也拿起了剛買不久，由docodemo發行的簡易操作型號「輕鬆打手機」。

「只要有心，甚至還能用手機看電視呢……不過很耗電，所以我不常使用這個功能。」

千穗的摺疊式手機是其中一邊能夠旋轉，將螢幕轉到表面後再摺疊起來的型號。

「最近關於電池的問題也增加了呢。雖然必須視使用情況而定，但要是能再撐久一點就好了。如果用的是薄型手機，那就要隨身帶著充電器呢。」

惠美因為千穗的話而嘆了口氣。

雖然惠美是手機公司docodemo客服中心的電話客服人員，但自從功能強大的資訊終端機——薄型手機開始普及後，關於電池的諮詢明顯比以前多了不少。

薄型手機就技術上而言與其說是手機，不如說是小型電腦，雖然通訊與功能的使用狀況會大幅影響電池維持的時間，不過持續時間通常會比千穗跟鈴乃用的傳統手機要來得短。

「我說啊，你們以為我用的手機會高級到能看電視嗎？」

「仔細聽好，然後大吃一驚吧。吾等惡魔之王的手機，可是有裝天線呢。」

真奧一臉不悅地回應三位女性針對手機展開的話題。

「咦？」

「咦？」

「嗯？」

漆原裝模作樣的一席話，讓千穗驚訝地倒抽了一口氣，惠美也因此睜大了眼睛，至於鈴乃則是因為不解其意而一臉疑惑。

「而且只要兩天充電一次就夠了。」

「咦？」

「兩天一次？」

「那樣算很長嗎？還是很短？我搞不太清楚呢。」

這次連惠美也跟著嚇了一跳，而鈴乃還是一樣摸不著頭緒。

「那是剛來這兒不久時買的，因為我說只要便宜就好，所以最後就選了這只啦。」

真奧說完後，便從口袋裡拿出自己的手機。

雖然外表有些傷痕，但還是看得出來真奧非常珍惜自己的手機，而且那手機的設計明顯比千穗跟鈴乃的機種還要老舊。

「我、我爸爸以前也用過這種手機呢。」

對在資訊化社會中長大的千穗而言，打從懂事開始，手機這種電子產品便理所當然地出現在自己身邊，因此千穗一看真奧的手機設計，就知道那是很舊的型號。

「……這個，是哪一牌的手機啊？」

手機背面顯示的廠牌，就連在跟手機相關企業工作、且對其他公司的產品也有一定程度了解的惠美都沒看過。

「從真奧哥的郵件地址來看，應該是ａｅ吧？」

真奧點頭回答千穗的問題。

「電話費是繳給ａｅ沒錯啦。不過在買手機時，店員說了些像定額制或無限暢打這類我聽不懂的話，我一回答只要能通話跟傳簡訊就夠了後，對方就給我這只了。」

「只要能通話跟傳簡訊就夠了……這該不會，是Thu-Ka吧？」

Thu-Ka是一個以操作、功能與付費方式簡單為賣點的手機品牌，但其原本的服務已經終止，相關的通訊服務也在幾年前被整合到日本三大品牌之一的ａｅ底下。

「因為手機本身免費，而且操作簡單又不用多花錢，所以我就選了這只。」

雖然真奧講得若無其事，但在薄型手機的影響之下，如今就連那些曾被稱為次世代手機的機種市場都有縮小的趨勢，還在使用舊世代品牌Thu-Ka手機的人自然更是寥寥無幾。

在那之前，或許光Thu-Ka手機能適用現行通訊規格這點，就稱得上是奇蹟了也不一定。

如同Thu-Ka當時的標語「結論就是只要能打電話跟傳簡訊就好」所示，Thu-Ka的手機當然也沒有上網功能。

「那、那麼真奧哥，你至今都是怎麼查天氣預報的啊？」

「咦？打１７７啊。」

千穗激動地問道，但馬上就因為真奧的回答而啞口無言。

「不過直到現在，我還是每五次就會有一次打到報時專線呢。」

「艾米莉亞，１７７是什麼啊？」

「是用電話查天氣預報的專線。順帶一提，報時專線是１１７。雖然印象中用手機打時要在開頭加上特別的號碼，不過之前工作研修時曾提過這在現代已經是用不到的知識，所以我也就這麼忘了。」

不愧是在與電話有關領域工作的惠美，馬上就回答了鈴乃私下詢問的問題。

「不過現在連待機畫面都會自行顯示天氣預報了，沒想到居然還有人在使用這項服務……話說回來，如果不想打錯不會登錄在電話簿裡啊。」

「反正這也不是第一次被人硬塞滯銷品了。」

漆原看向筆記型電腦，不耐地搖了搖頭。

「那、那麼新聞之類的……」

在千穗的印象中，真奧平常在職場與人對話時並不至於會跟不上時事的話題。

所以千穗一直認為真奧無論是對政治經濟、國際動態、案件意外或是最新的運動新聞等主題，都有一定程度的了解。

「唉，畢竟漆原來了之後就有電腦，而且我也會在車站看報社放的那些附照片的報導，或是站在書店看一些週刊，所以要跟上周圍的話題並不困難。」

「……」

對習於現代資訊化社會的千穗而言，真奧的話實在令人難以置信。

「唉，關於我的手機，隨便怎樣都好吧。反正又沒什麼不方便，而且我也沒打算換機種。不過，這間公寓總算裝了數位電視用的天線啦……」

真奧感慨地看向天線端子，不過一瞄到旁邊接著漆原電腦充電器的插座後便皺起眉頭。

「喂，蘆屋。」

「有什麼事嗎？」

真奧自言自語般的說道：

「買臺電視好了。」

「咦咦咦？」

「你那是什麼反應啊。」

真奧因為蘆屋那像是要喊破喉嚨似的回答而板起了臉。

「從魔王大人剛才的對話來看，結論應該是不需要電視……而且您不是才剛說就算沒有電視，也能得知世間的狀況嗎？更何況現在不是還有電腦跟網路嗎？」

蘆屋憤然地指向漆原。

「別指得好像我的存在意義就只有電腦跟網路似的好嗎？」

「也不是不能承認你成長到變成會整理排隊人潮的自動販賣機啦。」

「至少也說我是能造成排隊人潮的自動販賣機吧。」

兩位惡魔大元帥說著無意義的廢話。

「唉，不過艾謝爾說的也有道理。我買電視也有一段時間了，不過除了早上稍微看一下新聞，晚上偶爾看些影集、時代劇跟天氣預報之外，平常都是關著。我想應該沒必要因為換了天線，就勉強買一臺電視吧。」

「妳都沒讓阿拉斯．拉瑪斯看兒童節目啊。」

真奧看向惠美頭部。

原本在二〇二號室睡午覺的阿拉斯．拉瑪斯，目前正處於跟惠美融合的狀態。

「你忘了之前在東京巨蛋城舉辦的那場表演了嗎？」

惠美訝異地回看真奧。

「無論是給小孩子看的卡通，或是ＭＨＫ教育頻道的《與媽媽同樂》，裡面出現的顏色都很鮮豔。我擔心這孩子會像上次那樣發作，所以都盡量避免讓她接觸電視。」

「啊，原來如此。」

之前真奧、惠美以及阿拉斯．拉瑪斯三人曾一起去看東京巨蛋城的英雄秀，在看見色彩鮮豔的特攝英雄們於舞臺上激烈地動來動去之後，阿拉斯．拉瑪斯便出現了類似發作的症狀。

巨大的樹木和色彩鮮豔的東西與阿拉斯．拉瑪斯有著很深的關聯，會讓她想起擁有各自職掌的顏色、構成世界的球體「質點」，以及自己誕生的生命之樹。

事實上就目前而言，惠美等人對生命之樹的了解也只限於傳聞的程度。

儘管目前沒人能斷定那樣的症狀真的會對阿拉斯．拉瑪斯造成什麼影響，但自從阿拉斯．拉瑪斯曾經因此感到不舒服之後，惠美就盡可能不讓她看見那些會讓人想起生命之樹的東西。

「我以前曾經有一次覺得，要是家裡有電視就好了。」

真奧開始講述有些苦澀的回憶。

「那是發生在小千還沒來麥丹勞打工時的事情。小麥不是有一種專為小孩子設計的幸福兒童餐嗎？就是有附玩具的那個。」

「啊，嗯，的確有呢。」

「那些玩具的種類受歡迎跟不受歡迎間的差距很大對吧。當時推出的是《口袋寶寶》的玩具，而某天有個看起來剛上小學不久的孩子點了幸福兒童餐，正準備要選玩具。當我問那孩子想要哪一種時——」

真奧講到這裡時，便深深地皺起了眉頭。

就連蘆屋也好幾個月沒看見他露出那麼苦惱的表情。

「那孩子說想要『會呱呱叫』的那種。」

真奧費勁說出的這句話，讓蘆屋、千穗、惠美以及鈴乃都瞪大了眼睛。

「沒錯！我當時的心情，就跟你們現在的表情一樣。會呱呱叫的那種到底是什麼玩具？我當時連每種口袋寶寶都有特別的叫聲這點也不知道，當然更不可能曉得那一種會呱呱叫。不過當時的玩具偏偏有將近十種種類，所以也沒辦法靠直覺去猜測。」

一行人因為不曉得真奧的故事何時才會告一段落，所以也只能默默地聽著，但令人意外的是，居然是漆原打破了這段沉默。

「我試著搜尋了一下，那好像是電影版才有的特殊口袋寶寶喔。是出現在《迪古拉赫利奧斯．通往天空王之道》裡的神話口袋寶寶迪古拉赫利奧斯的幼體迪呱。那是一種住在某個井裡的青蛙型水棲怪獸，好像因為突變而變成了龍。」

「拜託你說人話好嗎？」

對不熟悉現代日本次文化的鈴乃而言，漆原的話聽起來就像是咒語一樣。

「不過魔王大人，既然如此，不就能從『呱呱』這種叫聲來推測出是長得像青蛙的款式嗎……」

「蘆屋，那是因為你已經在日本住了一年以上，所以才會這麼認為。不過你仔細想想，也只有日本會用『咕嘎咕咕』來形容雞叫聲吧。」

對地球而言，動物的叫聲與狀聲詞本來就會隨著國家與地區的變化而有所不同。因此別說是世界，連在生物學上的種族都不同的真奧，又怎麼可能會曉得「呱呱」是在形容青蛙的叫聲呢，而能夠針對這點責備他的人，也只有不曉得這件事的麥丹勞店長木崎真弓而已。

「總之當時的幸福兒童餐就是跟那部電影一起合作，由於那隻口袋寶寶跟故事的核心有關，因此就連在預告裡也只登場一下子。那孩子既不曉得迪呱這個名字，也不記得那個怪獸的外表。結果我們還是不曉得是哪種款式，於是那孩子的母親就直接挑了『皮力丘』。」

皮力丘是口袋寶寶系列中最廣為人知、通常也是最有人氣的招牌怪獸。

「然而就只有皮力丘的玩具因為很受歡迎，所以已經沒有了。結果那位母親就挑了一個長得像貼了很多磁鐵的水母、就連看在我眼裡都不覺得可愛或帥氣的玩具。」

在場的所有人都不了解口袋寶寶，因此就算聽了特徵，依然完全摸不著頭緒。

「……然後呢，這個故事的重點到底在哪裡？」

惠美按捺不住地問道。

「換句話說，如果我有在電視上仔細看過電影預告並獲得充分的預備知識，應該就能順利提供客人想要的商品了。雖然很遺憾皮力丘已經缺貨，但至少其他種類都還有剩啊。」

「太長了啦！」

漆原的這句話道盡了在場所有人的感想。

「那麼這跟買電視又有什麼關係呢？雖然不像蘆屋先生那樣，但感覺這些資訊靠網路也找得到吧。」

真奧點頭回答千穗的疑問。

「如果不是基於興趣調查，應該不會自己主動去找這些情報吧。即便失敗乃成功之母，但若不去迴避那些稍微注意便能避免的失敗，那就不能叫做失敗，而是怠慢了吧？」

「所以說，只要當時有透過網路調查不就好了嗎？若只是想獲得廣泛的資訊，那麼我聽說透過網路也能找到跟電視與報紙一樣的新聞。」

蘆屋的態度完全透露出他不想撥預算買電視的心聲，真奧苦笑地說道：

「舉個讓你比較好懂的例子，你應該有遇過因為得知超市的絞肉有特價，所以打算出門買材料回來做漢堡排時，突然發現鮭魚片更便宜而臨時將菜單改成奶油鮭魚，並將省下來的幾十圓拿來買豆芽菜增加營養與分量之類的狀況吧？」

「咦……嗯，我是有過幾次那樣的經驗……」

蘆屋因為話題突然轉到家事方面而慌了一下。

「漢堡排搭配的是醬汁跟番茄醬，但若想料理鮭魚就得買奶油。而從此以後，只要菜單裡有用到鮭魚、奶油或豆芽菜，你就會去注意相關的特價訊息吧。」

「嗯，是這樣沒錯。」

跟蘆屋一樣經常自己作菜的鈴乃也同意了。

「該怎麼說，若透過網路收集資訊，就不太會發生這種事吧。雖然一想到漢堡排，就會想到和風蘿蔔泥、多明格拉斯醬、起司漢堡排、豆腐漢堡排、漢堡排專賣店或是德國的漢堡市之類的，但完全不會想到奶油鮭魚跟豆芽菜吧。該怎麼說，就是無法擴展偶然。」

「擴展偶然啊……」

漆原難得認真地聽真奧說話，並從和室椅上探出身子。

「當然擴展的方法有很多種，不能一概而論。不過單就網路來說，只要沒興趣就不會特別去注意其他東西，而且也沒必要注意吧。」

「唉，說的也是。但電視不也是只要沒興趣就會關掉嗎？」

唯一擁有電視的異世界人惠美提出意見，真奧搖頭回答：

「電視準備的節目，有些是雖然一開始播時沒興趣，但之後會產生興趣的東西，並不能單純地以開或關來看待。就這點而言，網路不是會讓人只看自己想看的資訊嗎？這世界上一定有些事物是雖然現在沒有特別想要，但將來還是會在某處派上用場對吧？」

「……魔王大人，為什麼您會對電視的構造這麼了解呢？」

蘆屋提出單純的疑問。

「啊，我只是想起剛來日本時，曾經為了處理派遣的工作而到某間有電視的蕎麥麵店用餐，儘管當時電視上的新聞剛好預告要報導我登記的派遣公司出了問題，但當我因為感到在意而等著看新聞時，旁邊的客人卻突然把電視轉到其他莫名其妙的娛樂節目，讓我很生氣呢。」

「雖然事到如今才這麼問也很奇怪，不過真奧哥應該是某個世界的魔王吧？」

「千穗小姐，別說那麼令人難過的話。身為魔王，居然滿嘴都是蕎麥麵店、漢堡排跟鮭魚片這些有的沒的……」

某方面而言，這位敵人比臣子更加擔心魔王的未來。

「總之，我覺得有這種能讓人在無意間接觸資訊，類似『遊戲』的部分也不錯。當然我也知道網路比較方便，但做為產生興趣的開端，電視果然還是很重要。若因此產生興趣並想獲得更進一步的資訊，到時候再用網路好好調查就可以了。」

「說的也是。雖然有些人主張已經不需要電視了，但網路的熱門搜索或流行的關鍵字，好像還是深受電視影響呢。」

真奧難得深深地點頭肯定漆原的話。

「我並沒有想要什麼3D或藍光錄影之類的功能。只不過要是能有一個在人類社會占有重要地位的資訊終端，那麼之後不只能更了解人類世界，或許在征服世界時也會派上用場呢。」

「唔唔唔……」

聽了真奧的想法後，蘆屋發出呻吟陷入思考。

「除此之外……」

真奧這次換看向惠美的臉。

「電視不是會針對意外或災害發布快報嗎？例如大雨特報之類的。」

「那又怎麼樣？」

「這麼一來若有什麼萬一，應該也能馬上進行對應吧。」

說到這裡，真奧用雙手的食指與中指擺出鐮刀的樣子。

「……」

惠美馬上就看出真奧是指曾在銚子交戰過的那些馬勒布朗契。

「唉，雖然這只是後來附加的理由，不過至少在發生完全違反日本常識的事件或意外時，我們還是能調查是否有那一邊的人介入吧。」

雖然這點的確讓在場的所有人都感到擔心，但一行人早已在都心跟天使數次交鋒，前陣子也才剛在銚子海面上阻止了惡魔大軍。

儘管他們至今都設法將損害壓抑到最低限度，不過誰也不能保證將來出事時依然能夠平安落幕。

既然我方只能站在被動的立場等待事情發生，那麼在日本時無論如何都必須盡可能確保收集情報的手段，真奧的意見可說是合情合理。

「話雖如此……可是……」

蘆屋感到十分苦惱。

他不是不能理解主人的想法，可以的話也希望能表示贊同。可是另一方面，預算跟替代途徑的存在還是化為枷鎖，讓蘆屋無法乾脆地下定決心購買電視。

「而且還有ＭＨＫ收視費的問題呢。」

漆原像是看穿蘆屋內心般的補上一句。

「……那麼魔王大人，您看這樣如何？」

蘆屋一臉苦悶地抬起頭說道：

「魔王大人說的話確實很有道理，但我等面前還是有一個名為預算的現實問題存在，因此不如先進行一下市場調查怎麼樣？」

「市場調查？」

「首先是去找房屋仲介，確認天線改裝後的電視收視契約有無變化。如果我們這些房客還得繼續繳ＭＨＫ的收視費，那麼這件事就一筆勾銷。」

「我住的公寓除了電費跟瓦斯費以外，剩下全都包含在租金裡面了……」

「艾米莉亞，妳別亂插嘴！坦白講我可是很不想買電視呢！」

「蘆屋先生，你這樣會不會說得太白啦？」

真奧與漆原似乎早就習慣了蘆屋這種語氣，因此只是輕輕地點頭回應。

「還有僅限於MHK的收視費真的幸運地跟艾米莉亞的公寓一樣，被包含在房租裡，而且租金也沒有漲的情況，我們才會去電器賣場研究價格跟功能。我聽說跟過去的類比電視相比，能支援數位收訊的薄型電視價格會比較高。要是最便宜的一般機種太貴，那麼這件事一樣到此為止。」

「還、還真是嚴格呢……」

「那還用說！我們這半個月原本可是預定要在海之家工作耶？雖然我們最後還是拿到了比魔王大人在麥丹勞工作半個月還要多一點的薪水，但依然沒從容到能輕易購買電視這種昂貴的電器！」

蘆屋的態度之所以會如此強硬，自然也是有相當的理由。

既然失去了海之家大黑屋的工作，那麼在麥丹勞幡之谷站前店重新開幕以前，真奧實質上是處於失業狀態。

儘管三位大惡魔已經擺脫流離失所這個最大的危機，但若考慮到下個月的收入，三人當然還是會希望能將在大黑屋的勞動當成是八月份的工作，並用這十五萬圓的工資填補真奧原本會在九月領到的薪水。

雖然真奧七月份的薪水會在這個月二十五號匯進來，不過這筆收入絕對沒有可觀到足以購買電視。

「不過，現在的小型電視還滿便宜的喔？如果對品牌沒有特別要求，應該能買到便宜的款式吧。」

「……佐佐木小姐……所以說……」

就算蘆屋能肆無忌憚地當面責罵惠美，還是無法對千穗擺出強硬的態度。

「……？」

反倒是惠美一臉疑惑地望向突然插話的千穗。

明明惠美才剛因為贊同購買電視而惹蘆屋不高興，沒想到千穗居然又跟著說出這種話。

「總之聽惠美跟小千這麼說，看來能買電視的機率還滿高的呢。對了，蘆屋，假如ＭＨＫ跟租金的事情都沒問題，價格大概要多少你才能接受？」

關於這點，蘆屋回答得十分乾脆。

「考慮到我們三人在大黑屋的收入，一人出一萬圓就是三萬。再怎麼妥協也頂多三萬五千圓，不可能再更高了。」

「咦？什麼？我也要出錢嗎？」

漆原打從心底對蘆屋的計算感到驚訝。

「我原本可是能把你這次賺的錢，全都拿來填補你這傢伙至今累積的花費喔？」

但馬上就因為蘆屋凶惡的表情而連忙停止抗議。

「呵呵呵，三萬五千圓，蘆屋，你說三萬五千圓對吧！」

另一方面，真奧則是露出無畏的笑容。

「蘆屋啊，你是不是忘了一件事？」

「什、什麼事？」

蘆屋因為真奧那跨越無畏變得詭異的笑容，而不自覺地警戒了起來。

臉上持續掛著笑容的真奧毅然地指向冰箱。

「你還記得那臺冰箱是在哪兒買的嗎？還有外面那臺洗衣機又是在哪裡買的？」

「冰箱跟洗衣機？」

真奧在今年初夏幾乎花光所有儲蓄才買回來的那兩件家電，堪稱是魔王城中數一數二的高價商品。

當然跟鈴乃房間的東西相比，無論在價格還是功能上都略遜一籌。

「我記得，那是魔王大人在新宿西口的淀川橋家電……啊！」

說到這裡，蘆屋也發現了。

真奧不知何時拿出了塑膠錢包，並開始撕起了手上錢包的黏扣帶。

接著他像是為了折磨嚇得發抖的蘆屋一般，拿出了一張閃耀著銀色光芒的卡片。

「看來你總算發現了。」

真奧揮動手上的卡片，劃過一道銳利的軌跡伸到蘆屋前面。

卡片上標示著淀川橋家電的標誌與「集點卡」等文字，而銀色的薄膜上更閃閃發光地印了「6239點」這幾個字。

「沒錯……就是集點！你以為我那時候什麼都沒想就隨便亂買東西嗎？當時可是正在舉辦能將全商品價格的百分之十換成點數的活動啊！」

「您、您說什麼？」

蘆屋因為首度得知這項令人驚訝的事實而一屁股坐在榻榻米上，不過其實他打從一開始就是坐著的。

「看你的表情，似乎很想問我為什麼至今都沒使用這些點數呢！哼，你自己數數看吧！數數看魔王城需要，又能在電器賣場買到的消耗品有哪些！」

說到能在電器賣場買到的消耗品，首先當然會想到電燈與電池。

然而魔王城的廚房與三坪大的房間裡都是用日光燈，除了廁所跟玄關是用燈泡以外，並沒有其他的照明工具，冰箱跟洗衣機是在初夏時買的，在那之後只換過一次廁所的燈泡。

魔王城內會用到電池的電器就只有緊急用的手電筒，至於漆原的舊電腦以及記錄阿拉斯・拉瑪斯日常生活的數位相機跟印表機，雖然時間點不同，但都是在秋葉原的便宜商店購買，與淀川橋家電的點數無關。

就連墨水匣也因為是舊式，所以在一般的大型店鋪裡找不到原廠貨，即使好不容易找到通用的墨水匣，目前也只換過一次紅色的部分。

雖然現在的電器賣場也有賣日常用品跟食材，但買這些東西根本就用不著刻意跑到新宿，在笹塚就能找到許多便宜的店家。

換句話說，打從初夏開始，這些點數就只有用在一顆廁所的燈泡上面。

「三萬五千圓？哈，這樣就很夠了！只要加上這些點數，上限最高可提升到四萬一千兩百三十九圓！只要有四萬圓，那麼就算想買比最低配備略好一點的電視也沒問題啊！」

「怎、怎麼可能！」

「哈哈哈！蘆屋，你這是聰明反被聰明誤啊！這下就等於少了一個買電視的障礙！我已經等不及要去找房屋仲介了呢！」

「哼、哼、哼哈哈哈，魔王大人，您可別太大意了！現在還不能保證房屋仲介那邊的契約不會對我們造成影響！您難道忘了我們約好若是得繳ＭＨＫ的收視費，或是房租有任何要漲的跡象，買電視這件事就必須一筆勾銷嗎？這麼一來就算空有那些點數也無用武之地！別忘了驕者必敗啊！」

「很好！那我馬上就去找房屋仲介，早一點跟你一決勝負！」

「無所謂。魔王大人，正因為是忠言，所以才會逆耳，就讓屬下來教導您這個道理吧！」

魔王與部下的惡魔大元帥完全無視惠美等人，逕自為了電器賣場的點數而興奮了起來。

「……對不起，這次由我來道歉吧。這實在是有夠丟臉。」

面對漆原這句話，惠美跟鈴乃也只能點頭回應。

只有千穗以看似有些高興的表情，眺望著真奧與蘆屋兩人那只有氣氛好像真有那麼一回事的爭吵。

「真奧哥很想要電視呢。」

「唉，他之前好像也去看過電影……應該是有興趣吧……」

惠美意志消沉地垂下肩膀。

「嗯，我之後要是有興趣，也考慮來買一臺好了。」

因為準備完善而在金錢方面頗有餘裕的鈴乃，趁機補上了一句。

※

由於既無羞恥心又沒大人樣，甚至連個惡魔樣都沒有的真奧與蘆屋已經跑去找房屋仲介，而且行李也差不多都搬好了，因此惠美便帶著千穗離開公寓回家。

「啊，不過真是太好了。」

「什麼意思？」

惠美在依然充滿夏日暑氣的路上向千穗問道。

「雖然發生了很多事，不過大家總算平安無事地回到笹塚，真奧哥他們跟鈴乃小姐也順利回到修好的公寓，讓人有一種回歸日常生活的感覺。」

「日常啊。我最近倒是開始搞不清楚什麼叫做日常了。」

「而且真奧哥跟鈴乃小姐都說要買電視，真是太好了呢。」

「咦？為什麼？」

姑且不論鈴乃，既然魔王城打算添購家電，就表示他們的生活開始產生一定的餘裕。站在惠美的立場，反而必須為這些惡魔有了餘裕與閒暇而提高警戒。

即使那對主從得合力才抬得起冰箱，或是會為了電器賣場的點數而吵架，依然曾是撼動一個世界的大惡魔。

就算先把這些事情放在一邊，縱使魔王城的經濟變得寬裕，應該也有很多比電視優先的東西該買吧。

阿拉斯．拉瑪斯待在魔王城的那幾天中，真奧等人曾經因為沒有棉被，而將毛巾摺成枕頭讓她直接睡在榻榻米上，惠美在得知這件事後便狠狠地敲了那些惡魔的腦袋。

「基本上大黑屋消失後，他們應該就沒工作了吧？為什麼看起來還那麼有餘裕？」

「應該是那樣沒錯吧。而且麥丹勞要到十五號才會開店……」

千穗拿出手機確認行事曆。

距離麥丹勞重新開幕還有整整一周。雖然有點難以想像真奧與蘆屋不去工作，悠哉地待在家裡看電視的模樣，但換成漆原倒是還滿容易的。

「不過，既然是真奧哥，應該是有什麼想法吧。例如現在不是還有很多一日打工的職缺嗎？」

「嗯～是這樣嗎？」

感覺真奧若真有什麼對策，蘆屋應該也不會那麼強硬地反對。雖然蘆屋有些過於節儉的傾向，但對合理的花費依然十分寬容。

想到這裡，惠美突然醒悟。

「唉，反正就算他們因為花太多錢而感到困擾，我也不會怎麼樣。」

明明自己根本就沒必要在意魔王城的財務狀況，為什麼剛才還會擔心起魔王城的未來呢。

真奧所闡明的電視優點的確很重要，然而另一方面，電視也並非總是傳播有用的情報。

例如讓惠美完全感受不到共鳴的藝人談話綜藝節目，以及光在日本生活一兩年還是無法理解哪裡好笑的搞笑表演。

除此之外，還有不禁讓人想問那麼好的商品為何無法在外面買到的購物節目，以及對日常

生活幾乎沒有影響的名人花邊新聞等等，儘管惠美搞不懂製作這些節目到底是想對社會表達什麼，卻偏偏又經常在同一時段發現每個頻道都在播類似的東西。

當然惠美之所以會如此認為，主要是源於異世界人的身分，雖然就連她喜歡的時代劇也一樣只是讓人度過閒暇時間用的節目，但不管怎樣，說到購買電視是否有助於魔王軍征服世界，答案應該是否定的。

千穗看著惠美那將內心複雜思緒表露無遺的側臉，小心不被惠美發現地露出苦笑。

「……不過無論如何，既然真奧哥跟鈴乃小姐都要買電視，就表示他們暫時還會待在日本吧？」

千穗稍微拉回話題。

「妳的意思是？」

惠美因為無法理解千穗話中的含意而感到疑惑。

「在銚子時不是來了很多惡魔先生嗎？」

雖然惡魔先生這個稱謂聽起來實在過於親切，但惠美還是點頭回應。

「我一直很擔心大家會不會因為這件事情而回到安特．伊蘇拉。若那並非發生在銚子海面，而是在新宿之類的地方出現，不是會造成大恐慌嗎？我還在想要是真奧哥跟惠美小姐說出『不能給日本添麻煩』之類的話，要怎麼辦呢。」

「這我倒也不是沒有想過啦。」

惠美輕聲低喃。

「電視並不是那種只要便宜就會買的家電，而是打算長期使用時才會買的東西吧？我認為既然會想要那個，就表示大家暫時還會待在日本。」

千穗以清爽的笑容說道。

「雖然我很高興妳那麼歡迎我們，不過妳都不會害怕嗎？」

惠美特意詢問。

「千穗妳應該也知道吧？無論天使、人類還是惡魔，一到緊要關頭，他們可是會毫不猶豫地加害這個國家喔。千穗不是已經有過一次差點死掉的經驗了嗎？」

那起事件不只惡魔，就連人類也涉入其中，且那個人類甚至還曾經是自己過去的同伴，這點至今仍讓惠美深深地感到自責。

「嗯～我現在已經沒那麼害怕了。雖然一開始有點恐怖，不過真奧哥跟遊佐小姐一直都在保護我。」

不曉得知不知道惠美內心的想法，千穗意外乾脆地回答。

「儘管我不太了解安特·伊蘇拉的事情，但既然人類當中最強的勇者，以及惡魔中最強的魔王都一起保護我了，那麼不感到放心反而才失禮呢。」

「原、原來如此。」

千穗的話十分有道理。能同時與勇者跟魔王締結友誼，並接受兩方人馬守護的存在，就算找遍世界大概也只有千穗一人了。

「……當然，我並沒有忘記遊佐小姐跟鈴乃小姐的最終目的還是打倒真奧哥，還有你們一定無法原諒真奧哥他們在安特．伊蘇拉的所作所為。所以我一直都在思考，不曉得有沒有方法可以讓我最喜歡的人們，從今以後能夠過得幸福。」

「沒有吧。」

「請別回答得那麼快啦。」

千穗刻意噘起嘴。其實千穗早就知道惠美會這麼回答，且惠美原本就經常對她表明那樣的意思。

原本看著惠美側臉的千穗，轉而望向惠美背在肩上的大型側肩包。

「雖然我只能表明自己的希望而沒有祈願的權利，但如果是期待阿拉斯．拉瑪斯妹妹，應該沒關係吧？」

「……唉，我承認這點的確讓我感到很煩惱。」

惠美無奈地聳肩。

「她還在睡覺嗎？」

「嗯，要是一直都沒醒，或許等搭電車回家後再讓她出來會比較好。」

正在睡午覺的阿拉斯．拉瑪斯，目前跟惠美正處於融合狀態。

若想讓阿拉斯．拉瑪斯在沒冷氣的Villa．Rosa笹塚睡午覺，就必須特別留意室溫，因此除了晚上以外的睡覺時間，惠美都會像這樣讓她跟自己融合。

即使如此，惠美的側肩包裡面依然隨時備有尿布、口服電解液以及附吸管的水壺，最近關於母親這個角色也扮演得愈來愈有模有樣。

「若只是跟我就算了，但偏偏居然是跟聖劍融合。既然她把魔王當成父親，那麼只要我用聖劍作戰，就會變成讓這孩子弒父……不過，雖說孩子是父母間的橋梁，還是有個限度在。」

「嗯，對不起。」

發覺自己有些踰矩的千穗，坦率地低頭道歉。

「……而且，我自己現在也遇到了一些無法回去的狀況。只要魔王別因為不能買電視而鬧彆扭說要回安特．伊蘇拉，應該會暫時待在這裡吧。」

「遊佐小姐現在沒辦法回去？」

千穗因為初次得知這件事實而感到疑惑，但惠美只是輕輕地搖頭。

於是千穗也沒再繼續追問，直到抵達笹塚站前，兩人皆暫時保持沉默。

「那麼，我們先走囉。」

到了笹塚站後，惠美輕輕向千穗揮手，並準備走進驗票口。

然而途中卻似乎因為注意到了什麼而倏地睜大眼睛——

「千穗，抱歉，妳先在那裡等一下。」

說完後，惠美慌張地衝進位於車站角落的證件快照亭。

千穗當然不會不知道惠美突然衝進那種地方的原因。

結果不出所料，惠美苦笑地抱著睡眼惺忪的阿拉斯·拉瑪斯走了出來。

「她好像無論如何都想跟千穗姊姊說『掰掰』呢。」

「呼……嗯……小千姊姊，唉掰。」

剛睡醒還有些口齒不清的阿拉斯·拉瑪斯拚命睜開迷茫的雙眼，對千穗揮動細嫩的小手。

那副模樣讓千穗忍不住笑了開來。

「嗯，掰掰，阿拉斯·拉瑪斯妹妹，下次再一起玩吧。」

「嗚……要再一起玩水喔……」

「嗯，下次一起去游泳池吧。」

「嗚……呼啊……」

「好好好，等回去之後再睡一下午覺吧……這幾天一直都在休假，一想到明天還要上班，頭就開始痛起來了。那麼我們先告退囉。」

惠美哄著再度開始進入夢鄉的阿拉斯．拉瑪斯並重新抱好她，用眼神對千穗行了一禮，然後這次便真的開始走向驗票口。

既然已經在眾目睽睽之下抱過小寶寶，那麼事到如今也不能再跟她融合了。千穗苦笑地目送兩人，直到看不見她們的身影為止，然後又因為再度想起阿拉斯．拉瑪斯那可愛的小手跟表情而笑著踏上歸途。

「哎呀，妳回來啦，今天真早呢。」

千穗一到家門口，正好遇見穿著外出服的母親里穗走出家門。

「媽媽，妳要去哪裡啊？」

「嗯，我有點事要去新宿一趟。住外地的老同學說要來這裡，所以我去陪朋友喝個茶，吃晚餐前會回來，能麻煩妳幫忙洗兩杯米嗎？」

「我知道了。既然是兩杯米，就表示今天爸爸不會回來吧。」

「我不曉得。反正他也沒聯絡。家裡還有泡麵，如果爸爸有回來就讓他吃那個吧。」

雖然只要沒發生什麼事，警察這種工作的上下班時間可說是意外地固定，但相反地只要一出事，就會連回家都有困難。

不聯絡家裡會不會回來吃晚餐的確是父親的壞習慣，不過讓工作完後可能會回家的父親吃泡麵也未免太可憐了，因此千穗在目送母親出門後，便決定要洗三杯的米。

一進入家中，母親之前開的冷氣還殘留著些許涼意，讓冒汗的肌膚變得很舒服。

「稍微休息一下後去沖個澡好了，反正米等傍晚再洗就可以了。」

現在才下午三點。難得既沒有安排社團活動跟打工，又沒有跟異世界有關的事情，於是千穗隨手拿起放在客廳桌上的遙控器。

「不曉得真奧哥買了電視後，會看些什麼樣的節目呢。他好像意外地喜歡問答節目跟雜學知識。」

千穗擅自想像真奧、蘆屋與漆原，為了看問答節目、料理節目以及動畫搶電視的場景，忍不住笑了出來。

「不行不行。真奧哥他們一直都很認真呢。」

千穗也跟一般人一樣會看電視。

影集跟歌唱節目是跟學校朋友聊天時的重要題材，而她個人的興趣則是看些旅遊節目與紀錄片，同時也有每個禮拜都固定收看的問答節目。

最近受到惠美跟鈴乃的影響，千穗也開始會看些以前沒特別注意的時代劇，一想到之後能跟真奧聊電視的話題，日常生活又將變得更加有趣後，就讓她覺得未來並非只有那些討厭的事情。

「不曉得現在有播什麼……」

千穗拿起放在客廳桌上的節目表，大略看了一下。

「啊，《相方》的重播快演了。現在正好在播新聞，還是先看一下ＭＨＫ的新聞再看《相方》好了。」

說著說著，千穗將遙控器伸向電視。

打開電源後，畫面上便出現了約兩秒支援數位電視的薄型電視特有的顯示延遲。接著——

「……咦？」

就在畫面顯示的瞬間，一陣白色的光芒籠罩了佐佐木家的客廳。

※

惠美搭著回家的電車，回想起昨天剛從銚子回來時，艾美拉達透過概念收發打來的電話。

懷裡的阿拉斯．拉瑪斯在跟千穗道別後又開始想睡，目前已經在惠美手上打起了瞌睡。

「大家一起去游泳池啊。」

惠美隨興望向車窗，此時正好能從笹塚站的高架鐵路看見街景不斷流逝。

京王線的快速列車正迅速駛離笹塚下一站的代田橋站，往明大前站前進。

只要在那裡轉乘京王井之頭線，惠美就能回到自己位於日本的住所。

「這樣的『日常』，到底會持續到什麼時候呢。」

從惠美的語氣，聽不出來持續下去對她而言究竟是好是壞。

想必這個問題，就連惠美本人也答不出來吧。

相較於至今的近況報告，艾美拉達這次透過電話傳達的內容十分緊迫。

不過在銚子發生的那一連串事件，已經讓惠美在心裡做好了面對突發事態的覺悟，因此並未感到特別驚訝。

惠美過去的旅伴艾美拉達是在昨天打電話來的，正好就在惠美從銚子回來的當天晚上。

由於Villa．Rosa笹塚的修復工程比預定提早完工，因此惠美就在向自己借房間、正在準備收拾行李的鈴乃旁邊，開始透過概念收發跟艾美拉達通電話。

『安特．伊蘇拉的人類之間開始展開大規模戰爭～～所以艾米莉亞～～請妳暫時別回來喔～～』

據艾美拉達所言，正當中央大陸傳出多起目擊魔王軍餘黨消息的同時，東大陸的大帝國艾夫薩汗也為了爭奪中央大陸的霸權，而向五大陸聯合騎士團與其所屬的各個國家宣戰了。令人驚訝的是，艾夫薩汗軍的陣容中似乎還包含了惡魔。

惡魔混在人類當中這項事實，讓惠美想起惡魔大尚書卡米歐曾提及的魔界主戰派巴巴力提亞，以及在背後煽動他們的奧爾巴。

東大陸之所以突然宣戰，或許跟奧爾巴有關也不一定，因此惠美便將這個可能性，以及東大陸軍的惡魔大多為馬勒布朗契等事實告訴艾美拉達。

在聽見奧爾巴的名字時，就連艾美拉達也瞬間嚇得說不出話來，看來她那裡似乎有其他關於馬勒布朗契的客觀資料，而這反應也證實了惠美的猜測無誤。

「不過，為什麼我不能回去？那些馬勒布朗契中，似乎有足以跟南大陸的惡魔大元帥馬納果達匹敵的傢伙在耶！」

艾美拉達簡潔地回答了惠美的問題。

『那還用說～因為目前還只是人類治理的國家間在互相交戰而已～』

東大陸的軍隊內確實存在惡魔。

然而公開宣戰的終究是掌控東大陸的大帝國艾夫薩汗，所使用的也是其統治者統一蒼帝的名義。

『要是對外公布已經去世的救世主加入某個勢力作戰～那麼即使打贏這場戰爭～各國接下來也會為了保障自己的安全～而展開爭奪艾米莉亞的戰爭～』

「我是核武嗎？」

『核武？』

「……沒事，沒什麼。」

『而且統一蒼帝的手段非常狡猾～～雖然不知道原因～～但除了中央大陸的霸權之外～～他似乎還想要艾米莉亞的聖劍呢～～』

關於這點，惠美某種程度上倒是已經預料到了。既然這件事跟奧爾巴與巴巴力提亞有關，那麼可想而知比起中央大陸，聖劍才是他們真正的目標。

『率領惡魔並覬覦聖劍啊～～妳對他們的手法有底嗎～～？』

艾美拉達的提問，讓惠美暫時陷入了思考。

統一蒼帝治理的艾夫薩汗是個內亂不斷的國家，然而即使如此，那個人依然是一國之君。惠美在討伐魔王的旅程中也曾經過艾夫薩汗，那裡雖然有許多既貧瘠又動盪不安的地區，但另一方面依然有許多富饒的城市，以及宣誓效忠統一蒼帝的人民。

這就表示統一蒼帝個人的統率力與影響力，遍及了那塊遼闊的大陸。而像統一蒼帝這樣的人物居然率領惡魔向其他國家宣戰，這究竟代表了什麼意義。

「雖然不曉得這計謀是誰想出來的，不過卑鄙的傢伙果然都卑鄙到骨子裡了呢。」

『妳發現了嗎～～？』

「能贏當然最好。不過就算輸了，也能主張並非自己所為，藉此推卸責任對吧？」

『正確答案～』

艾美拉達的語氣中透露出一絲苦笑的氣息。

這就是艾夫薩汗的做法。

若他們真能順利掌握中央大陸的霸權並將北西南的騎士團納入麾下，那麼毫無疑問，這將會是艾夫薩汗的勝利。

另一方面，就算有像「勇者艾米莉亞」這樣不確定的要素進來搗亂並導致敗北，到時候只要祭出「遭到惡魔設計，整個國家都被惡魔搶走」之類的理由，在依然尚未擺脫對魔王軍恐懼的安特．伊蘇拉中，要求賠償與追究統一蒼帝責任的聲浪應該也會難以持續吧。

倒不如說若並未團結一致的北南西其中一方向東側倒戈，而惠美又輕率地帶著聖劍參戰，反而會遭人非難說「勇者艾米莉亞背叛人類同胞」，導致「勇者」存在的正當性受到動搖。

「我知道啦。不過，艾美也要小心一點喔。現在無論是天界、魔界還是安特．伊蘇拉的人際關係都太過複雜了，根本就搞不清楚誰是敵人誰是朋友。」

『放心吧～因為艾米莉亞跟艾伯特無論發生什麼事都會是我的夥伴～～』

徹底我行我素的同伴這句話，讓惠美忍不住眼眶泛紅。

「……哈哈，沒錯，妳說的對。」

『俗話說真正碰到急事時～就算是父母也會找來幫忙～～或許將來哪天真的必須借助艾米

莉亞的力量也不一定～～不過目前暫時先請妳以「遊佐惠美」的身分好好努力吧～～』

「嗯……謝謝妳。」

『不客氣～～我才要感謝妳提供那麼有用的情報～～那麼～～幫我向那邊的各位～～還有妳的丈夫跟可愛女兒問聲好吧～～』

「……艾美。」

『啊哈哈～～我是故意的喔～～』

即使面對惠美那連岩漿都能凍結的聲音，艾美拉達依然不為所動地笑著掛斷了電話。

惠美將電話內容毫無保留地告訴了鈴乃。

包括大帝國艾夫薩汗的暴行，以及這場戰爭或許跟奧爾巴有關的事實，即使事前就握有卡米歐所帶來的情報，鈴乃依然難掩驚訝，不過她也跟艾美拉達做出了同樣的結論。

勇者艾米莉亞現在不能再度回到安特．伊蘇拉。

鈴乃停止整理行李轉向惠美，她認為事到如今，恐怕將出現至今從未預想過的危機。

「艾米莉亞，或許……我們得做跟原本目的完全相反的事情也不一定。」

鈴乃皺起眉頭，悔恨地說道。

「我們也許……必須親自保護魔王才行。」

「咦？那是什麼意思？」

惠美因為這突如其來的發言而驚訝得睜大眼睛，然而鈴乃是認真的。

「妳想想看，在銚子的那起事件中，魔界已經知道魔王尚在人世。而疑似替魔界與東大陸牽線的奧爾巴大人，也知道魔王人在日本吧？」

「是這樣沒錯。」

「要是一個不小心，或許魔王會被帶到安特．伊蘇拉也不一定。」

「啊？」

「噗唔！」

雖然阿拉斯．拉瑪斯正因為旅途疲勞而熟睡，但依然對惠美突如其來的大喊產生了反應，在惠美連忙摀住嘴巴後，女孩總算緩緩翻身並再度發出安穩的呼吸聲。

「……帶走魔王，那是什麼意思？」

惠美稍微壓低音量向鈴乃問道。

「回想一下卡米歐說過的話。為什麼魔界勢力會在魔王軍潰敗後分裂呢？那是因為相信魔王尚在人世的卡米歐選擇保存國力，但巴巴力提亞與西里亞特卻選擇繼承魔王的遺志，開始計畫征服安特．伊蘇拉對吧？那麼，要是魔王在這時候回去會怎麼樣？」

「會怎麼樣……」

「卡米歐不是同意魔王留在日本後就回去了嗎？所以我們不用擔心這邊。不過巴巴力提亞就不同了。若是知道魔王還活著，那傢伙一定會為了復興魔王軍而請他復出。因為魔界的主戰派只是在政爭後脫離了原本的組織，並沒有失去對魔王撒旦的忠誠。」

「唉，在歸納了卡米歐的話後，的確是那樣沒錯。」

惠美點頭。

「再來就是這次艾夫薩汗的暴行。艾夫薩汗從以前開始就不擅外交，並對周邊國家秉持高壓的態度。國內則是因為統一蒼帝的高壓統治而內亂不斷，他也被認為是位惡毒的獨裁者。不過事先被這些情報迷惑並不是件好事。即使聽起來像是敗北時用的詭辯，依然不能完全排除統一蒼帝真的向奧爾巴大人與巴巴力提亞屈服，並遭到他們操作的可能性。」

「說、說的也是……」

惠美雖然表示同意，但由於她早已篤定統一蒼帝是為了私慾才打算征服中央大陸，因此回答時語氣便顯得有些含糊。

這就是惠美這種身處最前線的戰士，與鈴乃這類位居後方的政治家之間想法的差異。

「姑且不論他的統治手法是否正確，我對統一蒼帝這位政治家依然有很高的評價。再怎麼說他還是將廣大的東大陸當成一個國家在統治。而且聽說那個人不但在位已經超過二十年，甚至還有在培育後繼者呢。」

「……外交暨傳教部連這種事情都會調查嗎？」

「那當然。在去他國傳教之前，一定得先了解掌權者的宗教觀才行。我甚至能很有自信地說，全安特．伊蘇拉沒有任何一個地方的政情是大法神教會無法掌握的呢。」

鈴乃若無其事地說道。

「我之所以認為統一蒼帝有可能真的被惡魔操作，就是因為他的在位年數。」

「咦？」

「妳想想看，之前魔王軍還健在時，負責壓制東大陸的惡魔大元帥是誰？」

「啊！」

講到這裡，就連惠美也發現了。

「艾謝爾！」

「沒錯，雖然現在無論怎麼看都只是位囉嗦的家庭主夫，但他可是唯一沒被勇者艾米莉亞討伐過的惡魔大元帥。而且艾謝爾打從魔王軍剛開始出現時，就早早壓制了東大陸。若統一蒼帝的記憶中還留有當時的恐懼，很有可能會為了保住國家跟自己的性命，而再次向惡魔屈服。不只是如此，若巴巴力提亞除了魔王以外，還連精通如何統治東大陸全土的艾謝爾都一起帶回去，那些惡魔就能再次於東大陸建立起侵略安特．伊蘇拉的橋頭堡了。」

「……」

惠美愈聽愈覺得大事不妙。

「不過……雖然我不是想抬舉魔王那傢伙……但若巴巴力提亞做出那種事……魔王難道不會生氣嗎？」

「嗯，應該會生氣吧。」

鈴乃乾脆地肯定。

「我們之所以能在日本與魔王締結表面上的協力關係，坦白講主要還是因為他那大方的個性。雖然我很不想承認，但還是不得不承認這點。」

「……說的也是。」

惠美當然也不想認同這點，不過這幾個月來發生的事情，卻背叛了她的感情。

「若巴巴力提亞採取強硬手段，魔王應該會生氣並加以處罰吧。不過那傢伙依然是一個『王』。在銚子那起事件中，我已經清楚地認知到這個事實。」

「王？」

「我的意思是一旦必須面臨決斷，他應該不會拋下眼前依靠自己的人民與臣子吧。然後他……就再也不會回到日本了。」

「唔……」

惠美倒抽了一口氣。

鈴乃的推測確實很有可能實現。

即使平常看起來過著無所事事的生活，但真奧在該思考時總是會好好思考，並且也好幾次在惠美面前宣告自己一定會回到安特．伊蘇拉。

而且，魔王應該不會捨棄那些將自己當成王在仰慕的魔界惡魔吧。

他原諒與卡米歐決裂、脫離魔界的西里亞特，並同意對方復歸這點就是證據。

然後——

「……咦？」

惠美小聲地呻吟。

真奧將以魔王的身分回到魔界。

惠美因為一想起這件事，自己第一個考慮到的居然是「阿拉斯．拉瑪斯會難過」這點而感到驚訝。

「咦？咦？不對，不是那樣……」

千穗一定也會感到難過。

「不、不對，也不是那樣，呃，雖然不是完全不對……」

明明欠了自己那麼多人情沒還，居然還想就這麼逃跑？

「不是那樣！」

「嗯……呼……嗚咿。」

阿拉斯．拉瑪斯因為惠美不自覺發出的大喊而顫了一下驚醒，而且這種清醒方式似乎讓她很不高興，只見她的表情變得愈來愈扭曲。

「啊、啊，對、對不起，阿拉斯．拉瑪斯，突然叫得那麼大聲。」

「嗚咿，嗚哇哇哇哇哇！」

結果阿拉斯．拉瑪斯哭了出來。

惠美抱起阿拉斯．拉瑪斯拚命地安撫，內心也跟著變得千頭萬緒，無法集中精神思考。

然而不可思議的是，惠美的心理狀態也同時傳達給了阿拉斯．拉瑪斯，讓小女孩一直哭個不停。

結果惠美只能持續哄著阿拉斯．拉瑪斯，直到她哭累並再度睡著為止。

用濕紙巾擦乾淨阿拉斯．拉瑪斯滿是眼淚與鼻涕的臉龐後，惠美才將小女孩放到床上。

「……唉……」

因為實在太累了，所以惠美就這樣直接將臉趴在阿拉斯．拉瑪斯旁邊。

這時候她總算想起來了。

「我絕對不允許他再度組成魔王軍。那傢伙……除了是爸爸的仇人以外，還是人類的敵人……」

「妳的語氣還真僵硬呢。」

感覺鈴乃似乎正在苦笑。

「囉嗦……我自己也覺得很震驚，別吐槽人家啦。」

我是勇者，而那傢伙是惡魔的頭目。我並不是沒有考慮到人們的安寧與世界和平，但更重要的是，我無法原諒破壞我與父親簡樸、幸福生活的魔王軍。

明明應該無法原諒他們。

然而——

卻變得必須花一段很長的時間才能想起這件事。

難不成自己早已整理好了心情？

怎麼可能。

「不可能……是那樣……」

惠美無力地低喃。

儘管應該不是有意識的行為，但阿拉斯・拉瑪斯翻身後，便溫柔地將手放在惠美頭上。

彷彿是在安慰惠美一般。

「……嗚嗚嗚嗚～」

悲從中來的惠美緊抿嘴唇，又再度趴了下來。

「要是見不到魔王，阿拉斯・拉瑪斯會難過呢。」

鈴乃輕聲嘟囔道。

「千穗小姐也會難過。然後我們就再也無法與千穗小姐維持跟以往一樣的關係了吧。」

「……」

「更何況，魔王城那些傢伙還欠我們不少人情，要是讓他們在償還之前就跑去其他地方，感覺也很討厭。」

「妳連我的心都讀啦。真是糟糕的興趣。」

惠美接近亂發脾氣地低聲說道。

「沒這回事，只是我想的事情都跟妳差不多罷了。不過在更之後的部分，一定跟艾米莉亞妳不同。身為一個聖職者，無論有什麼樣的理由，我都不允許大人為了自己的方便讓小孩子弒親，即使對象是魔王也一樣。所以──」

從衣物摩擦的聲音判斷，鈴乃應該是站了起來。

「現在為了以防萬一，我們只能守護魔王，避免他落入魔界的魔掌了。」

「真是的……我不要，感覺很麻煩耶……」

「我不會叫妳去保護他們。反正我原本就住在他們隔壁，而且最想布局讓勇者打倒魔王的不是別人，就是我啊。至少讓我盡這一點責任吧。只要沒出現大天使或馬勒布朗契頭目等級的敵人，就算只靠我一個人也能勉強應付。」

「……話先說在前頭，沒什麼事比監視他們還要無聊喔。」

惠美頭也沒抬地說出不像勇者、缺乏幹勁的發言。

「艾謝爾總是循規蹈矩地過著一成不變的生活節省家計，路西菲爾則是一直黏在電腦前面。至於魔王，就只會持續不斷地工作，而且還是面帶笑容、充滿服務精神地接待客人。有時候甚至會讓人覺得監視他們的自己是跟蹤狂呢。」

「不過目前麥丹勞還在停業中吧。至少在這段期間內得好好保護他們。等店重新營業後，沙利葉大人就會開始發揮影響力，那些惡魔應該也不能隨便出手吧。」

真奧工作的麥丹勞幡之谷站前店對面，是一間由大天使沙利葉擔任店長的肯特基炸雞店。

打從心底迷戀上麥丹勞店長木崎真弓的沙利葉，這幾個禮拜對真奧親切到甚至讓人覺得噁心的程度。

雖然這並不代表真奧跟沙利葉已經達成和解，不過巴巴力提亞應該也沒愚蠢到在大天使的勢力範圍內綁架魔王吧。

「……這樣啊。」

惠美漠不關心地嘟囔著，然後繼續說道：

「吶，貝爾。妳知道我為什麼喜歡時代劇嗎？並且還不是俠客或武士那種故事，而是《水戶副將軍》或《怒坊將軍》之類的作品……雖然我最近也滿喜歡《鬼兵犯科帳》啦。」

「嗯？那個……」

鈴乃因為不曉得惠美想表達什麼而直眨眼睛。

接著惠美總算抬起頭來說道：

「因為那些故事總是會有懷抱正義之心的偉人，痛快地教訓那些不聽勸的壞人糾舉不義，迎接乾淨俐落的好結局。至少在故事裡面，能像那樣單純地執行正義也不錯吧。」

「原來如此，總之就是世事未能盡如人願對吧。」

「那是怎樣。」

「是我最近讀過的書裡提到的內容。」

「這樣啊。」

惠美一邊發出呻吟一邊起身，鈴乃假裝沒發現她的眼角有些泛紅。

吸了一下鼻子後，惠美無力地搖頭。

「……至少……」

「嗯？」

「要是那間公寓能有冷氣……」

「救世的勇者大人真的變軟弱了呢。」

鈴乃摸著阿拉斯·拉瑪斯的頭髮，難得有些惡作劇地出言揶揄。

惠美板起臉俯視鈴乃。

「那裡的房租多少錢。」

「四萬五千圓喔。」

「這個房間因為種種理由，每個月只要五萬圓。」

一聽見這個價格，鈴乃忍不住環視惠美的房間。

「喔，那、那就，嗯……或許還是無可奈何。」

這裡是附帶大型壁櫥的四坪兩房。除了有空調與浴室之外，就連廚具也是電磁爐，至於公寓正面玄關的大廳則是自動鎖。

「不對，這裡的房租居然只要五萬，怎麼想都很奇怪吧？」

「真的有很多理由啦。唉……對面好像還有很多空房，看來總有一天必須下定決心呢。」

鈴乃刻意不去詢問對面是指哪裡，也不問總有一天是指什麼時候。

「咿嗚……媽媽……」

阿拉斯．拉瑪斯說著夢話，同時將柔嫩的小手疊上了鈴乃的掌心。

鈴乃摸著女孩柔軟可愛的肌膚，並不自覺地露出微笑。

「我……並不討厭這種安適的生活。」

「咦？」

「妳不覺得現在的狀態很安穩嗎？雖然經歷了不少事，但只要魔王待在日本，就只是個既勤奮又安全的對象。我們也能在這令人難以置信的豐饒文明中，跟好友與理解者一起悠然地度過每一天。不曉得……」

鈴乃溫柔地握住阿拉斯．拉瑪斯的手，幫她將毛巾被拉到肩膀。

「我們這種生活能持續到何時呢。」

無論是鈴乃還是惠美，甚至是魔王，都不可能知道這個問題的答案。

「媽媽，我們下次什麼時候要去玩水啊！」

回到惠美位於永福町的公寓後，似乎在歸途中恢復清醒的阿拉斯．拉瑪斯向惠美問道。

「這個嘛，什麼時候好呢。」

惠美曖昧地回答。

「要是阿拉斯．拉瑪斯能當個乖孩子……不對，若一切維持現狀，應該馬上就能去吧。」

「我要去！再一起去玩水跟嘩嘩吧！」

不曉得阿拉斯．拉瑪斯究竟有沒有察覺到惠美內心的想法，小女孩的眼神只針對「馬上就能去」這點而閃閃發光。

一邊回想昨晚與鈴乃的對話，一邊看著那樣的阿拉斯．拉瑪斯，惠美頓時感到有些難過。

「……好了，阿拉斯．拉瑪斯，妳流了很多汗對吧。跟媽媽一起去洗澡吧。」

「洗澡！玩水！」

阿拉斯．拉瑪斯很喜歡洗澡。

似乎是因為還待在魔王城時，曾經跟真奧等人一起去澡堂並留下了美好的回憶，所以只要一進浴室，阿拉斯．拉瑪斯就會變得非常活潑。

惠美最近才知道這與阿拉斯．拉瑪斯的出生或者生命之樹無關，純粹只是因為她喜歡玩水而已。

時值炎熱的夏天，考慮到對方還是個小孩，因此只要在浴缸內裝進溫水，就連惠美也能舒服地入浴。

「那麼，我稍微準備一下，妳要乖乖的喔？」

「喔！」

阿拉斯．拉瑪斯很有精神地舉起手走向客廳，將頭上的帽子放到桌上，然後輕輕地坐上和室椅。她拿起放在桌上的紙製鳥籠，並偷偷地轉頭瞄向惠美。

這是表示她有乖乖的暗號。

笑著對小女孩點頭的惠美將側肩包放到廚房角落後，便直接走向浴室，正當她放掉早上洗衣服時用剩的水，打算拿海綿清洗浴缸跟轉開蓮蓬頭時——

「媽媽！在嗡嗡嗡耶！」

幾秒前還很安分的阿拉斯．拉瑪斯，居然已經拿著惠美放在側肩包裡的智慧型手機站在浴室前面了。

而且仔細一看畫面，就發現她早已接起了電話。

大概是從包包裡拿手機出來時，不小心碰到了哪裡吧。

一想到對方一定有聽見阿拉斯．拉瑪斯的大喊，惠美的臉色瞬間變得慘白。

『喂……喂？惠美？』

在確認聽筒中傳出的聲音以及螢幕上顯示的名字後，惠美總算鬆了一口氣。

「謝謝妳，阿拉斯．拉瑪斯，不過下次不能再擅自動媽媽的手機囉？」

「不行嗎？」

『惠美？喂——？』

「嗯，不過謝謝妳幫我拿過來。」

「嘻嘻，嗯！」

被摸過頭後，阿拉斯．拉瑪斯似乎有些癢地笑了出來，接著便回到了客廳。

『惠美，惠美在嗎？』

「喂，對不起，梨香，阿拉斯．拉瑪斯擅自碰我的手機……」

這通電話是惠美職場的同事兼友人，鈴木梨香打來的。

雖然並不曉得安特．伊蘇拉跟異世界的事情，但她也認識真奧、千穗以及鈴乃等人，同時也知道有人託惠美照顧一個名叫阿拉斯．拉瑪斯的小女孩。

『真危險。可別事後才發現她打了國際電話，並搞到得繳好幾萬圓的電話費喔。』

「抱歉抱歉，我之後會注意。那麼，有什麼事嗎？」

『呃～那個……』

惠美才剛問完，梨香馬上就變得吞吞吐吐。

「？」

『吶，惠美，妳那裡好像有什麼聲音耶？妳人在哪裡啊？』

「咦？我在浴室，正打算要洗個澡。」

『這樣啊，嗯，那麼晚點再說也沒關係，不好意思打擾妳了……』

「什麼啦，到底怎麼了？真不像妳的風格，會講很久嗎？」

梨香的語氣十分吞吞吐吐。從她平常活潑豁達的性格來看，實在難以想像她會打這種畏畏縮縮的電話。

『不，是不會很久啦，那個，該怎麼說才好……也是有可能，會講得很久啦……』

「梨香……？怎麼了？發生什麼事了嗎？」

惠美以較為嚴肅的口吻詢問。梨香該不會有什麼煩惱吧。

從梨香一被問到有什麼事就變得沮喪來看，事情似乎非同小可。

惠美坐到浴缸邊緣上，調整姿勢以便仔細聽對方說話。

「如果有什麼煩惱，就說給我聽吧？妳是因為有話要跟我說才打電話來的吧？」

『…………妳別笑我喔？』

稍微煩惱了一下後，梨香如此問道。

聽見這句話後，惠美稍微鬆了口氣。既然是要擔心被別人笑話的事，那麼應該不會是什麼極端的負面煩惱。

「我不會笑啦。怎麼了嗎？」

『那、那個……我自己也覺得問別人這種事情很怪。』

「嗯。」

『不過除了惠美以外，我也沒有其他傾訴的對象……妳可以陪我商量一下嗎？』

「好啊，什麼事？」

惠美催促梨香發言。既然是重要友人的煩惱，那麼惠美當然希望能聽她排解並盡可能地幫忙解決。至今惠美已經陪梨香商量過很多次事情，而梨香也同樣幫了惠美許多忙。

既然能讓梨香苦惱到這個地步，想必這個煩惱應該不簡單吧。

『那個……』

梨香像是為了下定決心而做了一個大大的深呼吸。

『妳覺得蘆屋先生喜歡什麼樣的衣服？』

「…………………………………………………………」

坐在浴缸邊緣、將手機抵在耳邊的惠美，就這樣掛著笑容僵住了。

『……惠美？』

梨香因為惠美沒有馬上回答而驚訝地呼喚對方。

即使如此，惠美的僵硬依然沒有解除。

人在直接面臨出乎意料的事態時，往往會總結過去的所有經驗，試著針對狀況做出符合自己期望的觀測。

現在的惠美正是如此。

「大概……是便宜的衣服吧。」

所以她好不容易才擠出了這個回答。

『便宜的衣服？是指名牌以外的衣服嗎？』

「沒錯。」

惠美依然僵著不動，語氣似乎也變得有些呆板。

「我從來沒看過他穿UNI✕LO以外的衣服。就連鞋子，應該也是因為喜歡，所以才會穿便宜貨……」

『咦？喂，惠美，不對，不對啦，我不是那個意思。我不是想問蘆屋先生平常喜歡穿什麼或買什麼衣服。』

「……那麼，妳的意思是？」

惠美的表情首次出現了變化。

腦中閃過不祥的預感，變得沉重的心臟與胃應該也並非錯覺。

『所、所以說，真是的，妳應該知道吧！我是在問妳蘆屋先生覺得女孩子穿什麼衣服比較可愛啦！』

梨香一定是鼓起了相當的勇氣才提出這個問題的吧。

這並非跟任何人都能商量的事情。

在梨香周圍的人當中，比梨香還早認識蘆屋的女性就只有惠美、千穗以及鈴乃。然而就惠美看來，梨香跟千穗和鈴乃的交情並未親暱到能問這種問題。

雖然實際上梨香跟千穗在與阿拉斯．拉瑪斯有關的事件中，已經變得十分親密，但總而言之，若問其他人該怎麼穿才能讓特定男性覺得好看，幾乎有九成九等於向對方承認自己喜歡那

位男性。

「在、在回答之前，梨香，我能先問個問題嗎？」

『什、什麼事？』

對惠美而言，雖然已經驚訝到心臟快要停止變成雕像的地步，但對方也同樣因為告白的熱量而失控，變得十分激動。

「妳跟艾……跟蘆屋之間發生了什麼事嗎？」

若什麼都沒發生，那梨香怎麼可能會說出這種話。

之前梨香與鈴乃一起在幡之谷的肯特基炸雞店巧遇蘆屋時，惠美的確覺得梨香對蘆屋的態度跟平常不太一樣，不過難道在那之後，梨香跟蘆屋有什麼相互來往的機會嗎？

『什、什麼也沒有喔！什麼也沒有！不、不過，不過啊……』

梨香驚慌失措地否定。

然而之後她的聲音卻變得愈來愈小，最後才以細若蚊聲的音量對惠美說了一句讓對方完全凍結的一句話。

『蘆屋先生……約我……一起去買東西……』

惠美感覺眼前變得一片黑暗。

魔王，訴說人與人之間的關係

「雖然我知道你還在日本，不過你來這兒幹嘛啊？如果要找真奧，他已經出去囉。」

漆原緊盯著電腦螢幕說道。

千穗難得打掃好的地板上，馬上就被喝完的保特瓶與吃完的零食垃圾弄得凌亂不堪，彷彿漆原周圍會自然產生魔力結界，形成一個獨特的空間一般。

夏日的天空晴空萬里，就在陽光毫不留情地照耀笹塚町時，漆原喝了口杯子裡的麥茶。

「我知道，我有看見啊。我不是來找他，是來找你的。正好魔王的部下跟隔壁的小姐也一起出門了，所以就只能趁現在啦。」

「有什麼事？」

漆原還是一樣看也不看說話的人一眼。

「不過這房間還真熱呢！在這種氣溫下用電腦沒問題嗎？我記得電腦很怕熱吧。」

「沒差啦，只要別勉強操它就好。」

「喔，原來如此，所以才會把桌子擺在窗邊啊。唉，這裡至少還是有點通風啦。」

「我說啊。」

「話說回來，現在不是很熱嗎？我最近迷上了13冰淇淋，薄荷巧克力真的很好吃呢！」

此時漆原總算將視線離開螢幕，一臉厭煩地轉頭說道：

「我說啊，有什麼事就快點說。不然我可要用Skyphone向真奧報告你跑來家裡亂翻冰箱喔，加百列。」

一位魁梧的天使正擅自從真奧家的冰箱裡拿出冰棒，並逕自吃了起來。

「啊～你們最近的家計好像很吃緊呢？」

「別鬧了，你這樣亂來我會挨罵耶。」

「別那麼死板啦。就當作是有客人來拜訪，所以端個麥茶跟冰棒出來待客吧。」

「誰是客人啊。夠了，有什麼事就快點說一說回去啦。若那些傢伙回來後向你要牆壁的修理費，我可不管喔。」

「喂，話不是那麼說的吧？正確來說，弄壞牆壁的應該不是我，而是那個把我打飛、名叫阿拉斯．拉瑪斯的小女孩吧？」

「不過讓她那麼做的原因還是出在你身上吧？」

漆原冷淡地回答。

加百列當然不曉得修牆壁的費用是由房東負擔，但就牆壁被破壞這件事，他似乎也有自覺必須負起部分責任。

「話說回來，『我會挨罵』啊。」

面露奸笑的加百列在吃完冰棒後，有些捨不得地舔了一下冰棒棍，接著便將木棒扔進位於視野一角的垃圾桶。

「那是裝塑膠垃圾用的垃圾桶，可燃垃圾要丟在冰箱旁邊。」

「別那麼死板啦，所以說——」

「還所以說咧，我不是說這樣會害我挨罵嗎？好了啦，你快給我滾回去，真是煩死人了！你到底是來幹什麼的啊！」

看來就連漆原的忍耐也到了極限，完全不打算隱藏自己的不悅。

「不過啊——」

「怎樣啦！」

「從被稱為『晨曦之子』且最接近神的你口中，說出『我會挨罵』這種話還真是滑稽呢。而且你居然還會在意冰棒棍的垃圾分類，真是詭異到讓人笑不出來的地步。」

加百列意有所指地說道。

然而漆原不悅的表情看起來卻沒什麼變化。

「那還真是不好意思啊。現在的我就是這樣。基本上，你之前不是才說過天使的形象很重要嗎？既然自稱天使，那至少好好做一下垃圾分類吧。」

漆原不屑地說完後，便再度轉頭面向電腦。

I LOVE L A

可是加百列依然毫不在意地繼續說道：

「為什麼你要待在那麼年輕的惡魔底下啊？雖然大家都說你現在的力量遠遠不及過去的全盛時期，但我從來沒見識過你全盛時期的實力，所以有點好奇你到底是抱持著什麼樣的想法成為魔界的惡魔。」

「因為很閒啊。」

漆原簡潔地回答。

「很閒？」

加百列輕笑地重複了一次漆原的回答。

「我現在也過得很快樂喔？」

「……光是沒做好垃圾分類就會挨罵，而且還得待在這種熱死人的房間裡瀏覽動畫網站的生活很快樂？雖然這麼說有點那個，不過就連我現在待的網咖都比這裡舒適好幾倍吧？」

「很快樂喔。至少……」

「咦，你不吐槽網咖的部分啊。」

漆原用紫色的雙眼，從隨意留長的前髮間銳利地看向加百列。

「比在那種什麼都沒有的地方，無所事事地待上足以令人發狂的漫長時間要好太多了。」

「不過我們這邊可是被你害慘了呢。」

「剛好能拿來打發時間對吧？」

加百列沒有回答，公寓的庭樹上依然聚集了各式各樣的蟬，更加突顯出夏日的悶熱。

「就是因為沒事做又閒到讓人受不了，所以我才會陪撒旦做事啊。就只是這樣而已。好了，說完了。如果沒事了就快點離開吧。」

「沒錯，就是這個。」

「啊？」

正當漆原打算趕人時，加百列突然拍了一下手，害漆原嚇了一跳。

「我就是想問那個撒旦的事情，所以才在大熱天裡特地跑來笹塚這種偏遠的地方。」

「自己去問本人啦。真奧又不是出遠門。現在應該在新宿那一帶吧。」

「哎呀，感覺就算問了他也不會回答，而且他不是還很年輕嗎？與其找他，不如問你比較實在。」

加百列又恢復原本輕佻的語氣對路西菲爾說道。

「還有，比起只知道傳聞的人，不如直接問認識本人的傢伙，得到的情報準確度會比較高吧。」

「？」

真奧貞夫不就是魔王撒旦本人嗎？

雖然根本就沒什麼認不認識本人的問題，但加百列還是搖著手指說道：

「路西菲爾，你曾經來往過的『撒旦』，應該還有另外一個吧。我可不是指那個不知世事的年輕人喔。」

漆原聞言，便瞇細了眼睛。

加百列露出陰險的笑容繼續說道：

「我想問關於『傳說的大魔王撒旦』的事情，你到底知道多少。」

「什麼嘛，原來你是想問這個啊。害我白白擺出那麼嚴肅的表情。」

漆原大失所望地嘆了口氣，又再度回頭看向電腦螢幕。

另一方面，沒料到漆原會是這種反應的加百列，則是不自覺地跪倒在地。

「喂，你那是什麼反應！我剛才應該有營造出要講嚴肅話題的氣氛吧？」

「會看氣氛的尼特族只能稱得上是二流。」

「就算成為一流又有什麼好處啊？」

「雖然沒有好處，但也沒什麼壞處或損失。」

「那只是你主觀上那麼認為吧？說真的要是從客觀的角度來看，那種人生怎麼看都很吃虧吧？」

「如果會受到他人的意見所左右，那還是乾脆放棄當尼特族吧。因為那種傢伙只能稱得上是三流。」

「做到那種地步，一般來說應該會被趕出家門吧？」

「會被趕出家門的根本就是三流以下。即使不付出討好對方的勞力，也要小心避免讓依賴對象做出致命的舉動，能精確地看穿這條界線的人才是一流。這有點像是一種運動。」

「你應該要向全世界跟運動有關的人道歉。還有就結果而言，那不就等於是看氣氛嗎？」

「不對。那只是看穿對手忍耐的範圍，然後按照那個規則行動而已，並非每次都在看氣氛。雖然偶爾規則會改訂或變得更加嚴厲，但這點無論在哪個世界都一樣吧？」

「……」

「只有不害怕死亡，願意付出貫徹『Not in Education, Employment or Training』的努力與覺悟者，才是真正的尼特族。如果打破規則被趕出去，那根本就不是尼特族，只是普通的流浪漢而已。」

明明平常只要一被叫尼特族就會激動地生氣，結果自己又擺出一副求道者般的姿態，看來漆原病得還滿嚴重的。

坦白講，天底下恐怕再也找不到如此不適合「不怕死」或「真正的」等修辭來表示決心的狀況了。

即使是異世界的大天使，在這方面的感覺依然跟普通的日本人差不多，因此他已經超越驚

訝，因為看開而變得面無表情了。

「這些話聽起來一點說服力也沒有喔？要是你以為這樣就能說服得了別人，那就大錯特錯囉？」

漆原似乎很享受加百列的反應，接著說道：

「你才應該要別那麼死板啦，加百列。」

「咦？」

「要是沒有那種東西，那麼無論我、你還是其他人，大家在那裡都是尼特族吧。」

「！」

加百列頓時無言以對，並倒抽了一口氣。

漆原見狀，便露出有些陰險的笑容乘勝追擊地說：

「看吧，你配合氣氛了。這只能稱得上是二流啦。」

「……我說啊。」

總算發現對方在蒙混自己的加百列，為了重整態勢而輕輕搖頭說道：

「感覺話題愈扯愈遠了，我想問你的是——」

「還敢說咧，明明一開始就是你先在那裡裝模作樣。」

加百列緊盯著漆原說道：

「關於『大魔王撒旦的遺產』，如果你知道些什麼，麻煩你告訴我。」

「如果是錢那我會想要，但我不想付遺產稅。」

漆原徹底地不打算正經回答。

「我不是在問你這個，基本上那又不是錢。」

「那你想問什麼？」

「就是因為不曉得，所以才會問你啊。」

「既然不曉得，那你怎麼知道不是錢。」

「魔界有『錢』這種系統嗎？」

「沒有。」

「我要生氣囉？」

「真是的……好麻煩喔……」

漆原從和室椅上起身，舒展了一下僵硬的腰。

接著他從收納櫃中拿出紙筆，並開始洋洋灑灑地在上面寫了一些字。

「拿去，這就是我知道的所有足以令天界聞之色變的魔界寶物。」

「你的字還真潦草。」

漆原的字難看到連加百列都忍不住出言抱怨，而且還全部都是用平假名書寫。

「諾懂……諾統啊，是指魔劍格拉墨吧。不是這個呢。還有亞德羅……不對，亞多拉瑪雷基努斯在磨槍？這到底要怎麼念啊？」

「是亞多拉瑪雷克一族打從神話時代起就存在的槍。」

「原來是亞多拉瑪雷基努斯的魔槍啊！話說你至少也學個片假名吧！這樣我根本就搞不懂要怎麼斷句！」

「我覺得連漢字都記得起來的你們還比較奇怪呢。」

「真是的……為今的魔道……偽金的魔道啊。就是那個原本打算做出騙人的黃金，結果卻鍊成了黃銅的那個吧？阿斯特拉爾之石，括號，連貝雷魯雷貝魯貝……這是什麼東西……」

「連貝雷魯雷貝魯貝是大魔王撒旦養的魔獸名稱。據說牠帶著鑲有大魔王撒旦製作的神祕寶石——阿斯特拉爾之石的項圈，至今仍存活在魔界的某處呢。那個該不會是『基礎』的碎片吧？」

「……我真的要生氣囉。」

「什麼啦，別看我這樣，我好歹也是認真的喔？」

加百列板起臉瞪向漆原，漆原則是一臉意外似的反駁。

「從古至今，每個叫撒旦的傢伙基本上都很窮啦！甚至就連當上了大魔王，都還會去搞偽金的魔道這種小家子氣的東西耶？我根本就不記得有什麼足以被稱為遺產的武器或技術，真的就只能想到這些東西了！」

「真是的……搞不懂你到底認真到什麼程度……」

加百列將漆原寫的紙條揉成一團扔進垃圾桶。

「反正我也沒辦法硬逼你招供，那麼今天就到此為止，我先走囉。」

「我不是說過不能把可燃垃圾丟那裡嗎？」

「不過，別忘了是因為對象是我，所以才會這麼乾脆地離開喔。」

「啊？那是什麼意思？」

加百列以意外凝重的表情，看向板起臉從垃圾桶中撿起紙條跟冰棒棍的漆原。

「『監視者』要過來了。視那傢伙的判斷而定，以後來你們這兒的人，或許就不會是像我這種鴿派囉。」

此時漆原的表情首次出現較大的動搖。

「你說『監視者』？」

「你那是什麼意外的表情啊？跟那傢伙一組的『墮天邪眼光』可是已經不在囉？那麼應該能預料到那傢伙總有一天會出動吧。」

「誰預料得到啊，明明就是個尼特族集團，怎麼突然變得那麼有活力。還有你根本就不是什麼鴿派，真要說的話，應該是搞不懂在想什麼的鯨頭鸛派吧？」

「被你這麼一說，感覺還真令人火大。話說鯨頭鸛是什麼東西啊？」

說完後，加百列從懷裡拿出一張紙。

「要是想到了什麼，就打上面的電話給我吧。雖然我不怎麼期待。」

「誰要打電話給你啊。」

將一張只有名片大小，並記載了手機號碼的紙張放在榻榻米上後，加百列在玄關穿上涼鞋準備離開。

「話說回來。」

「什麼事？」

「先別管什麼撒旦的遺產，那個『基礎』的碎片要怎麼辦。前陣子艾米莉亞那裡好像又多了一個新的出來囉。」

雖然那碎片原本是被隨意裝飾在卡米歐帶來的寶刀刀鞘上，不過漆原並不曉得惠美之後是怎麼處理那個東西。

照常理說，應該是會讓它跟阿拉斯．拉瑪斯融合以提升聖劍與破邪之衣的威力，再透過壓倒性的力量讓加百列完全無法出手吧。

即使只是讓一個碎片與阿拉斯．拉瑪斯融合，或許還是能使破邪之衣變得更加完整。

艾米莉亞的力量提升，無論對魔王軍還是加百列而言都是有百害而無一利。

雖然漆原是這麼認為，但加百列看起來意外地不怎麼驚訝。

「嗯，那個啊。現在暫時寄放在她那裡。從『監視者』過來這點就能推測出，因為原本的管理失誤與先前的失敗，我已經被調離這件事的前線了。既然是在艾米莉亞那裡，那麼目前應該是沒什麼問題。」

「哼，那就算了。」

「感謝你的情報啊。如果你有遇見艾米莉亞，就告訴她我們暫時不會出手，叫她好好珍惜那孩子吧。」

說完後，加百列便揮揮手走出大門。

在加百列的腳步聲逐漸遠去，以及那想藏也藏不住的聖法氣氣息完全從Villa・Rosa笹塚周圍消失之後，漆原再度回到電腦前。

室內暫時只剩下蟬鳴與敲打鍵盤的聲音。

然後漆原難得地開始配合動畫網站的音樂哼起歌來了。

「亞伯拉罕有七個小孩，一個很高大，剩下都很矮……」

※

手機公司docodemo旗下的電話客服中心，正籠罩著某種異常的緊張感。

平日待人和善、精通外語、既有膽識又可靠，且逐漸成為客服中心主力的遊佐惠美，正散發出某種難以言喻的氣氛。

她跟平常一樣負責處理其他人員無法應付的外語電話。

只要向她搭話，得到的反應也會跟平時的遊佐惠美一樣。

不過──

在沒跟任何人對話、等待接聽電話的期間內，換句話說就是她獨處的時候。

惠美的表情非常嚇人，總之就是很恐怖，讓人切實地感覺到，她正因為某個不知名的原因感到不安與憤怒。

惠美明顯正在擔心某件事，而且正為此而感到心煩。

雖然這並未影響到原本的工作，不過今天的惠美給人的感覺非常難以接近。

「遊、遊佐小姐，那個……」

「……是的？」

「咦，啊，對、對不起，沒什麼。」

坐在鄰座向惠美搭話的女性，似乎是感覺到了惠美周圍那股神祕的不悅氣氛，因此馬上就打退堂鼓了。

自己的表情真的有那麼恐怖嗎？惠美稍微將手抵在自己的額頭上。

今天梨香不用上班，坐在惠美旁邊、與平常梨香所坐的位子相反方向者，是惠美與梨香的後輩——女大學生清水真季。

儘管個性穩重，但在因為負責處理收訊問題而容易遭遇惡質申訴的電話客服人員中心裡，以學生而言她算是一位難得頗有膽識的優秀員工。

「……對不起，真季，有什麼事嗎？」

真季似乎是大學二年級生，因此原本在實際歲數方面，惠美的年紀要比對方還來得小。不過從兩人過去累積的歷練與給人的感覺來看，怎麼看都是惠美比較年長。

結果就是惠美在職場被許多同事當成前輩尊敬。

「那個……妳的表情，很恐怖呢。」

對方直率的回答讓惠美有些畏縮。

自己真的有把臉繃得那麼緊嗎？仔細想想，居然連天不怕地不怕的真季都會覺得難搭話，那麼看來自己真的把氣氛弄得很僵。

「對不起，這問題可能有點奇怪，那個……」

「嗯，什麼事？」

雖然看起來有些難以啟齒，但真季還是清楚地問道：

「妳該不會跟梨香小姐吵架了吧？」

「咦？」

雖然對方問得很直接，但惠美還是因為這完全出乎預料的問題而嚇了一跳。

「為、為什麼？」

「不是嗎……啊，真是太好了……」

「我沒跟梨香吵架喔？為什麼這麼問？」

或許是因為惠美打從心底感到意外的反應而鬆了口氣，真季緊張的情緒紓解許多。

「我昨天跟梨香小姐一起上班。雖然午休時間拖得比較晚，但在我們打算出去吃飯時，梨香小姐接到了一通電話。」

真季開啟的話題，讓惠美感覺胃一口氣變得沉重不已。

因為惠美知道那通電話是誰打來的。

「在那之後，梨香小姐就變得有點怪怪的……等下班後，她似乎打了通電話給遊佐小姐，所以我才想說是不是發生了什麼事。」

「然後我今天看起來又一副很不高興的樣子，難怪妳會以為我們吵架……」

惠美深深地嘆了口氣。

真季提及的傍晚電話，應該就是惠美昨天在浴室接到的那通吧。

至於中午的電話……

「唉……現在回想起來，梨香小姐後來的表情忽喜忽憂，似乎有些心不在焉呢。」

真季突然露出戲謔的笑容，開朗地向惠美尋求肯定。

「梨香小姐，該不會交男朋友了吧。」

「唔嗯！」

惠美誇張地嗆了一下。

「遊佐小姐？」

「沒、沒事，沒、沒什麼……」

此時惠美腦中突然浮現出那天在肯特基的場景。

「討厭啦，不行不行不行不行，我再也不想碰到這種事了！」

「遊佐小姐？」

無視真季驚慌的反應，惠美忍不住整個人趴在桌上。

千穗的狀況，是在惠美認識她時早就已經到了無法介入的階段。但若連梨香也跟著墜入愛河，惠美的壓力應該會爆發性地增加吧。

「為、為什麼偏偏……」

「啊，電話來了。您好，感謝您的來電，這裡是docodemo客服中心，敝姓清水……」

「喂，您好，這裡是docodemo客服中心……」

「感謝您的來電，喂……」

「為什麼在這種時候會這麼的忙啊！」

惠美開始有點想哭了。

打從今早開始上班時起，詢問的電話就接二連三地被轉進來。

所有客服人員早上都有收到一封記載重要聯絡事項的郵件，表示所有搭載行動數位電視功能的薄型手機，都發生了畫面收訊不良的狀況。

「真是的，居然連這裡都跟電視有關！」

「遊、遊佐小姐……！」

真季握住自己的麥克風對惠美擺出嚴肅的表情。

大概是惠美的聲音傳到她那裡了吧。惠美一邊繃緊臉，一邊擺出手刀的姿勢道歉。

「……喂，感謝您的來電。這裡是docodemo客服中心，敝姓遊佐……」

惠美的分機也跟著響起，接聽之後便發現果然也是跟行動數位電視功能有關的問題。

這些諮詢電話共通的故障情形，就是畫面會突然變得一片空白與發出閃光。

而隨之而來的現象，就是發出閃光後，電池會以令人驚訝的速度沒電。

不過在收訊不良的場所就不會發生這種狀況。

還有，就是大多數用戶都是在相同時段遇見這樣的現象。

剩下一點雖然比較無關緊要，不過在諮詢的來電中，意外地有許多用戶提到：

『我當時正在家裡用手機看數位電視……』

大多數都是這種狀況。

「既然在家裡，那就用普通的電視看啊……」

惠美自言自語道。

目前呼叫中心還沒獲得docodemo總公司負責追查原因的作業小組傳來的情報，因此包含惠美在內的員工面對這些諮詢電話，都只能不斷地道歉。

倒不如說，幸好這次並非通話、簡訊或網路功能出現故障，所以目前來電的數量才只有這點程度。

行動數位電視對手機使用者而言，絕對稱不上是經常使用的功能。

相較於行動數位電視，現在需求度最高的其實是播放音樂的機能。無論畫面解析度有多高，手機的螢幕畢竟只有小小的幾吋。

現在已經是個只要能安裝數位電視，就算在自己家裡也能同時錄影複數節目的時代，除了那些非常堅持要即時收看電視節目的使用者以外，行動數位電視終究只是個次要的機能。

在每季的最新機種中，都一定會有些為了提升通話與通信機能，而選擇放棄行動數位電視功能的型號，可見用戶們對這項功能的需求頂多就只有這種程度。

所以就算docodemo所有搭載行動數位電視功能的型號都出現了異常，打來諮詢的電話依然只有這點程度，惠美甚至還有餘裕能煩惱梨香的事情。

過去發生與網路線路有關的通信障礙時，光是三十分鐘無法傳簡訊，就足以讓全國呼叫中心的客服專線因此爆滿，甚至還上了電視新聞。

「……電視啊。」

雖然昨天陪梨香商量時，惠美的腦袋曾經瞬間變得一片空白，但在聽了事件的來龍去脈後，惠美才知道原來蘆屋是向梨香徵求購買家電的建議。

惠美不曉得蘆屋是如何取得梨香的聯絡方式，但總之蘆屋似乎原本就跟梨香約好想買手機時，會向她徵求意見。

儘管這件事因為真奧等人前往銚子打工而暫緩，不過昨天蘆屋卻突然以有些陰沉的聲音聯絡梨香，希望對方能陪自己去買東西。

無法叫不曉得蘆屋真面目的梨香別去的惠美，即使內心因此感到焦躁萬分，還是只能給梨香「照平常那樣去就好了」這種極度隨便的忠告，然後便掛斷了電話。

接著惠美馬上跟鈴乃取得聯繫，或許該說不出所料，從房屋仲介那兒回來後的真奧臉上掛著勝利的得意嘴臉，至於蘆屋則是露出了彷彿世界末日般的表情。

結果房租不變，房客們也無須負擔工程費用，關於ＭＨＫ的收視費是按照集合住宅契約統一向房東請款，且這筆費用早已包含在房租之內。

『考慮到我們昨晚談過的那些事，我也打算趁這個機會跟他們一起去買電視。』

聽了這句話後，雖然只有掉在房間角落棉絮的程度，但惠美的心情總算變得輕鬆了一些。

看來並非只有梨香跟蘆屋兩人出門，真奧跟鈴乃也會一起過去。

「……不過，那又怎麼樣呢？」

「遊、遊佐小姐？」

惠美再度開始自言自語。真季戰戰兢兢地向惠美搭話，但陷入沉思的惠美還是完全沒注意到她。

梨香將蘆屋當成一位男性看待。

還是別再逃避這個事實比較好。

身為勇者，惠美決定退讓足以在地球上用月球漫步七圈半的步數，試著審視蘆屋四郎這個人類。

他是一位外表聰敏又高眺健壯的男子。擁有勉強稱得上是隨性的髮型，以及單純因為清貧而顯得有些憔悴的臉孔，看在不認識他的人眼裡，十足就是個憂鬱的白皙美男子。

「嗚噁！」

惠美才想到一半便不自覺地感到噁心，但總之蘆屋確實有點給人那樣的印象。

除此之外，待人和藹的蘆屋對其他人總是擺出一副紳士的態度，絕對不會亂擺架子；另一方面，即使犯錯的人是自己的主子真奧，蘆屋依然會直言勸諫，對甘於當個尼特族的漆原也會嚴厲地加以指點。

雖然問題在於蘆屋本人幾乎完全沒有收入，不過這也只是他刻意這麼選擇而已，若按照正常程序就職，以他的素養應該無論什麼工作都能輕鬆勝任才對。更何況他還是個惡魔，所以不但善於語言，個性也十分勇敢。

基於能省就省的個性，蘆屋從來不會將錢花在嗜好品上，因此也不用擔心會有與菸酒有關的麻煩。

再加上無論料理、洗衣還是打掃，蘆屋都樣樣精通。

儘管就現在的高中女生而言，佐佐木千穗已經達到天然紀念物等級並稱得上是眾所公認的逸才，但照這樣看來，實在不得不承認蘆屋就男性而言也算是令人驚訝的優良對象。

「不曉得梨香……知不知道魔王跟貝爾也會一起去呢。」

思及此處，惠美心裡頓時產生了另一種不滿。

這份感情並非出於勇者艾米莉亞，而是鈴木梨香的朋友遊佐惠美。

昨天梨香打電話過來時的聲音，除了難以壓抑的困惑以外，還參雜了些許的期待。

既然梨香本人並未使用「約會」這樣的詞彙，就表示梨香應該也知道蘆屋並未特別將她當成女性看待。

不過……

「就這部分而言，那些傢伙應該會好好關照別人吧……」

既然已經知道蘆屋要買的東西是魔王城的電視，就表示最後將會是梨香、蘆屋、真奧以及鈴乃四人一起行動。

考慮到蘆屋一絲不苟的個性，他甚至有可能打從一開始就已經告知梨香這點。

不過，梨香一定還是在內心某處抱持著連希望都稱不上的淡淡期待吧。

期待能跟蘆屋兩人一起出門。

要是真奧和鈴乃也跟著去了，那麼梨香就算能夠理解，還是會感到有些失望吧……

「等等！這樣不對吧！」

「有、有什麼不對嗎？」

惠美獨自吐槽，讓坐在隔壁等電話的真季嚇得挺直背脊。

然而惠美根本就沒有餘裕在意這種事情。

自己到底搞錯了什麼。

蘆屋是個惡魔，現在只是因為失去魔力才變成人類的樣子，怎麼能讓那種男人跟重要的朋友梨香兩人一起出門呢。

自己的思考從昨天開始就有點奇怪。

如鈴乃所言，自己太過適應這種安適的生活了。

就連跟真奧、蘆屋以及漆原，也只是因為不得已才暫時休戰而已，那些傢伙依然徹頭徹尾地是人類的敵人。

而且只要有鈴乃在，就算有什麼萬一也能保護梨香、真奧以及蘆屋，所以關於這部分應該可以放心。

「不對，我根本就用不著擔心魔王和艾謝爾啊！」

「咿！」

坐在旁邊的真季已經快要哭出來了。

接著在焦急地搔著頭的惠美後方，突然出現了一個高大的人影。雖然惠美沒有發現，但真季正以一副總算得救的表情看向來人。

「……」

十五分鐘後。

穿著便服的惠美站在公司外面。

負責管理惠美等人辦公室的樓層負責人將她給請了出來。

惠美平日工作認真，跟同事們間的交情也不錯，但即使因此免於責罵——

「妳累了吧？要是繼續待在這裡，對職場的氣氛會有不好的影響，我看妳今天還是先回去好了。」

對方依然毫不留情地對她說出這種殘忍的話。

儘管惠美的表情一臉黯淡，但她也知道自己今天確實因為煩惱的事情太多，導致無法保持平常心。

特別是對真季非常不好意思，之後得找機會向她道歉才行。

惠美看了一下手錶。

現在是下午三點。今天比平常提早了兩個小時下班。

既然如此，自己也應該要採取相對應的行動。

從真奧與蘆屋昨天的對話推測，梨香他們目前大概是在新宿的某處。

惠美打開手機，準備聯絡鈴乃或梨香。

「……這樣，好像也有點奇怪呢。」

不過最後惠美還是極力克制自己，並打消了念頭。

明明昨天才剛陪梨香商量過，要是惠美又在梨香陪蘆屋等人一起買東西時突然出現，才真的會讓梨香無地自容。

然而就算要在不被梨香發現的情況下跟蹤他們，似乎也不太妥當。

根據惠美這幾個月來的經驗，蘆屋絕對會非常紳士地對待梨香。

更何況若在這種情況下被真奧發現，感覺對方絕對會藉此嘲弄自己一輩子。

就現況來看，如果跟蹤曝光，或許真的會害自己跟梨香的關係產生裂痕也不一定。總之對惠美一點好處也沒有。

「既然如此……偶爾也試著為了自己的目的行動吧……」

惠美嘟囔道。

既然阿拉斯．拉瑪斯現在已經與聖劍融合，那麼惠美也無法立刻討伐真奧。

即使鈴乃的顧慮正確，真的有人打算帶走魔王與惡魔大元帥，惠美也沒必要一直緊跟著他們，倒不如說在事情發生之前，她甚至不應該與梨香接觸。

這麼一來——

惠美打開側肩包中一個附拉鍊的口袋，用手指從中拿出一個類似小石子的東西。

那是一顆比彈珠略小，並有些變形的「基礎」碎片。

這塊碎片原本是被鑲在卡米歐帶來的寶刀刀鞘上，但真奧卻以自己不需要為由寄放在惠美這裡。

令人意外的是，即使看見了這塊碎片，阿拉斯・拉瑪斯對它依然沒什麼興趣。

仔細想想，這還是惠美第一次入手普通的碎片，考慮到至今阿拉斯・拉瑪斯與「基礎」碎片之間的關係，惠美推測或許能透過某種方法引出碎片的力量，讓它跟阿拉斯・拉瑪斯互相吸引也不一定。

就像過去在安特・伊蘇拉的魔王城，惠美的聖劍與阿拉斯・拉瑪斯曾經彼此吸引一樣。

於是惠美決定搜尋現在可能存在日本的「基礎」碎片。

雖然當時惠美沒有自覺，不過真奧曾稱那個東西為「基礎」的碎片。

那顆寶石擁有能讓阿拉斯・拉瑪斯的身體狀況恢復的力量。

其持有者也知道阿拉斯・拉瑪斯的名字。

惠美那天在東京巨蛋城遇見的那位戴紫色寶石戒指的白衣女子。

或許她是……

「……現在，還是先別想太多比較好……」

惠美像是為了提醒自己似的搖了搖頭。

對方原本就是不可能存在的人物。

是只存在於他人傳聞之中的人物。

那個人明明曾在夥伴那裡逗留了好幾天，卻完全不來見自己一面。

她也許就是——

「總不能在大馬路上拿出聖劍吧……」

在銚子得到這塊碎片時，惠美就已經決定好要怎麼利用了。

「基礎」碎片之間會互相吸引。

然而惠美過去所持有的「基礎」碎片，就只有「進化聖劍．單翼」、阿拉斯．拉瑪斯以及破邪之衣而已。

不管再怎麼壓抑聖法氣，惠美的聖劍尺寸都無法縮小到刀子以下，只要灌注的聖法氣低於一定的量，就會無法維持劍的形體。

想使用鑲在聖劍劍柄上的碎片，無論如何都必須讓聖劍現形，若那位白衣女子正待在日本的某座都市裡，那麼拿著刀子在街上到處亂晃的惠美，應該馬上就會遭人報警處理吧。

即使如此，以阿拉斯．拉瑪斯的情況來說，女孩本體的「基礎」碎片似乎就是頭上的新月花紋。

若利用阿拉斯．拉瑪斯的碎片尋找其他「基礎」的碎片，那麼持續從額頭發射像巨大宇宙英雄擊倒怪獸用的怪光線的小女孩，應該會非常引人注目吧。

至於像破邪之衣這種連核心在哪裡都不曉得的東西，當然就更不用說了。

就這方面來看，如果是像這種只有路邊石子大小的碎片，不但方便放在包包裡帶著到處走，視使用方法而定，隱藏的方法也是要多少有多少。

這年頭會發光的小飾品跟鑰匙圈並不稀奇。

剩下需要擔心的，大概就是若使用「基礎」碎片，有可能會引來追蹤碎片反應的加百列等天界勢力吧，但惠美覺得這可能性並不高。

惠美在銚子時就曾經使出全力發動了「進化聖劍・單翼」與破邪之衣。

若是以前的加百列，照理說只要一探測到白衣女子或阿拉斯・拉瑪斯的反應就會馬上趕來，不過這次卻完全沒有出現的跡象。

至於碎片被隨意裝在由知道惠美所在地的奧爾巴所製作、並由卡米歐帶在身上的寶刀上面這點，也讓人覺得事有蹊蹺。

雖然不曉得西里亞特使用的念話晶球對面的人物是誰，但對方手上應該也持有「基礎」的碎片。

然而就連對面的那個某人，似乎也沒有跟惠美接觸的打算。

當然對方也有可能是想放任惠美自由行動再暗中監視，不過惠美的實力可是堅強到足以打倒加百列。無論對方打算怎麼出招，只要反過來擊倒他們就好。

「……我明明就想更和平、聰明一點地過活……」

惠美一面對自己好勇鬥狠的思考方式感到有些沮喪，一面離開工作的大樓往新宿站前進。

惠美工作的地方前面原本有一個通往地下道的樓梯，但由於奧爾巴和漆原前幾個月才在那裡引發崩塌意外，所以直到現在都還沒恢復通行。

「要是能走地下道就有冷氣吹了」——惠美不滿地嘟囔著，她並未走向離職場最近的新宿站東口，而是準備前往位於新南口的遠程巴士售票處。

穿過位於南口正面、總是在施工的高架橋下方後，惠美直接爬上通往新南口的樓梯，走進前方一間高級百貨公司高島田屋的自動門。

吹著百貨公司內冷氣的惠美偷偷地喘了口氣，然後無視那些陳列著名牌包包、鞋子以及飾品的店家，直接往大樓深處前進。

穿過高級服飾品區後，惠美來到一個擺滿了各式各樣的雜貨、以深綠色為基調的空間。

這裡與高島田屋之間隔了一道電扶梯，雖然位於同一棟建築物內，但此處給人的感覺完全是不同的空間。

東急手創屋新宿店。

那是一間號稱能即時取得各式工具與素材的都市型居家生活百貨公司。

從木材與工具，到工具機、手錶、皮革製品、戶外用品、礦石、工具組、派對用品、各式雜貨以及角色商品等等，手創屋販賣的商品可說是五花八門。

惠美搭上電扶梯，前往販賣各式色彩鮮豔礦石與化石的樓層。

她先在那裡買了一個附軟木塞、用來保存與鑑賞礦石的小瓶子，接著再去飾品工具賣場買了鑰匙圈用的珠鍊等金屬零件。

之後惠美直接走出位於高島田屋的東急手創屋，往設有代代木docodemo營業處與通信機房的代代木docodemo大廈前進。

這棟讓人聯想到美國早期精良的摩天樓的大廈底下有一間鮮味漢堡，惠美走進店內，一邊喝茶一邊將買來的材料放在桌上。

「……完成了。」

將附軟木塞的小瓶子裝上鑰匙圈，再將「基礎」碎片放進去後，看在旁人眼裡就只是個有點奇怪的小飾品。由於不需要一直讓它發光，因此就算不小心被別人看見，這樣也足以蒙混過關。

比起帶著聖劍到處走，或是讓阿拉斯．拉瑪斯的額頭發光要好多了。

現在已經過了中午，距離晚餐時間也還太早，因此店內的客人並不多。

惠美將剛做好的小瓶子鑰匙圈收進側肩包，然後直接一點一點地對包包裡的「基礎」碎片注入自己的聖法氣。

「進化聖劍・單翼」、破邪之衣與阿拉斯・拉瑪斯也呼應了惠美的聖法氣，增幅讓碎片產生反應的力量。

回想起當初踏入安特・伊蘇拉魔王城時的狀況，惠美小心地調整力量以避免周圍的人看見聖法氣的光芒……

「成功了。」

惠美用空下來的手比了個小小的勝利姿勢。

小瓶子裡的「基礎」碎片，開始發出跟聖劍與阿拉斯・拉瑪斯額頭相同的淡紫色光芒。接著那道亮光便從小瓶子裡筆直地指向某個方向。

當然這一切都發生在惠美的側肩包裡面，光線也馬上就被阻擋在包包的內側，不過只要能知道方向就夠了。

光芒從代代木往西南方向照射。

至於那個方向讓人聯想到的地區……

「是、是笹塚的方向……」

正好就是平常惠美與真奧等人的活動範圍。

「等、等等，還不能確定。或許還得再往前推算也不一定……總之還是先試試看能走到哪裡好了。」

當然笹塚也必須列入考量，不過既然現在只知道大概在西南方向，那麼誰也不能保證光線不會一直延伸到沖繩地區。

唯一能確定的是，除了惠美裝在小瓶子裡的碎片，以及她所持有的「進化聖劍・單翼」、破邪之衣和阿拉斯・拉瑪斯以外，地球上至少還存在著另一個的「基礎」碎片。

「要是出現反應的位置正好就在地球的另一端，不曉得這道光會指向哪個方向呢。」

惠美一邊想著這種無意義的事情，一邊走出鮮味漢堡。

※

自己很清楚這件事。

話說回來，既然對方事先就已經這麼說了，要是臨時變卦自己也會很困擾。

對方應該沒那麼在意這件事吧，而且仔細回想起來，自己在跟那個人獨處時的舉動明顯地不自然。

不過……

「期待能有出乎意料的發展，也是事實。」

「怎麼了嗎？」

「沒事，沒什麼。」

站在旁邊的蘆屋出言關切，梨香苦笑地搖頭。

一直煩惱著該打扮到什麼程度的梨香，最後選了外出時不會顯得太過顯眼的短洋裝與熱褲，再配上穿慣了的皮製涼鞋，就結果來說這是正確答案。

雖然蘆屋的確就站在自己的旁邊，但兩人前面還有不曉得該說是蘆屋的朋友還是前上司的真奧貞夫，以及惠美的朋友鎌月鈴乃。

蘆屋和真奧穿著跟之前碰面時幾乎一模一樣的UNI✕LO便宜套裝，而鈴乃也還是一樣獨自穿著浴衣。

要是鼓起幹勁打扮得太過漂亮，那麼跟兩位男性間應該會產生巨大的落差吧。結果梨香的打扮勉強成功地在這群人中取得了平衡。

四人在JR新宿站西口的驗票口前會合，穿過地下道準備前往位於遠程巴士總站前方的淀川橋家電。

梨香原本只帶了裝著錢包、手機與幾樣化妝品的小側肩包，但現在其中一隻手上正提著另一個堅固的大塑膠袋。

裡面裝的是銚子名產，燉煮秋刀魚、鯖魚以及沙丁魚。這些是蘆屋送她的土產。

在出發之前，蘆屋就已經直接打過電話告訴梨香。

不過這三種魚類的燉煮食品無論怎麼看都是百分之百的「土產」，完全沒有其它的涵義。

「唉，算了。」

梨香感受到了一股有別於夏日暑氣的暖意，臉上也不自覺地露出了笑容。

這項禮物非常符合蘆屋的風格。

即使先將這件事放在一邊，對於獨自生活的梨香來說，能收到這種配飯的小菜確實是頗有助益。

就這方面而言，不同於只要抱持著淡淡的感情就足夠的孩童時期，這雖然能稱得上是一種成長，但也能說是在壞的意義上成為大人。

「然後呢？結果大家今天來到底是想買什麼啊？」

梨香轉換心情，以真奧跟鈴乃也能聽見的聲音問道。

「我只想要買電視而已。至於這兩個人我就不清楚了。」

「電視，電視啊！」

鈴乃肯定地說不知道真奧要買什麼，但對方還是直截了當地表明目的。梨香抬頭看了一下身旁蘆屋的臉色，那副表情怎麼看都是想表達反對的意見。

「那手機呢？」

「……那個，等看過電視的價格之後再決定……」

「手機怎麼了？」

真奧因為在意梨香的問題而轉頭詢問。

「我不是說過了嗎？因為蘆屋先生到現在還沒有手機，所以我原本跟他約好要幫忙出手機的意見。」

「你們什麼時候約好的啊？」

真奧還不曉得蘆屋、梨香跟千穗曾經跟蹤他到東京巨蛋城。

看在真奧眼裡，他也跟惠美一樣覺得蘆屋跟梨香的關係突然變得親密，而且因為不曉得兩人何時做了那樣的約定而感到納悶。

「不過關於電視，我也不曉得自己有沒有辦法幫忙出意見喔？我家只是能裝數位電視而已，對電視本身並沒有什麼研究。」

「不，光是鈴木小姐有電視這點就已經很重要了。妳的電視應該是自己買的吧？」

梨香的公寓位於高田馬場，而電視則是來到東京後才自己存錢買的薄型液晶電視。

「嗯，是西芝的RAGZA。雖然是數位電視剛開始時的舊型號，不過是附獨立視訊端子跟類比視訊端子的26型，還有我最近總算買了藍光錄影機呢。」

說著說著，梨香開始介紹起家裡電視的配備。

然而卻換來了三道無法理解梨香到底在說什麼的疑惑視線。

「那個……」

「雖然梨香小姐可能會覺得難以置信……」

鈴乃清了一下嗓子，然後說出這樣的開場白。

「坦白講我們對家電製品的知識，還停留在昭和時期。」

「只有妳是那樣吧！」

鈴乃無視真奧的吐槽。

「唉，當初我買手機時也一樣，該怎麼說，雖然對方是在認定我這邊具備基礎知識的狀況下說明，不過就算告訴我這機型能做什麼或附了什麼，基本上我連那『什麼』是什麼意思都不曉得呢。」

「關於這點，我有件事情想先請教鈴木小姐……」

「咦？」

「那個西芝，是指電器的製造商嗎？」

「連這個都不知道？」

蘆屋的問題讓梨香不禁大吃一驚。

「等、等一下，等一下。我開始覺得就這樣去電器賣場會很危險了。」

梨香停下腳步，思考片刻後便抬頭說道：

「各、各位，吃過飯了嗎？還是我們先吃個午餐，然後再趁這段時間預習一下基礎的知識如何？」

「啊……已經是這個時候啦？因為天氣太熱沒什麼食慾，所以我都忘了呢。」

真奧擦著額頭上的汗，點頭表示同意。

「我也還沒用餐呢……不過……」

鈴乃露出苦笑，並對蘆屋努了努下巴。

「問題在於那個守財奴同不同意外食呢。」

「鎌月鈴乃……妳該不會以為我單純只是個鐵公雞吧？」

蘆屋擺起架子回答鈴乃，接著轉向梨香——

「只要一餐不超過三百圓，那我也有外食的覺悟。」

堂堂地如此宣言。

「「……」」

就連真奧與鈴乃也不禁感到愕然。

若是五百圓那倒還能理解，不過三百圓能選的東西實在是非常地有限。這種價格連點麥丹勞或牛丼連鎖店的固定菜單都十分勉強。

然而梨香的表情卻不為所動。

「那還是到那間店好了。去我知道的地方可以吧？離這裡很近喔。」

若無其事地說完後，梨香便帶頭跨出了腳步。

「真、真的有嗎？只花三百圓就能吃飯的地方……」

跟在梨香後面的真奧問道。

「唉，我大概猜到會變成這樣了，雖然我不太確定男性在那裡吃不吃得飽。」

梨香自信滿滿地走出地面，帶三人來到某棟住商混合大樓前方。

看見店面掛的招牌後，鈴乃最先敏感地產生反應。

「華丸烏龍麵……居然，是烏龍麵？」

華丸烏龍麵是從烏龍麵的主要產地香川縣，擴展到全國的烏龍麵連鎖店。除了主要的烏龍麵以外，更以全國分店都採取讓客人自行取用小菜跟配料的自助方式著名，而其中最大的特徵，就是能以一百零五圓的價格在這裡吃到上等的讚岐烏龍麵。

「一、一百零五圓的烏龍麵？」

受到最強烈衝擊的不是別人，正是蘆屋。

儘管原本就沒有強人所難的打算，但他依然沒想到居然會有比自己提出的金額還要便宜的

外食店。

「雖然我曾經略有耳聞……不過這裡就是那個華丸嗎？」

縱然在速食店打工的真奧事先就知道這間店的存在，但這還是他第一次造訪實地。

「這裡小碗的烏龍湯麵只要一百零五圓，如果再加兩種配料，大約三百圓就能吃飽了。」

「鈴、鈴木小姐，妳怎麼會知道這種地方呢？」

「我偶爾會來這裡光顧。東京烏龍麵的湯頭對我來說太濃了，這裡的湯味道比較清淡，所以我還滿喜歡的。而且這裡也比較不傷荷包吧？」

「嗯……」

「唉，總之我們先在這裡填飽肚子，順便預習一些基礎知識後再去電器賣場吧。雖然我對這方面也不是很清楚，但大家現在這樣實在太危險了。」

梨香率先示範了一次如何點菜。

接下來是蘆屋，看著蘆屋有樣學樣的真奧，以及排在最後面的鈴乃，四人就這樣各自完成了點菜。

「鈴乃，妳只單點烏龍湯麵嗎？」

梨香忍不住出聲詢問。連蘆屋跟真奧都點了一百零五圓的烏龍湯麵加炸芋頭和炸竹輪，但鈴乃卻意外地只點了一百零五圓的小碗烏龍湯麵。

「我想先試試味道，直接品嘗小碗的烏龍湯麵。」

鈴乃簡短地回答。

所謂的直接品嘗，就是只吃不冷不熱、經過華丸特別設定溫度的烏龍麵。

在這一百零五圓的價格當中除了便宜以外，更蘊含了華丸希望大家能輕鬆品嘗讚岐烏龍麵的想法。這也表示他們對烏龍麵就是如此地有自信。

「既然決定挑戰，那麼就沒有退路了。」

「……那是什麼意思？」

在挑了一張四人桌坐下並拿起筷子後，只有鈴乃一個人彷彿拔刀術的達人一般集中精神，在碗面前陷入冥想。

「那、那麼，大家開動吧。」

梨香像是學校負責分發營養午餐的值日生般宣布，蘆屋與真奧也各自將筷子伸向烏龍麵。

「……開動！」

鈴乃猛然睜開眼睛，一口氣吃了一大口微溫的烏龍麵。

「！」

才一咬下去，鈴乃的眼神就變了。

「這、這是……！」

「喂、喂，鈴乃？」

鈴乃對坐在一旁的真奧叫喚充耳不聞，馬上展開了第二波的攻勢。接著不到一分鐘的時間，她就在三人面前吃完了一碗烏龍湯麵。

三人因為那豪邁的吃相而陷入茫然。嚥下最後一口湯麵的鈴乃輕輕地喘了口氣，接著肩膀便開始不停地顫抖。

「為何……為何……」

「怎、怎麼了，鈴乃？不合妳的口味嗎？」

鈴乃的反應實在是太脫離常軌，因此梨香也開始擔心了起來。然而鈴乃卻以凌厲的眼神回看梨香，低聲嘆道：

「為何……這麼棒的烏龍麵，居然只要一百零五圓呢？」

「咦？」

「無論粗細、口感、嚼勁、鹹味還是入喉時的滋味……每一樣都無可挑剔。」

「這、這樣啊……妳、妳喜歡就好……」

鈴乃維持著嚴厲的眼神，宛如頑固的美食家般一本正經地拿起碗說道：

「……我要再點一碗！」

「妳、妳慢走。」

真奧看著鈴乃那令人不寒而慄的背影，邊吃烏龍麵邊說道：

「的、的確是很好吃啦，但有那麼誇張嗎？」

「鎌月似乎很喜歡烏龍麵的樣子，大概是有什麼特別的想法吧？」

冷靜動筷的蘆屋若無其事地回答。然而梨香不知為何一聽見這句話，內心便產生了動搖。

為什麼蘆屋會知道鈴乃喜歡吃什麼呢？

梨香知道兩人是住在同一棟公寓的鄰居，但難道他們的關係已經好到能互相把握彼此的飲食生活了嗎？

「……唉。」

一想到這裡，梨香連忙搖頭。這並沒有什麼好奇怪的。儘管記憶有些模糊，但梨香自己也大概記得身邊的人平常喜歡吃什麼。

鈴乃認識蘆屋的時間比自己早很多，而且又是住在他的隔壁，那麼或多或少會有機會知道對方喜歡什麼食物吧。

像是為了甩掉內心不安的念頭般，梨香刻意大口咬碎加點的炸什錦餅。

「那麼，針對關鍵的電視，就算不是很清楚也無所謂，能告訴我各位心中想買什麼樣的類型嗎？」

一部分也是為了轉換心情，梨香特意以極度開朗的語氣問道。

「只要能看電視節目就好了。」

「我說啊。」

「鈴木小姐剛才有提到家裡的電視是西芝某機種的26型……請問26型這個數字是指製造編號或是型號之類的東西嗎？」

雖然真奧隨便的回答確實令人困擾，但蘆屋的問題也同樣出乎梨香的預料。

「啊，不對不對，那個該說是畫面的尺寸，還是電視本身的大小……」

回答的梨香也開始陷入混亂，由於這兩種用法並沒有什麼特別的差異，因此自己平常也只是適當地回答。

不過蘆屋的問題已經遠遠超過對新家電不熟的程度了。

梨香自己對機器也絕對稱不上熟悉。不過至少打從梨香出生時起，電視跟錄影機就已經存在了，之後不過是記錄媒體跟操作順序稍微有些改變，就連藍光錄影機也沒有外表看起來那麼難操作。

現在只不過是以前透過類比進行的事情，變得能在數位畫面上處理罷了。

然而蘆屋的問題跟所謂的數位代溝間有著根本的差異。

「既然26算是普通，那麼就算再大一點也頂多到29吧。」

「咦？」

梨香因為真奧又再度說些莫名奇妙的話而皺起眉頭。

「那麼我想買臺稍微大一點、約27左右的電視。24再怎麼說都太小了，可以的話希望是26、27或28左右……」

稍微衡量了一下真奧列舉的數字之後，梨香總算明白對方的意思，並覺悟到無法靠正常的手段讓這些人了解電視。

「這又不是自行車！」

「咦？」

「現在的新型家用電視最低也是32型。如果沒有預算限制，那麼就算買到50或60也很普通喔。橫放在地上大概會有半坪那麼大吧。」

「買、買那麼大的電視到底是要看什麼啊？」

真奧的疑問可說是合情合理。

「因為有些人對影像或音質異常地執著，所以應該是讓那些人看電影用的吧？」

「就連普通的節目，也會用那麼大的電視看嗎？」

被因為半坪大尺寸感到顫慄的蘆屋這麼一問，梨香不自覺地想像了那樣的場景。

「那樣，感覺有點討厭呢。」

電影或自然紀錄片倒是還好，但若連普通的新聞、國會轉播和綜藝節目都用大螢幕跟高畫質來看，實在是沒什麼意義。

一試著想像整面牆壁都是新聞主播的畫面，就讓梨香輕輕笑了出來。

「唉，反正無論如何，那都是跟我們這些窮人無緣的東西。我家的26吋，大概就像這麼大吧。基本上現在賣的全都是薄型電視，所以反而要看電視底座來決定放在哪裡呢。」

梨香在自己面前比了一個用來描述電視螢幕大小的長方形。

「你們的預算大概多少啊？」

「四萬一千兩百三十九圓。」

真奧立即回答。

「為什麼這麼仔細啊？」

「因為考慮到家裡的狀況。」

「請問……四萬一千兩百三十九圓能買得到電視嗎？」

蘆屋戰戰兢兢地詢問。

「雖然我們在出門前有事先調查過……但找到的淨是些便宜的二手貨、讓人搞不太清楚的購物網站，或是跟寬頻網路一起辦會比較便宜之類的資訊……到最後我們還是不曉得單獨買一臺電視需要多少錢。」

「嗯，買家電果然還是先親眼確認過實物會比較好。」

做完這樣的開場白後，梨香輕輕點頭說道：

「只要有四萬圓，那麼應該勉強能買20型左右的小電視吧？」

「好耶！」

「什麼……」

真奧因為梨香的回答而比了個小小的勝利姿勢，蘆屋的表情則是變得有些陰沉。

此時去加點的鈴乃正好走了回來。

「還真大碗呢。」

這次鈴乃端回了一個約比之前大兩倍的碗，而且裡面一樣是烏龍湯麵。

「就算點大碗的也只要四百圓，這到底要怎麼賺錢呢……關於日本的糧食狀況，又多了一個新的謎團。話說回來，現在好像又回到電視的話題了呢。」

看來這次總算有餘裕邊吃邊注意周圍狀況的鈴乃，以比剛才柔和的表情吃著烏龍麵說道。

「我的預算大約是七萬圓。這樣夠買電視嗎？」

「七萬圓應該能買到還不錯的型號吧。再不到一年就要全面進入數位電視時代了，現在應該有些舊機型會突然開始變便宜吧。」

「居、居然有這種事……可惡的數位電視……看來你無論如何都想妨礙我就對了。」

蘆屋不曉得在對什麼感到忿忿不平，讓人擔心他會不會就這麼折斷了手上的筷子。

「再來就是……如果去二手店，應該能用一萬圓以下的價格買到使用舊式映像管的大型電視……不過現在已經收不到類比訊號了，所以就算買了也沒意義吧。」

「那為什麼還繼續賣啊？」

真奧單純地產生疑問。

「因為除了更換天線以外，還可以透過跟有線電視臺接電纜的方式觀看數位電視。這麼一來就能跟有線業者租機上盒，然後利用舊的類比電視看數位電視了。似乎有滿多人不想丟掉還能用的舊電視呢。」

「這麼說來，就算是使用映像管或電晶體的電視，只要有那些設備還是能看囉？」

「……呃，這我就不清楚了。話說電晶體不是只有用在收音機上嗎？」

鈴乃不知為何振奮地問道，而梨香只是搖頭否定。話說鈴乃問這些事到底是想幹什麼呢？

「哎呀，沒什麼，畢竟日本的事物進化得異常快速，我本來以為舊的東西只會立即被淘汰。沒想到還是有像這種能夠留住舊東西的技術，真是令人高興呢。」

「雖然我之前就有點在意……但鈴乃該不會和惠美一樣是從外國回來的吧？」

「咦？」

「因為妳好像經常說『日本的什麼什麼』之類的話。」

「……啊，那個，嗯，對了。其實我家代代都是聖職者，一直以來都待在國外……」

梨香的問題讓鈴乃難得方寸大亂地開始找起藉口。

「妳太專注在烏龍麵上了啦。」

坐在鈴乃正面的真奧嘟囔道，鈴乃聽見後便紅著臉在桌子底下踩了真奧一腳。

即使如此，或許因為鈴乃並不算是在說謊，所以梨香也沒有特別起疑。

「原來真的有像妳這種跟傳教有關的人啊。我在電視上看見為了宣揚基督教，而跑到非洲內地的日本人牧師的故事時，還在想世界真是寬廣呢。」

「……原來這個國家，也有那樣的人啊……」

鈴乃驚訝地看向梨香。

「我還以為日本人對宗教都沒什麼興趣。」

「有興趣得很呢。不然手機網站上怎麼會有占卜或抽籤之類的項目呢。」

「只要打電話到某個地方就能抽籤嗎？」

「又不是天氣預報或報時專線。」

「……」

雖然梨香應該不是刻意舉這兩個例子，但真奧還是因為這組合而沉默不語。

「不但資訊企業的辦公室裡設有神龕，就連電器廠商在蓋工廠時也會理所當然地請神主來替土地驅邪，反倒是一輩子都沒抽過籤的人還比較少吧？我之前應該也提過家裡是開公司的，我家的辦公室裡不但有供奉神龕，就連工廠用地的角落也有祭拜狐仙大人呢。我小時候還每天都要去幫忙打掃呢。」

「是製作豆皮壽司（註：日語中「狐仙」與「豆皮壽司」的發音相同）的工廠嗎？」

鈴乃不自覺地看向放在自助飯糰區的豆皮壽司。

「喂，鈴乃，妳那樣裝傻也未免裝得太過頭了吧。」

「咦？」

鈴乃疑惑地看向因為受不了而將頭轉向一旁的真奧。

「啊哈哈哈！哎呀，不對啦。我有說過我家是開跟鞋子有關的工廠吧。對了，畢竟妳之前都待在國外嘛。我說的狐仙大人，是指祭祀狐狸神明的神社。」

「喔，啊，什、什麼嘛，原來是這樣。那個，不好意思……魔，啊，貞夫先生！為什麼您不早點告訴我呢！」

晚了一步才發現自己誤會的鈴乃又再度漲紅了臉，狼狽地責備真奧。

「身為聖職者的妳居然連這種事都不曉得才有問題吧。之前的迎魂火也是這樣……妳回故鄉後乾脆辭掉聖職者的工作，改開烏龍麵店算了。」

真奧提出極度合理的反駁，害鈴乃頓時畏縮到彷彿會就這麼直接消失一般。

「好痛！」

就算如此，鈴乃依然沒忘了要反擊對方的嘲諷，被人用堅固的草鞋踢了小腿一腳，讓真奧不禁淚眼盈眶。

「啊～真好笑！對不起，居然這樣笑妳。唉，雖然吃飯前不會祈禱，星期日也不會上教堂，但日本人意外地也有對某些偉大的對象表示決心與感謝的哲學喔。雖然因為對象太多而變得有些亂七八糟，不過這也不是一兩天的事了。」

「感謝的哲學嗎？」

「嗯～不過對鈴乃這種正式的傳教者而言，應該不太能接受這種狀況吧。」

相較於一臉凝重的鈴乃，梨香的語調從頭到尾都十分開朗。

「神不是說要愛你的鄰人嗎？所以會說要把不聽話的傢伙通通殺掉的神明，應該不算是神明吧，大家一起好好相處不就好了嗎？」

「……！」

就在鈴乃因為梨香的話而感到有些驚訝時——

「嗯？好像出了什麼事呢？」

發現有位客人在店門口跟店員大聲爭執的真奧開口說道。

「那個，這位客人……」

看似年輕女學生的打工店員正拚命比手畫腳地說明某件事，但好像還是沒能傳達給對方。

「啊……」

這也難怪，因為只要仔細一聽，便能注意到那位男性客人似乎是位外國人。

而另一方面，發現對方說的是英語的店員已經陷入了混亂，完全無法應付眼前這個狀況。

雖然只要其他員工過去幫忙就沒問題，但結帳櫃臺前方正排滿了長長的人潮，看起來也無法放置不管。

「我過去一下。」

「咦，喂，還是別插手比較好吧？」

梨香試著阻止未做多想便站起身的真奧。那位男性客人的身材跟真奧差不多高，臉上戴著品位糟糕的大型太陽眼鏡，並留著給人龐克風印象的蓬鬆爆炸頭。

從他毫不在意周圍眼光大聲喧嘩的樣子來看，明顯並非善類。

「鈴木小姐，放心吧。」

然而蘆屋卻阻止了梨香。真奧用眼神向蘆屋跟梨香點頭示意，接著便走進正在爭執的店員與男性客人之間。

「那個，請問發生什麼事了嗎？」

「咦？那、那個……」

泫然欲泣的女性店員求救似的看向真奧。

真奧一看見她的表情，瞬間就做出無法期待對方冷靜報告的判斷。那是新進的打工人員特有的「連自己都不知道現在這是什麼情形」的困擾眼神。

「Hello guy.（不好意思，打擾一下。）」

判斷店員已經陷入混亂的真奧，轉而向男性客人搭話。

「She can't grasp your request. What do you want her?（她不曉得你想要什麼，你找她有什麼事嗎？）」

「咦，真奧先生會說英文嗎？」

梨香直言不諱地表示驚訝的聲音，讓真奧感到有些得意。

「啊……」

男性客人交互看了一下女性店員與真奧，最後選擇對真奧說道：

「Here have fork Ha?（這裡有叉子嗎？）」

「Fork?（叉子？）」

「I can see chopsticks like drumsticks. So, do you know the law what forbidden to use the fork when to eat UDON?（對我來說，筷子看起來就跟鼓棒差不多。法律有規定吃烏龍麵時禁止使用叉子嗎？）」

說著說著，男子隔著太陽眼鏡看向真奧的眼睛。面對這位語氣囂張的男性，真奧挑起一邊

的眉毛回答：

「……I don't. But, if your wording make refine till tomorrow, you will be forbidden to get in UDON restaurant.（這我倒是沒聽說過，不過要是你不早點改一改說話的語氣，或許以後會被禁止進入烏龍麵店也不一定。）」

面對真奧的反擊，男子只是輕輕地笑了一下。

真奧告訴女性店員男子是想用叉子後——

「啊，好的，我馬上拿過來。」

還沒等對方點菜，店員就衝進了櫃檯。

「You cool, considering young.（看你年紀輕輕，人倒還滿有趣的呢。）」

男子愉快地用拳頭輕輕敲了一下真奧的肩膀，接著便走向自助點菜的隊伍。

看來男子似乎能夠理解這裡的系統，不過既然如此，為什麼他不先看一下氣氛再行動呢。

真奧輕輕聳肩。

「Thanks.（那還真是謝啦。）」

真奧心情複雜地離開男子，回到自己的座位。

「I have exceptional reason.（我也是有各式各樣的苦衷啊）……咦，喔喔？」

回到座位後，梨香一臉驚訝地仰望真奧。

「……真是太神祕了……惠美也好，真奧先生也好，你們為什麼要打工啊？」

「啊？」

「沒什麼。話說回來，既然大家都吃完了，那麼也差不多該出發了吧。而且店裡的人也開始變多了。」

「喔、喔。」

仔細一看，蘆屋跟鈴乃似乎已經在真奧跟那位客人對話的期間內用餐完畢。一直占著狹小店內的位子也不太好意思，還是為了原本的目的離開這裡好了。

「那、那個……」

就在一行人走到店門口時，真奧剛才幫助的女性店員急忙追了上來。

「剛、剛才真是太謝謝您了！那、那個，這是店長給您的……」

店員將寫著小碗湯麵優惠券的禮券遞給真奧。如果是平常的真奧，應該馬上就會收下，但這次他卻搖頭回答：

「不用了。話說回來，雖然我能理解面對外國人難免會感到緊張，可是對方也不過是人類，就算自己搞不懂客人的意思，至少也要讓對方能夠理解這點。」

「好、好的……」

「下次如果有外國人來時，只要仔細觀察對方想說的事情，再好好應對就可以了。我還會

再來的。」

「好的！那、那個，謝謝您！歡迎下次再度光臨！」

女性店員對著瀟灑離去的真奧背影深深地行了一禮。蘆屋彷彿自己的事情一般感到驕傲，鈴乃則是打從心底感到可疑地跟在真奧後面，只有梨香頻頻歪著頭表示不解。

「一看見對方是女孩子就開始多管閒事。」

鈴乃以不屑的語氣憤憤說道，真奧轉頭回答：

「才不是那樣。只是那樣下去，店裡的氣氛會變得愈來愈糟吧。這樣就連在旁邊用餐的我們也會跟著覺得不舒服啊。」

「那麼至少也收下那份招待券嘛。我沒想到真奧先生居然會婉拒呢。」

梨香也跟著鈴乃提出疑問。

「啊～我也覺得那樣有點失敗，不過還是不行。只要一到那種地方，心情無論如何都會偏向員工那一邊。」

「咦？」

「我一看見剛才那位女孩，就想起了還是新人時的小千。現在回想起來，我最早認識小千時，也是因為像剛才那樣的外語糾紛。」

真奧有些懷念似的笑道。

「我不希望在對方還是新人時，就讓她養成照店長的吩咐用優待券解決事情的習慣。如果不自己切身體會失敗的痛苦，就無法真正地反省自己的錯誤。要是讓新人在心裡某處產生用招待券逃避了事的心態，只會剝奪他們的上進心。所以我才會覺得不應該收下。」

「雖然我真的打從心底感到可惜，但既然您這麼說就沒辦法了。」

站在一旁看起來真的很遺憾的蘆屋，沮喪地嘆了口氣。

「我反倒是愈來愈搞不懂真奧先生為什麼會不曉得電視的製造商了呢……」

梨香雙手抱胸陷入沉思。

「啊，這麼說好了。俗話說善有善報，或許這份善意將來會回饋到自己身上也不一定，而且剛剛不是才在說要愛你的鄰人嗎？同樣身為速食店的打工人員，只要彼此一同為了店的繁榮而不斷精進，也許將來那女孩會成為強敵並出現在我們面前呢。」

「您這麼說未免也太亂來了。難不成愛鄰人是為了要讓對方成為自己的敵人嗎？」

「即使寫成強敵，依然能念做『朋友』吧？而且小麥跟華丸都是大公司，應該會有這點程度的度量吧。」

不曉得到底認真到什麼程度的真奧與蘆屋持續展開討論，而旁邊的鈴乃在聽見真奧的話後突然抬頭問道：

「對了，梨香小姐。」

鈴乃從後面叫住準備繼續往前走的梨香。

「其實我從剛才就想請教您的意見。如果不算是神明，那麼會是什麼呢？」

「咦？妳的意思是？」

「若『會說要把不聽話的傢伙通通殺掉的神明』不能算是神明，那麼會是什麼呢？」

梨香花了將近十秒的時間才聽懂了鈴乃的問題。

「啊、啊，剛才的話題嗎？明明是自己說的話，結果我居然忘了……不過，那還用說嗎？說到會利用神明的名字做壞事的傢伙……」

梨香的答案十分簡潔。

「當然只有人類啦。」

「喂，這是怎樣。」

留著龐克風爆炸頭的太陽眼鏡男一走出華丸烏龍麵，就馬上拿起手機打電話。

而他使用的語言，正是極度流利的日語。

「因為你說那是這世界最主要的語言，所以我才選了英語，結果到哪裡都說不通！話說既然知道目標的國家，那一開始就給我設定那個國家的語言啦！害我丟了不少臉，你要怎麼賠償我啊！」

看來電話另一邊的人，並沒有很認真地道歉。

只見太陽眼鏡底下的眼睛，正逐漸染上憤怒的色彩。

「這不是能跟十億人溝通的問題吧？到目前為止我只成功跟一個人對過話耶！你說的話根本就不能信！」

氣得直跺腳的男子快速摘下太陽眼鏡。

「啊？嗯，我大概吃飽了，目前能量全滿呢。嗯、嗯，雖然託某人的福害我的工作變多，不過我會好好幹啦。啊～麻煩死了。」

至於男子眼睛的顏色——

抬頭仰望耀眼陽光的那對眼眸，正是適合他麗克風外表的紫色。

「好好好，那我就去做今天第二次的工作啦。難得昨天第一次有了反應，結果只是這國家一個普通家庭的小姐碰巧出現了比較大的反應罷了。真是的，為什麼只有我一個人得做這種事啊。」

男子掛斷電話後，便有些厭煩地走向了都心的鬧區。

在那頭爆炸頭中，混雜了一撮紫色的頭髮，但唯一與男子對話過的「那個人」卻完全沒有發現。

※

光是走了短短十幾分鐘，光的角度就開始改變。

走下ＪＲ代代木站西口派出所旁的坡道，惠美開始抱持著對方或許意外地就在附近的淡淡希望。

仔細想想，自己上次遇見那位白衣女子的東京巨蛋城是位於文京區。而對方應該也不太可能毫無目的地隨處流浪，或許意外地正在東京二十三區內晃來晃去也不一定。

總不可能那位帶著「基礎」碎片的白衣女子，只是為了來日本觀光才到處徘徊吧。既然才走十幾分鐘，光所指示的角度就大幅改變，表示光是沿著路走，自己跟對方之間的位置關係便大幅改變了吧。

由此可見，對方應該就在附近。

「我記得這前面……是明治神宮吧。」

明治神宮的廣大森林橫亙在ＪＲ代代木站與原宿站之間，由於參拜的道路與鐵路平行，因此走路大約十五分鐘就會到。

惠美之所以知道這件事，是因為明治神宮是個著名的能量點，而她也曾經造訪過這裡。

剛來日本不久時，惠美曾因為或許能夠恢復聖法氣而來到這裡，但結果只有個讓人搞不清楚到底有什麼能量、完全派不上用場的深井。倒不如說惠美是因為受不了那些為了參觀能量點而來的遊客，所以才匆匆離開。

「咦？不是明治神宮嗎？」

然而走下斜坡並確認光線後，惠美發現光芒指引的方向並非正面的明治神宮森林，而是首都高速公路底下的道路。

儘管感到訝異，但惠美還是遵照光線的方向前進，接著前方便出現了一棟建築物。

與此同時，光線也逐漸改變角度，指向那棟建築物的上層。

「……騙人的吧。」

那是一間醫院。

惠美在標示著「西海大學醫學院附設醫院東京分院」字樣的建築物前猶豫了一下。

為了保險起見，她試著走過醫院，但光線卻規矩地改變角度照向後方。

「這是怎麼回事？」

在這麼近的地方出現反應已經夠讓人吃驚了，但惠美完全猜不透對方究竟為何會來醫院。

對照自己周遭的狀況後，最有可能的是那位白衣女子正在這間醫院工作。

無論是天使還是惡魔，在日本都必須要攝取食物才能活得下去。使用墮天邪眼光的沙利葉

目前正在肯特基炸雞店勤奮地擔任店長，就連那個加百列也有付錢利用便利商店的跡象。

而另一個自然的解釋，就是那位女性因為受傷或生病而必須住院或來這裡看診。

關於那位白衣女子的真面目，惠美已經有一個大概的假設。不過即使這個假設正確，也不能保證對方在這間醫院是使用那個名字。

惠美試著探查這裡的氣息，但並未感覺到聖法氣或魔力這些在日本屬於異常的力量。

萬一假裝成探病的客人被發現，將會危害自己的社會生活，正當惠美陷入不符合勇者風格的消極思考，絞盡腦汁想辦法進入醫院調查時——

「那個……該不會，是遊佐小姐吧？」

背後突然有人過來搭話，讓惠美的心臟差點兒跳了出來。

「是、是的……咦？」

「哎呀，果然是遊佐小姐……真巧呢。遊佐小姐來這間醫院有事嗎？」

向惠美搭話的人，是一位更加出乎她預料的人物。

「千、千穗的媽媽？」

來人是千穗的母親，佐佐木里穗。

為什麼她會在這裡，而且還是從醫院中出來呢？

「雖然我還沒告訴其他人……妳在這附近上班嗎？」

「啊，嗯，那個，對。」

由於無法坦白告訴對方真相，因此惠美曖昧地回答。不過即使如此，惠美依然確實地發現里穗話中有異。

「那個……請問還沒告訴別人，是指發生了什麼事嗎？」

惠美問道。

看起來有些困擾的里穗，露出了彷彿隨時都會哭出來似的不安表情。

惠美見狀，不知為何產生了一股不好的預感。

「遊佐小姐，妳現在有空嗎？方便的話，能麻煩妳跟我走一趟嗎？」

里穗說完後便轉身走回醫院，惠美看著她的背影，內心的預感逐漸轉為確信。

里穗直接通過櫃檯，並請惠美來到電梯前方。此時惠美首次發現里穗的襯衫上，正別著代表前來探病的「訪客」名牌。

搭上遲來的電梯後，想起自己忘記關掉手機電源的惠美看向包包。

「……」

從側肩包中小瓶子裡發出的光線，正快速地改變角度。

看來「基礎」碎片果然就在這間醫院裡面。

「請往這裡走。」

此時惠美的心跳，或許比在突襲安特・伊蘇拉的魔王城時還要感到不安與動搖也不一定。

里穗帶惠美來到的病房，上面掛了一個寫著「佐佐木小姐」的門牌。

病房內被簾幕區隔出四個空間，走近其中一處的里穗，在向惠美招了一下手後便緩緩拉開簾子。

「……！」

惠美倒抽了一口氣。

※

無論是從華丸烏龍麵還是車站出發，都只要不到五分鐘便能抵達淀川橋家電的新宿西口總店。那是一間位於京王遠程巴士客運站正前方相當宏偉的大型電器賣場。

在新宿東口方面，為了保有獨立性而根據販賣項目開設專門大樓的櫻場屋已經結束營業，目前只剩下BIG CAMERA與LABIT・天田電機兩家店舖在競爭，不過西口可說完全是淀川橋家電的天下。

雖然周邊還有許多諸如相機專門店等專攻特定領域的電器賣場，但若論整體實力，淀川橋家電毫無疑問地是新宿西口的霸者。

「畢竟這裡可是魔王的御用商店啊！」

真奧眺望著賣場得意地說道。

雖然只有洗衣機、冰箱以及用點數買了一顆燈泡根本就談不上什麼御用，但總之現在魔王城的淀川橋集點卡已經累積了不少點數。既然這張集點卡在淀川橋有等同六千一百三十九圓的價值，那麼會希望下次也在這裡買東西以消費點數省錢也是人之常情。

考慮到這種重複的集客力，也難怪各企業會一致拚命地讓消費者辦集點卡了。

畢竟只要消費了一次，在點數用完之前，「還有點數」這種心理都會讓人想持續地購物。

「喂，蘆屋，魔王軍裡有沒有什麼能設點數制的東西啊？」

「別想那種空虛的事情，還是把精神集中在眼前的購物吧。」

蘆屋不予理會。看來他似乎正睜大了眼睛研究其他店鋪的傳單。

包括淀川橋家電在內，每間店的傳單上面都理所當然地寫著「就算只有一圓，如果其他店比這裡還便宜……」之類的標語。

蘆屋一看見這個標語，便不顧炎熱的天氣特地獨自跑到東口，把所有競爭店鋪的傳單全都拿了回來。

「蘆屋先生的眼神是認真的呢。」

梨香看著那樣的蘆屋苦笑道。

「可是，實際上都差不了多少吧？應該不用比較到那種程度……」

「不，我認為蘆屋先生這麼做是對的。」

雖然真奧認為不需要為了那一兩圓的差價而吹毛求疵，但梨香卻乾脆地支持蘆屋的做法。

「既然店家自己都那麼說了，那我們當然要徹底地利用這點吧？」

「……這個嘛，雖然理論上是那樣沒錯，但感覺好像有點太斤斤計較……」

「啊？」

梨香刻意將手抱在胸前，一本正經地開始講解：

「買東西就是要討價還價啊。買家希望盡可能買到便宜的東西，店家則是希望盡可能高價賣出。店家要以什麼樣的形式讓步到什麼程度，而客人又能藉由討價還價讓店家退讓多少，這才叫做生意啊。沒什麼比事先收集情報更重要的了。」

「討價還價啊。」

「而且我覺得之所以會認為這樣太斤斤計較，是因為東京人以為『殺價』只是單純壓低價錢而已。」

「咦？原來妳是關西人啊？」

「我沒跟真奧先生說過嗎？我是神戶出身喔。」

梨香指著自己說道。

「……妳平常都把麥丹勞簡稱成什麼啊？」

「別鬧了，這問題我已經被東京人問過好幾次了。」

雖然這對真奧而言是很重要的事情，但梨香似乎不怎麼把這問題放在心上。

「總而言之，該怎麼說才好呢。所謂的殺價其實是為了看清今後關係的交涉啊。」

「看清關係？」

「嗯，舉例來說……」

梨香仔細觀察電視賣場裡的其他客人。

「那裡有一對約五十歲的夫婦跟店員，看見了嗎？」

看了一下梨香指的方向後，真奧點頭回應。

「那位店員感覺很棒呢。針對上了年紀的人可能會難以理解的用語，他都會以淺顯易懂的方式詳細說明。真奧先生也是做服務業的，應該能明白那種人容易讓別人產生好印象吧？」

「嗯，如果沒有完整的商品知識與服務精神，絕對無法做到那種程度。」

「不過你看那位店員，感覺是在跟哪一位說話？」

「跟哪一位……？」

站在旁人的立場，怎麼看都是那位先生正在詢問店員，而店員也俐落地回答對方。

「雖然是先生在發問，不過店員好像都在回答那位太太呢。」

看向同一個方向的鈴乃發表感想。

「因為那位店員知道最後掌握這次購物印象關鍵的人，是那位太太啊。」

「意思是那位先生的錢包被太太管得緊緊的嗎？」

真奧皺起眉頭回答，梨香聳肩並搖頭說道：

「不對不對。所以說男人真的是……電視這種東西，不是會全家人一起用嗎？」

「啊？」

「我的意思是只讓懂的那個人決定並買下來，跟在取得所有使用者理解後才買下來，這兩種狀況買完東西後的感覺會差很多啦。」

視線依然沒離開廣告傳單的蘆屋，向看似依然無法理解的真奧說道：

「若在太太了解之前，就讓那位先生早一步理解產品並買下來，那麼夫婦之間針對這次購物的感想就會產生落差。只要能讓那位看起來對機械不在行的太太接受這筆交易，那麼就能讓他們更加暢快地購物。就目前來看，那位先生根本就已經打定主意要買了呢。」

「真不愧是蘆屋先生，當過家庭主夫的人果然不一樣。」

「妳過獎了。」

蘆屋還是沒抬頭並緊盯著傳單。

「真要說的話，這跟鈴木小姐剛才提到的殺價也有關聯。只要仔細說明並取得太太的理解，再提供一些降價或增加點數的優惠，這筆交易就等於已經談成了。除此之外，對方也能得到一次既懇切細心又物超所值的購物經驗。要是您遇見這種店，會有什麼感想呢？」

「有什麼感想啊……」

「或許會產生『下次也來這間店買吧』的念頭也不一定。而且這還與集點卡無關。」

鈴乃比真奧早一步理解了蘆屋的意思。

「就是那樣沒錯。然後只要下次來購物時，店員還記得那位客人就更完美了。」

梨香滿意地點頭肯定蘆屋與鈴乃的答案，遲遲無法理解的真奧獨自看向話題中的夫婦。看來店員正在帶兩人前往託運櫃檯，而且也已經處理好了不少事項。

「到頭來所謂的殺價，就是『我會成為你的常客，所以給我優惠吧』的意思。而店鋪將此系統化的成果，就是那張集點卡。只要有那個東西，就算是消極內向的東京人，也能堂堂正正地要求對方提供優惠了吧？」

梨香用下巴比了一下真奧珍惜地握在手上的集點卡。

「唔唔唔……」

「當然，這不代表店家只要隨便給予優惠就好。必須經常尋找盡可能不讓自己蒙受損失，又能讓顧客回流的界線。所以殺價其實是一種『交涉』。大阪的歐巴桑們可是很厲害的喔？雖然常有人說她們是日本的小氣代表，不過只要店家能獲得她們的青睞，那些人就會攜家帶眷地

過去大舉消費呢。對店家而言，既然有薄利多銷的可能性，當然會想試著賭賭看吧。就是因為有這種讓雙方在未來都滿意的可能性，所以在關西才能順利地跟人殺價啊。」

從真奧與鈴乃的表情來看，梨香的話對他們而言似乎已經是另一個世界的概念了。

「儘管雙方都把這當成是生意在處理，但巧妙地從中找出人情能夠讓步之處並精打細算地購物，這才是『殺價的交涉』啊。不過東京人腦袋裡卻只想著壓低帳面上的價格，不想殺價的人則是完全不殺價，看在旁人眼裡也一樣會覺得是斤斤計較啦。別安於客人的立場，既然對方想暢快地將東西賣給我們，那我們當然也要用『談生意』來主動出擊啊。」

「每、每個人想法都不太一樣呢……不過，說到這個……」

突然想起某件事的真奧說道：

「當初買洗衣機跟冰箱時，明明我什麼都還沒說，對方就主動幫我把千圓以下的零頭去掉了。這也是一樣的道理嗎？」

「應該是時機剛好吧？你是什麼時候買的？」

「大概初夏的時候……」

「那就有可能呢。當時春天的搬家潮剛過，正是日常家電開始滯銷的時期。在那種時候一口氣買了洗衣機跟冰箱，店員當然會給你好臉色看啊。」

「……那麼現在算是買電視的好時期嗎？」

不曉得蘆屋提出這個問題到底是期待什麼樣的答案。

「還算不錯吧？在全面進入數位電視時代前，應該會希望盡可能提高電視的營業額吧，而且……」

梨香突然轉頭看向鈴乃。

「嗯？怎麼了嗎？」

「那個……」

梨香向蘆屋招手，在跟鈴乃拉開了一些距離後說道：

「你可要盯緊鈴乃喔。」

「為、為什麼……？」

「你仔細想想，她的預算是多少？」

「她剛才好像很得意地說了七萬……」

言及此處，蘆屋猛然抬起頭。

「對、對了！只要我們兩人一起去找同一位店員……」

「加油吧！」

點到即止的梨香，輕輕拍了一下蘆屋的背。原本板起臉埋首於廣告中的蘆屋表情一變，露出豁然開朗的笑容並不自覺地牽起了梨香的手。

「謝謝妳，鈴木小姐，果然有找妳一起來真的是太好了！」

「呀！咦，啊，咦、咦，嗯、嗯，不、不客氣。」

梨香因為蘆屋唐突的行動而瞬間漲紅了臉，凝視著自己被牽住的手。

「我一定會努力從四萬一千兩百三十九圓當中，擠出購買手機的預算。晚點見了！」

「呀、呀啊！」

蘆屋對發出奇妙叫聲的梨香露出滿面的笑容後，便立即飛奔到鈴乃身邊。

「鎌月鈴乃！我們一起逛吧！」

「為、為什麼這麼突然！發生什麼事了？別、別拉啦，放開我，噁心死了！」

「……這是怎樣。」

真奧交互看向抓著鈴乃衝向賣場的蘆屋，以及滿臉通紅地僵在原處的梨香。

「喂，妳到底跟蘆屋說了什麼啊？」

「…………」

「喂、喂？」

真奧試著在梨香面前揮了揮手，但梨香卻毫無反應。

感覺最近似乎曾在某處見過相同情況的真奧稍微思考了一會兒後——

「……嘿！」

便在梨香耳邊拍了一下手。

「喔哇！」

在發出與某人不同、不怎麼可愛的聲音後，梨香總算回過神來。

「咦、咦、咦？我、我……」

「喂、喂，我可以問個問題嗎？」

「哇！什、什麼，原來是真奧先生，你什麼時候站在那裡的啊？」

「……大概幾秒鐘前吧。那麼，我可以發問了嗎？」

「什、什麼事？」

「妳，該不會……」

「嗯、嗯？」

真奧轉頭看了一下與板著臉的鈴乃一起被店員攔住、正問個不停的蘆屋背影，然後再將視線移回梨香身上。

「喜歡上蘆屋了吧？」

「哇嗚！」

就在這一瞬間，梨香的臉發出彷彿瞬間加濕器般的聲音與蒸汽並癱倒在地。

「喂、喂，妳沒事吧？我沒想到妳居然會有這種反應！」

真奧連忙扶起梨香，拉著她到樓梯旁邊的長椅坐下。

「喂，魔王。」

「啊？」

「為什麼我得跟你一起坐在長椅上喝茶啊？」

「有什麼關係，又不會怎麼樣。」

「這讓我很不愉快。」

「真過分。」

真奧與鈴乃正一起坐在淀川橋家電樓梯旁邊的長椅上。

兩人喝著事先放在家裡的冰箱冷凍、裝在保溫瓶內的麥茶，腳邊也各自放了一個裝著電視的箱子。

由於鈴乃與蘆屋各買了一臺電視，因此招呼他們的店員也給了兩人不少的優惠。

蘆屋在完全沒與真奧商量的情況下，便買了店內最便宜的清倉品、要價三萬兩千八百圓的薄型液晶電視，雖然鈴乃選的電視尺寸跟蘆屋一樣，但她買的是內藏藍光錄放功能的型號。

店員不但替兩人省掉了千圓部分的零頭，還幫忙加了特價商品原本不會附的點數。

由於店員一直誤以為兩人是家人或男女朋友之類的親密關係，因此鈴乃從頭到尾都顯得很不高興，雖然店員努力地想討好她這點，就結果而言也往好的方面發展。

真奧等人最初的預算是四萬一千兩百三十九圓，不過最後只花了三萬圓加上百分之五的保固費用，於是蘆屋似乎打算利用多出來的錢來買手機。

梨香今天之所以會跟來，原本就是為了赴之前與蘆屋的約定，但就結果而言，魔王城也因此買到了便宜的電視。

至少要是沒有梨香在，就算魔王城居民跟鈴乃一起來電器賣場，也絕對不會想到要一起買東西吧。

「喂，我問妳，妳覺得那兩個人怎麼樣？」

「那兩個人？是指艾謝爾跟梨香小姐嗎？」

真奧用下巴指示的方向，蘆屋與梨香正在手機賣場東奔西跑。

跟看賣場看到入迷的蘆屋相比，梨香似乎正掛念著什麼，不斷重複偶爾看向真奧，但一對上眼又馬上轉移視線的舉動。

而且她的臉看起來還有點紅，是因為外面的熱氣稍微流入了賣場，還是說……

「梨香小姐好像有點突兀。」

「啊？」

「那兩個人一站在一起，艾謝爾的服裝便顯得太過樸素。雖說一高能遮七醜，但若不在服裝打扮上多用一點心，難道不會影響他的社會信用嗎？」

「社、社會信用，有這麼嚴重嗎？」

「當然。跟那傢伙站在一起，會讓梨香小姐漂亮的打扮顯得太過突兀。」

「那麼，妳有沒有想過為什麼鈴木梨香要打扮得那麼漂亮？就我看來，那應該不是她平常外出的便服喔。」

「為什麼……因為這次購物是由艾謝爾主動提出的吧。雖然我不曉得艾謝爾與梨香小姐締結交情的經過，但梨香小姐並不曉得艾謝爾是惡魔。既然有男性對自己提出邀約，那多少會準備外出專用的……」

若無其事地說到這裡時，鈴乃突然從自己的發言中感到不對勁，沉默了下來。

「雖然這跟剛才提到的殺價無關，不過妳覺得按照那位小姐的個性，會做那種無意義的事嗎？」

「……喂、喂，等等，魔王，難不成！」

「別忘了她的個性可是不拘小節到連對初次見面的我，都能因為是朋友的朋友而出言不諱的地步，那樣的女性會因為蘆屋的邀約而刻意打扮嗎？」

「難、難不成梨香小姐……」

鈴乃一時愕然，甚至不自覺地弄掉了手上的保溫瓶。

由於瓶內還有八成左右是冰塊，而且外面也包了吸收水氣用的毛巾，所以不但沒發出什麼聲音，裡面的麥茶也幾乎沒濺出來。

「魔、魔王，你該不會是想說梨香小姐，戀慕著艾謝爾吧？」

「我剛才一問本人，她就發出彷彿鬥牛犬般的叫聲並癱倒在地——哇！」

真奧話才說到一半，鈴乃便忍不住揍了他一拳。

「痛死了！妳幹什麼啦！」

「我才想問你在幹什麼！遲鈍也應該要有個限度吧！」

「啊？」

「難怪梨香小姐從剛才開始就一直在注意這裡！你到底是怎麼問她的？」

「痛……呃，就很普通地問她是不是喜歡蘆屋——哇啊！」

這次真奧也因為挨打時的衝擊而弄掉了保溫瓶。

「你這個魔王啊啊啊！」

「鈴、鈴乃，好、好痛苦……！旁、旁邊有人在看啦！」

「……唔！」

因為一時忘我而揪起真奧胸口的鈴乃，在千鈞一髮之際恢復了理智。

「像、像這種事情不是直接說清楚會比較好嗎……」

「說清楚又能怎麼樣啊！」

鈴乃為了讓自己恢復冷靜而做起了深呼吸，然後重重地坐在長椅上大口喘氣。

「哎呀，也不是能不能怎麼樣的問題……」

鈴乃狠狠地斜眼瞪了含糊其詞的真奧一眼。

接著她以既輕微又銳利的語氣，用只有真奧能聽見的音量說道：

「這跟千穗小姐的狀況可不一樣。你難道想讓我跟艾米莉亞，操作梨香小姐的記憶嗎？」

「啊？」

真奧因為無法理解鈴乃的話中之意，而發出少根筋的聲音。

或許是這反應還在鈴乃的預測範圍之內，只見她以同樣的語氣繼續說道：

「千穗小姐不只知道我們，也知道你們的事情。即便如此，她還是喜歡你這傢伙。對於你有可能會被人討伐這件事，千穗小姐應該也以自己的方式做好最低限度的覺悟了吧。不過梨香小姐就不同了。」

「……」

雖然真奧在心裡想著「被人重新這麼一說，還真是超乎想像地難為情呢」，但要是真的說出口感覺會被武身鐵光給殺掉，所以他只好保持沉默。

「喜歡上艾謝爾，只會讓梨香小姐面臨不幸的未來。若你們不想讓她像千穗小姐那樣被捲進來，今後就不應該再跟她扯上關係。」

「哎呀，也不一定只會有不幸的未來吧……基本上關於小千的覺悟，是指我死掉的事吧？又還沒確定事情一定會演變成那樣……」

「那是……」

正當鈴乃打算反駁時，她想起了從銚子回來當晚與惠美的對話以及阿拉斯・拉瑪斯的事情，於是略作思考後說道：

「站在客觀的角度來看，也不是沒有像草履蟲排泄物那點程度的可能性啦。」

「原來我的生存機率那麼小啊。」

「不過艾謝爾與梨香小姐，就連那點程度的可能性也沒有。魔王，即使你、艾謝爾以及路西菲爾打算全部一起埋骨於日本，依然不可能。」

「有、有那麼誇張嗎？呃，雖然我們本來就沒打算那麼做啦……」

「你們變成現在這副模樣已經多久了？誰能保證你們今後還會維持一樣的模樣，或是和人類一樣變老呢？」

「嗯……」

「即使只剩下相當於人類的體力，變成一受傷便必須接受人類世界醫療的身體，只要聚集了魔力，終究還是惡魔。如此一來，就算你們洗心革面找到了人類的伴侶，那位伴侶終究還是會面臨社會上的不幸——只要你們一直維持著那年輕的肉體。」

「妳居然認為我們會為人類做到那種地步，這點反而比較讓我驚訝呢。」

「事到如今，你還在說這種話啊。」

鈴乃理所當然地點頭。

「光靠偏見是得不到正確答案的。我在這個國家與你們有直接的交流，只要根據你們的人格做出綜合的判斷，自然就能得到那樣的結論…………啊！」

說到這裡，鈴乃馬上以彷彿看見殺父仇人般的眼神瞪向真奧。

「即使如此，也絕對不代表我對你們抱持著正面的印象！這終究只是客觀的分析而已！」

「我、我知道啦。太、太近了太近了，我就說我知道了。」

面對突然揪住並狠狠瞪向自己的聖職者，真奧只能露出敷衍的笑容試著讓對方冷靜下來。

鈴乃維持著嚴厲的視線，看向手機賣場裡的蘆屋與梨香。

「即使梨香小姐戀慕著艾謝爾，還是得面臨戀情破碎的苦楚，或是與異世界居民終將到來的離別。你覺得我跟艾米莉亞會認同嗎？」

「……」

或許是心理作用，真奧調整衣領並撿起掉在地上的保溫瓶後，便以嚴峻的眼神回看鈴乃。

「你應該明白我想表達什麼吧。可以的話最好從今天開始，就讓艾謝爾跟梨香小姐斷絕關係。如此一來，梨香小姐受到的傷害也能……」

「那麼，為什麼你們不消除小千的記憶呢？」

「降到最低……你說什麼？」

「小千與鈴木梨香之間的差別，就只有知不知道我們的真面目而已。如果不希望小千遭遇不幸，你們只要趕快消除她的記憶就可以了吧？」

鈴乃因為真奧出其不意的發言而嚇了一跳。

「你們是用什麼樣的基準劃分小千跟梨香？小千的意志必須被當成朋友尊重，而鈴木梨香的意志就不值得尊重嗎？」

「才、才不是那樣！只不過……」

「不過怎樣？」

「……」

面對真奧的追問，鈴乃無言以對。

「讓我教妳如何輕鬆改變喜歡上蘆屋的鈴木梨香悲慘的未來吧。」

真奧若無其事地說道。

「很簡單。只要用鈴木梨香能夠相信的方式，讓她知道我們是異世界的惡魔就好啦。若她因此嚇得不敢靠近我們，對妳跟惠美而言也是一件好事吧，要是即使如此鈴木梨香依然喜歡蘆屋，就表示她也是抱持著相當的覺悟在與我們來往。至少不會讓那傢伙單方面地感到悲傷。」

「怎、怎麼可能！要是那麼做的話……」

「會怎麼樣？」

「不、不就會連梨香小姐，也、也一起被捲進來了嗎？」

然而鈴乃的語氣已經失去了強硬。

「要是『我們的敵人』會區分對方知不知情就好了呢。」

真奧刻意用「我們的敵人」來表現。

「奧爾巴當初可是毫不猶豫地就將什麼都不知情的小千給捲進來囉？難道妳覺得西里亞特以及送西里亞特過來的那些人，不會將毫不知情的日本人給捲進來嗎？」

真奧敏銳、冷靜，但又充滿確信地說道。

「打從我跟惠美來到日本東京這個人類社會的中心時起，不想將這世界的人類捲進來的想法就已經行不通了。一旦有個萬一，對身邊的人隱藏真面目又有什麼好處呢。還是說對你們而言，跟鈴木梨香的關係就只有暴露身分後便會產生破綻的程度？」

「那、那都是歪理！人跟人之間的關係哪有那麼單純！」

「跟我說這個有什麼用，我們這邊可是惡魔和人類呢。即使照理說應該會更加麻煩，但我

們跟小千可是維持著良好的關係喔？無論如何，打從惠美沒想太多便結交朋友時起，鈴木梨香就已經是當事人了，只不過到目前為止都還沒碰到具體的危險罷了。」

「……」

「雖然不曉得是好是壞，但縱然隨意擴展人際關係，也不等於就是積極地將其他人給捲進來，我自己也因為打工而跟不少人接觸過，而且……」

真奧緩緩起身，為了舒緩腰部的肌肉而開始做起前後屈運動。

「雖然這句話不應該由我來說，但一個人活著不是很無聊嗎？果然還是會想要夥伴吧？」

完全理屈詞窮的鈴乃低頭將手放在腿上，肩膀不斷地顫抖。

很明顯即使理論上無法反駁，但鈴乃依然因為感情上無法接受而感到煩悶。

真奧用眼角瞄了那副樣子一眼，放鬆似的用鼻子嘆了口氣。

「妳的想法一直以來都太過古板了。偶爾像惠美那樣什麼都沒想地行動才剛好啦。」

看著鈴乃的髮簪因為悔恨而顫抖，真奧將手放在她的頭上。

「別、別碰我！」

眼角有些泛紅的鈴乃用力地揮開了那隻手。

「那、那是因為你們跟艾米莉亞都過得太隨興了吧！就算只有我一個人認真地思考，又有什麼不對了！」

「是沒什麼不對。不過，如果思考因此偏向不好或無聊的方面，那就跟隨便放棄思考差不多啊。既然選擇了跟他人締結關係的生存方式，那麼無論面對多麼絕望的狀況，都能看見好的一面活下去應該會比較快樂吧。特別是本大爺身為王者，為了帶領那些跟隨自己的傢伙往好的方向前進，更是背負了如此生存的義務呢。」

「……王者……」

鈴乃在口中重複真奧的話。

「那、那麼……」

「嗯？」

「要是持續往上看，並認為是正確的前進方向其實是錯的該怎麼辦？」

「那還用說嗎？」

雖然鈴乃只是為了想捉真奧的語病而惡意提問，但真奧卻單純明快地回答：

「只要讓有自信將大家帶領到更好方向的人把我推下來，重新站在眾人前面就好啦。」

「吶、吶，蘆屋先生。」

「是的？」

「真奧先生跟鈴乃的感情，很好嗎？」

「咦？」

蘆屋往梨香指示的方向一看，便發現真奧與鈴乃正在樓梯邊的長椅大吵大鬧。雖然看起來並不像是在嬉鬧，但反正應該不會是在吵什麼大不了的事。

「原本，應該是要彼此交惡的對象。」

「交惡的對象……是指？」

「不過……」

蘆屋一臉苦悶地說出與表情相反的話。

「最近意外地並非如此。」

「……感覺，好像有點複雜呢？」

「說的也是，確實是還滿複雜的。」

稍微緩和苦悶的表情後，蘆屋看向梨香的眼睛。

光是這樣，就足以讓梨香的心跳速度加倍。

「或許總有一天，也必須向鈴木小姐說明也不一定。」

在那道只能以真摯來形容的眼神注視之下——

「……嗯。」

梨香只能單純地點頭回應。

蘆屋擁有梨香無法窺視的一面。這點打從初次見面時起，梨香就已經感覺到了。

而他跟真奧之間的關係，似乎也散發出光靠上司與部屬無法解釋的氣氛，惠美雖然超出必要地敵視兩人，但梨香隱約知道惠美實際上並沒有那麼討厭他們。

基本上明明有過經營公司的經驗，卻還如此缺乏社會常識也太奇怪了。

雖然自己在第一次碰面時接受了蘆屋的說法，但或許他所說的公司「真奧組」，其實是為了隱藏某個浩大過去的謊言也不一定。

自己跟蘆屋只見過三次面，單純只是彼此認識的程度。若被問到算不算是朋友，應該也還沒到那麼親密，所以也無法隨便探聽他們的過去。

更何況蘆屋今天從頭到尾都很見外地對自己使用敬語。

至今跟梨香認識過的同年代男性，往往都只要一天就能打破隔閡彼此混熟，但蘆屋與自己之間的牆壁別說是打破了，就連道裂痕都還沒有。

想試著打破那道牆壁。

想更了解牆壁對面的蘆屋。

梨香心裡自然而然地產生了這樣的慾望。

真奧與鈴乃看起來雖然討厭彼此，但是看在旁人眼裡，兩人的互動依然是直來直往地坦誠相對。

儘管那樣的關係要稱做是理想也有點微妙，不過自己想更加了解蘆屋平常都在想些什麼，又是過著什麼樣的生活。

梨香突然產生了自覺。

一直提著裝了燉煮秋刀魚、鯖魚以及沙丁魚袋子的手，自然地加緊了力道。

「蘆屋先生。」

我──

「今天要不要先帶資料回去就好了?本來就沒必要非得在今天決定買哪一種手機吧？」

「嗯，是這樣沒錯啦……」

喜歡上了──

「沒必要為了在意我而選擇docodemo，而且預算也是一個問題，還是跟真奧先生商量過後再好好考慮吧。然後，如果到時候依然沒什麼概念……」

這個奇怪的男人。

「只要再通知我一聲，我還是能再出來陪你買東西啦。」

梨香以九成的真心加上一成的計算如此提議。

蘆屋正因為電視的價格比想像中便宜而興奮過頭，喪失了冷靜的判斷力。

按照蘆屋的說法，他事先並未確認真奥手機使用的方案，梨香是真心認為只要配合真奥的契約，再讓兩人一起換用別的付費方案，就能以更便宜的價格取得他們想要的機能。而目前這方面的資訊不足也是事實。

至於剩下的那一成計算，則是只要這麼提議，或許就能再次製造跟蘆屋見面的機會這種純粹的用心。

昨天打電話給惠美時也一樣，不知為何只要一提到蘆屋，自己就會變得非常緊張，沒想到將這件事情告訴別人居然是如此的難為情，儘管當時的梨香還無法了解自己的心情，但在開始產生自覺之後，答案就變得顯而易見。

「……下次，還能再麻煩妳嗎？」

因為光是確定有「下次」，就讓自己感到如此喜悅。

「交給我吧！賭上我這個自稱客服中心王牌的名號，為了讓客人選到最適合自己的手機，就讓我誠心誠意地幫你出意見吧！」

「我會期待的。」

明明還不怎麼了解對方，卻因為那個人的笑容而感到如此開心。

啊～真是的，這一點都不符合自己的風格。

「那麼，今天就先帶資料回去好了。接下來視真奥的工作狀況而定，近期之內我會再跟妳

聯絡。」

「嗯，畢竟我也有工作，到時候再一起商量決定時間吧。那麼等在那邊嬉鬧的兩位冷靜下來之後就解散……」

梨香話還沒說完——

「呀啊啊啊啊啊啊啊啊啊啊啊啊！」

樓上就突然傳出了一陣慘叫聲，讓蘆屋、梨香、真奧以及鈴乃頓時僵在原地。

店裡的客人們也露出莫名其妙的表情，四處張望地環視周圍尋找慘叫聲的來源。

「喂，發生什麼事了？」

「我、我去看看。」

附近一位看起來地位較高的店員說完後，便衝上了樓梯。

站在樓梯底下的真奧目送那位店員離開後似乎留意到了某件事，因此轉而看向蘆屋。

而看來蘆屋，也跟真奧發現了同一件事。

「鈴木小姐，能請妳在這裡稍候一下嗎？」

「咦？」

「喂，鈴乃，妳應該也注意到了吧？」

真奧表情嚴肅地詢問鈴乃，鈴乃也一臉不悅地點頭。

「……鈴木梨香就拜託妳了，我跟蘆屋去看一下狀況。」

接著沒等鈴乃回答，真奧便直接衝上了樓，而蘆屋也緊跟在後。

「咦？喂，蘆屋先生，真奧先生，還是別過去會比較好吧？」

隱約察覺到這股緊張氣氛的梨香，像是在自言自語般的說道。鈴乃一邊看著真奧他們消失在樓梯上方，一邊趕到梨香身邊開始警戒了起來。

二樓是蘆屋跟鈴乃買電視的樓層。

雖然至今都沒發生什麼特別的事，但不知為何在慘叫聲出現的前後，樓上便傳出一股令人窒息的氣息。

「……梨香小姐，我們還是到店外等會比較好。我有一股不好的預感。」

「咦，啊，嗯，不過，蘆屋先生他們……」

「他們不會有事的。別看他們那樣，那兩人可是經歷過不少大風大浪呢。」

「那、那是什麼意思……啊，等、等一下啦，鈴乃，妳忘了拿電視！」

梨香總算順利提醒鈴乃拿起兩臺電視，之後便在鈴乃的引導下跑到店外。

外面是一如往常的新宿。看來那道慘叫聲只局限於店內，路上的行人看起來也沒什麼變化。

另一方面，真奧與蘆屋一上樓便同時立即發現了異常狀況。

剛剛才看得入迷、被展示在賣場裡的無數電視——

螢幕全都無一倖免地粉碎了。

碎裂的液晶面板散落一地，莫名其妙的客人與店員們只是茫然地看著這幅場景。

「發、發生什麼事了？」

前不久才剛從一樓衝上來的資深店員，立即找了一位員工過來了解狀況。

而那位年輕的員工，正好就是負責接待蘆屋與鈴乃的男性。

「那、那個，呃，螢、螢幕……展示用的螢幕畫面突然一起發出白色的光芒……」

「你說螢幕一起發光了？」

「因為那道光芒就像相機的閃光燈般耀眼，所以我一瞬間別開了目光，然後……」

另一位趕來的店員，也說了跟最初那位男性一樣的話。

「等回過神來，就發現液晶螢幕全都碎掉了。」

「怎、怎麼可能會有那種事？對、對了，先、先讓所有客人都到外面去避難吧！還有，快找個人去通知消防隊跟警察……」

儘管那位資深店員因為事態嚴重而不太能冷靜地應付狀況，但從他即刻考慮到客人的安全以及指揮現場的能力來看，應該是一位優秀的上司吧。

剛衝上樓的真奧與蘆屋，也馬上就被附近的店員請下了樓梯。

回頭看了一眼販賣電視的樓層後，真奧眼神嚴厲地下樓走到店外。

「喂，到底怎麼回事？」

「蘆屋先生，你沒事吧？」

鈴乃以彷彿原因出在真奧身上般的語氣逼問，梨香則是純粹擔心蘆屋的安危。

儘管感到有些落寞，真奧還是馬上打起精神指示蘆屋。

「喂，蘆屋，為了以防萬一，你送鈴木梨香回家吧。」

「咦？」

「賭上性命。」

梨香因為真奧突然的指示而發出驚呼，但蘆屋卻坦率地接下命令。

「鈴、鈴木小姐，我送妳回家吧。我記得妳是住在高田馬場……」

「啊，咦，呃，那個，等、等一下，進展得那麼快，我還沒做好心理準備，而且我還得收拾房間，那個！」

看著抓住梨香往車站前進的蘆屋，以及不知為何陷入恐慌的梨香離開後，真奧努了努下巴對鈴乃示意。

「回去的路上再說好了。總之先跟漆原會合，妳也叫惠美過來吧。啊，還必須聯絡小千才行。得通知她這陣子很危險，還是別靠近公寓比較好。」

「先讓我跟你確認一件事。」

鈴乃的語氣變得比剛才還要嚴厲許多。

「那是魔力吧。跟巴巴力提亞那群人有關嗎？」

「我不知道。不過還是先讓我辯解一下。雖然現在說這種話也沒什麼用，但真的不是我們幹的。」

樓上那股令人窒息的氣息，毫無疑問地是魔力。

當然，真奧跟蘆屋什麼也沒做，真奧也完全不曉得飄散的魔力跟電視被大量破壞之間有什麼關係。

不過唯一能確定的是，這絕對不是自然現象。

「那種事不用說我也知道。」

鈴乃板起一張臉加快腳步。

由於抱著電視快步行走，因此兩人的額頭上已經開始浮現出豆大的汗粒。

「你當時正在跟我進行無意義的爭論吧。就算不用特別說明，我也知道那不是你幹的好事。虧你還是個『王』，在這種奇怪的地方居然那麼膽小。」

「因為最近太常跟覬覦我性命的傢伙一起吃飯，所以變得有點神經質呢。」

真奧以遊刃有餘的笑容諷刺回去。

「……隨你怎麼說。總之快點回去吧。」

無暇應付的鈴乃別過臉，領先真奧開始趕路。

拚命趕回家後，在Villa・Rosa笹塚迎接兩人的是臉色比他們還要凝重的惠美，以及難得露出嚴肅表情的漆原。

「貝爾，魔王剛才一直都跟妳在一起吧？」

「嗯、嗯……艾謝爾也才剛跟我分開不久……」

聽了鈴乃的回答後，惠美露出些微寬心的表情，但馬上又板起臉瞪向真奧。

「艾謝爾人在哪裡？快點叫他回來。」

「怎、怎麼了。發生什麼事了嗎？」

惠美的神態非比尋常，就連真奧也發現她的樣子有些奇怪。

惠美的眼中搖曳著前所未有的不安。

儘管過去敵視自己，但她眼中依然總是燃燒著堅強的意志。

不過現在的惠美卻彷彿迷失了方向，眼神也給人一種走投無路的感覺。

無論是真奧、漆原還是鈴乃，都是第一次看見惠美露出這種眼神。

「認為原因要是出在你身上就好的我，以及覺得幸好原因並非出在你身上的我，正在我的心裡強烈掙扎。我再跟你們確認一次，魔王和艾謝爾今天一直都跟貝爾在一起，而且昨天從房屋仲介那兒回來後，就沒有再出過門對吧？」

真奧與鈴乃兩人同時點頭。

惠美一臉沉痛地確認完後，便道出了一項衝擊的事實：

「千穗正因為高濃度魔力所引發的中毒症狀失去意識。據千穗媽媽所言，她的狀況似乎從昨天晚上開始就有點奇怪。」

魔王與勇者，總之先集中精神處理眼前發生的事

即使真奧與蘆屋連救護車都曾經搭過，但打從他們來到日本以後依然從未利用過一種交通工具。

那就是計程車。

雖然那是一種既能精確抵達目的地又非常便利的交通手段，但這項便利性，也讓它因此被歸類為移動成本最高的日常交通方式之一。

若將都內近郊的計程車價格換算成京王線的票價，光是基本費便足以讓人從新宿搭到終點站高尾山口，換成上北澤甚至還能夠供人來回。

基本上魔王城的居民從未經歷過必須靠計程車移動的狀況，如果只有都內電車三站左右的距離，真奧跟蘆屋也能輕鬆地靠步行解決。

而那樣的真奧等人，居然在蘆屋回來的同時便毫不猶豫叫了兩臺計程車到公寓，並分成魔王軍與勇者勢力兩組，一路往代代木前進。

車內氣氛沉重，所有人都不發一語。

坐在副駕駛座的真奧眼神凝重地望著開在前方、惠美等人搭乘的計程車，握著門把的手也無意識地加重了力道。

蘆屋同樣一臉沉痛，就連平常總是不看氣氛亂說話的漆原，也一聲不吭地持續望著窗外。

除了基本費以外車表還沒跳多少，兩臺計程車就抵達了澀谷區的代代木，開進西海大學醫學院附設醫院正面的迴轉道。

計程車一停下來，吩咐蘆屋付錢的真奧看也不看司機一眼便衝了出去。

而前面的計程車同樣是由惠美先走出來，交給鈴乃付帳的樣子。

「走這裡。」

惠美用下巴對真奧示意，先行走向醫院的櫃檯。

「我們是來探望住三〇五號病房的佐佐木小姐……」

「好的，那麼麻煩您先在這張訪客卡上登記，然後再帶這張卡到三樓櫃檯。」

就連在醫院櫃檯小姐遞來的紙上填寫必要事項的時間，都讓人感到惋惜。

「我知道你很著急，不過別在醫院裡面亂跑啦。又不是有生命危險，你先冷靜一下啦。」

「……喔。」

確認一臉凝重的真奧為了冷靜下來做完深呼吸後，惠美將從櫃檯借來的訪客卡交給真奧。

「如果不出示這張卡就不能探病，你可別弄丟囉。」

「我又不是小孩子了，妳還是快點帶路吧。」

「我知道啦。往這邊走。」

就只有這次惠美沒追究真奧粗魯的語氣，轉身走在前面快步帶路。

兩人搭上大型電梯來到三樓，向護士中心出示訪客卡。

「現在可以探病沒問題。不過因為是多人病房，所以請保持安靜。」

說完後，親切的白衣職員指向旁邊的某個房間。

惠美跟真奧以眼神道謝後，便走進開著門的三〇五號室。

病房內有四個被簾幕隔開的床鋪，真奧因為其中一個裝了特別多機器的床位而嚇出了一身冷汗。

「不是那裡啦，這邊。」

敏感地注意到真奧表情變化的惠美，拉住真奧的袖子往另一張什麼也沒裝的床鋪看去。仔細一看，簾子旁邊的確掛了一個寫著「佐佐木小姐」的名牌。

「……不好意思這麼頻繁地來打擾，我是遊佐。」

惠美壓低音量向簾內的人搭話，接著裡面便傳出一道熟悉的聲音。

「好的，請進。」

「失禮了。」

回應的人是千穗的母親，里穗。

真奧原本想先向坐在床邊的里穗打聲招呼，但一看見眼前的光景，便頓時說不出話來。

「……」

千穗正睡在醫院的病床上。

就外觀來看，她的臉色並不差，呼吸也很普通。

不過真奧還是因為千穗正睡在病床上這個事實而啞口無言。

「哎呀，真奧先生，不好意思讓你特地跑一趟。」

發現真奧後，里穗起身輕輕行了一禮。

儘管笑容中帶著純粹的歡迎，依然無法完全掩飾其中的倦色。

「小千到底……是怎麼了呢？」

里穗有些困擾地回應好不容易擠出聲音的真奧：

「要是能知道原因就好了……」

里穗的苦笑因為不安而扭曲——

「我昨天在晚餐時間回去時，就發現她睡在客廳的沙發上。我還在想明明有叫她先洗米，怎麼會睡起午覺來了……」

但依然勉強維持著笑容。

「不過……也不曉得怎麼回事，不管我怎麼叫、怎麼搖……她就是沒醒……就算我因為覺得情況有異，而抱持著惹千穗生氣的覺悟打了她一巴掌，她還是沒有反應……」

判斷這並非睡眠而是昏迷的里穗毫不猶豫地叫了救護車。

然後千穗就被送到了這間西海大學醫院。

無論是救護人員，還是接受救護車讓病人入院的醫師，都找不出讓千穗持續睡眠的原因。

由於呼吸及腦波皆無異常，看起來也沒有外傷，因此初步判斷沒有生命危險的醫生，便安排千穗住院以調查昏睡的原因。

「然後啊，似乎既不是瓦斯外洩，也不是撞到頭，所以真的不曉得原因到底是什麼……」

里穗看向穿著粉紅色花朵圖案睡衣的千穗睡臉，惠美與真奧也不自覺地受到她的視線吸引，而再次望向千穗的臉龐。

千穗的表情十分平穩，看起來的確不像正在受苦。

不過既然惠美能斷定這是「魔力引起的中毒」，那麼應該有相對應的原因跟理由才對。

「千穗小姐！」

「佐佐木小姐！」

「蘆屋，你聲音太大了啦。」

此時蘆屋和漆原也跟在鈴乃後面衝進了房內。

「哎呀，大家都來啦，不好意思，居然讓你們這麼勞師動眾……呃……這兩位是鎌月鈴乃小姐與漆原半藏先生吧？」

確認完初次見面的鈴乃與漆原的名字之後，里穗深深地行了一禮。

「雖然在這時候道謝也有點奇怪，不過千穗在銚子時真的是受到各位照顧了。她有沒有說什麼任性的話，替各位帶來困擾呢？」

「沒有，那種事。」

結果是由真奧回答了里穗的問題。

「……我們……總是一直受到小千的幫助。要不是有小千……以及您的幫忙，我們也不會有現在的生活。」

「等她醒來以後，再請你直接告訴她吧。應該沒什麼能比真奧先生的稱讚，更讓她感到開心了。」

「……唔。」

里穗這段毫無惡意的話，再次讓真奧啞口無言。

「然後啊，因為這既不算生病也不算受傷，所以我也無法向她的朋友跟學校聯絡……到底該怎麼辦才好呢，真令人困擾。」

真奧對里穗拿在手上的東西有印象，那是千穗的手機。

里穗是一位個性開朗的女性。即使她因此努力地掩飾，依然無法完全隱藏女兒陷入不明狀況所帶來的恐懼與不安。

不過包括真奧、蘆屋、惠美、鈴乃以及漆原在內，都找不到能讓里穗打起精神的話。

「千穗小姐……」

語氣顫抖的鈴乃往前跨出一步，握住千穗放在毛毯外面的右手。

「……」

惠美眼神嚴肅地看著這幅場景。

「對了，話說真奧先生。」

「是的？」

儘管語氣隱約有些顫抖，但里穗還是刻意以明朗的聲音輕輕敲了一下真奧的手臂。

「那個，該不會是真奧先生送的吧？」

「那個是指？」

「討厭，不用裝傻啦。我沒有生氣喔？哎呀，雖然從女孩子的眼光來看，我確實是有想過或許不太適合千穗啦。」

里穗發現真奧依然不解其意，於是指向沒被鈴乃握住的另一側，亦即千穗的左手。

然而即使說到這個地步，真奧還是一頭霧水地看著里穗。

「真的不是嗎？我還以為若不是真奧先生給的，千穗應該也不會那麼光明正大地戴在手上……」

里穗繞到床的另一側舉起千穗的手。

除了惠美以外，在場所有人都因為她手上的東西而倒抽了一口氣。

千穗左手的食指上戴了一枚戒指。若只是單純的戒指，倒還能解讀成是高中女生為了愛現而勉強戴上的裝飾品。

然而鑲在戒指上的寶石，以及它在窗外陽光反射下發出的光芒，卻牢牢地吸引了所有人的注意。

此時真奧總算知道惠美是如何找到千穗住院的地方了。

即使曾因為銚子的事情有過一面之緣，依然難以想像身為母親的里穗，會在連學校都沒聯絡的情況下優先通知惠美。

惠美是為了追那個東西才偶然來到醫院。

引導惠美來到這間位於代代木鮮味漢堡西南方向的西海大學醫院，讓她得知千穗住院的東西，正是被戴在千穗手上、經過琢磨的「基礎」碎片。

※

醫院的各樓層都設有談話室，除了讓訪客休息以外，還有方便能自行走動的入院患者看電視等各式各樣的用途。

此時漆原正茫然地看著電視，真奧、蘆屋以及惠美則是板著臉坐在椅子上沉默不語。

另一方面，只有鈴乃從剛才開始就在用惠美的放鬆熊記事本，以及裝飾著跟放鬆熊有關角色的黃色原子筆，在記事本上持續寫著類似算式的東西。

看在什麼都不知道的人眼裡，應該只會覺得鈴乃在紙上寫了一大串意義不明的文字吧。

不過她所使用的文字，其實是安特・伊蘇拉西大陸的官方語言之一的神聖韋斯語。

教會的勢力在西大陸西側十分強盛，而那裡所使用的語言就是神聖韋斯語，至於靠近中央大陸的東側，則是使用德韋斯語。由於德韋斯語對全安特・伊蘇拉的通用語「中央交易語言」有著深遠的影響，因此同時也以口語的形式廣為流傳，至於神聖韋斯語在西大陸則是較為偏向上流人士的語言。

即使如此，舉凡政治、行政、法律、醫學以及藝術等專業程度較高的領域，全都是使用神聖韋斯語，因此若想精通這些領域，神聖韋斯語可說是最基本的教養。

西大陸西部是唯一沒被魔王軍納入版圖的地區，因此真奧、蘆屋與漆原雖然大略能夠理解德韋斯語，但對神聖韋斯語可是連基本文字都一竅不通。

鈴乃剛開始寫字時，惠美曾經問過她在寫些什麼。

「別問，先等一下就對了。」

但馬上就遭到駁回。

一行人離開千穗的病房後轉眼間已經過了一小時。雖然外面看起來還很明亮，不過也差不多快到夕陽逼近地平線的時候了。

由於時間已經不早了，因此談話室內目前只有真奧一行人。

就在電視上開始從填補時段的新聞，轉為連續播放當日綜藝節目預告之際——

「算好了！」

鈴乃總算從紙上抬起了頭。

「算好什麼，話說妳從剛才開始就在幹什麼啊？」

「打從過去在神學院的考試以來，我好像就再也沒有從頭到尾把公式全寫出來了呢。總之，艾米莉亞，我算出來囉。」

「那麼，結果怎麼樣？」

鈴乃表情開朗地回答惠美的問題。

「千穗小姐的身體很健康，既年輕又有體力。最快明天早上，最慢也只要兩三天便能中和體內的魔力，然後恢復意識。」

「真、真的嗎？」

真奧因為鈴乃的話而從椅子上跳了起來。

「為、為什麼妳有辦法那麼篤定呢？」

蘆屋半信半疑地詢問鈴乃。

「比起說明，還是實際讓你體驗一下比較快。艾謝爾，把手伸出來。」

「什麼？」

儘管一臉不悅，但蘆屋還是坦率地伸出手和鈴乃握手。

「唔喔！」

接著在蘆屋發出呻吟的同時，全身也短暫地散發出淡淡的光芒，下一個瞬間，他的頭髮便彷彿有股電流通過全身般的豎了起來。

「唔、唔，妳、妳幹什麼啦？」

蘆屋一邊以變得不聽使喚的舌頭提出抗議，一邊用失去焦點的眼神瞪向鈴乃。

「這對惡魔來說果然有點勉強呢。明明就跟流進千穗小姐體內的聲納力量差不多。」

「……聲納？」

難得聽見的這個字眼，讓真奧驚訝地睜大了眼睛。

話說回來，剛才鈴乃關心地握住千穗的手時，那舉動看起來似乎有些刻意。鈴乃應該就是在那時候將聲納打進千穗體內的吧。

「這原本是在進行聖法術的修行之前，為了確定體內基礎容量所使用的方法。你們應該知

道在使用聖法術促進肉體活性時，會大大受到被施術者本身容量的影響吧？」

「嗯、嗯。」

「只要將包含了檢查用術式的聖法氣打進體內，再計算從全身各處傳回來的反應，就能大概得知對象的容量。人體的反應十分複雜，因此一般其實會使用專門的器具，不過如果只是概算，那麼還是能透過施術者的感覺來計算容量。」

鈴乃亮出多達惠美記事本十頁分的神祕文字列。

「即使只是概算，若用手計算還是得花上這麼長的時間呢。」

「誰聽得懂啊，那種說明隨便怎麼都好，直接說重點啦！」

真奧與怒髮衝冠的蘆屋板起臉瞪向鈴乃。

至於漆原還是一樣繼續看著電視。

「在那之前我想先問個問題。艾米莉亞，為什麼妳會認為千穗小姐的症狀是起因於魔力中毒呢？」

鈴乃看向惠美問道。

「我是追著這個的光來到這間醫院。」

惠美從包包裡拿出裝在小瓶子裡的「基礎」碎片。真奧微微睜大眼睛說道：

「……是卡米歐帶來的那個吧。妳沒給阿拉斯・拉瑪斯嗎？」

「一旦跟她融合過後，就無法分開了吧。考慮到之後還得尋找其他碎片，所以我就特別留下來了。總不能在東京市中心讓聖劍發出指引的光芒啊。」

「嗯，原來如此。」

惠美說明自己是為了尋找曾在東京巨蛋城治好阿拉斯．拉瑪斯的白衣女子，因此才打算追蹤女子帶在身上的「基礎」碎片。

「總之，我在新宿的東急手創屋附近發動這個時，也沒想到那戒指居然會在徒步三十分鐘以內就能走到的地方，讓我嚇了一跳呢。而且更令我驚訝的是，想不到碎片居然會在千穗手上……」

惠美在得知千穗因為陷入原因不明的昏睡而入院時雖然感到驚訝，但在來到病房探望過千穗以後，便從她身上感覺到明顯的魔力殘渣。

惠美似乎是認為既然那枚戒指在千穗手上，那麼便無法光靠自己個人的判斷來解決，所以才會前往魔王城。

「為什麼不直接打電話給我或魔王呢？」

鈴乃提出的疑問可說是合情合理。惠美當時應該也知道真奧、蘆屋以及鈴乃正在新宿的某處才對。

「是我找她來的。因為我有事要告訴艾米莉亞。」

結果是漆原代替了惠美回答。

「不過那件事晚點再說明就可以了。還是先聽聽看貝爾診斷的結果吧。」

漆原的眼睛還是一樣沒離開電視。

「……總之，事情就是這樣。我還在安特．伊蘇拉時，曾看過許多像千穗那樣接觸到魔力的人，照理說實際上應該不可能從千穗身上感覺到魔力，所以我才認為應該是魔力中毒……」

鈴乃點頭回應惠美的說法。

「艾米莉亞的直覺，一半猜對一半猜錯了。」

「那是什麼意思？」

「千穗小姐的症狀確實是魔力中毒，不過那並非是因為接觸到外來的魔力，而是有人讓千穗小姐體內的能量失衡，進而在她體內精製魔力的結果。」

「？」

不只是惠美，就連真奧和蘆屋也難掩對這句話的驚訝而倒抽了一口氣，漆原也以銳利的眼神瞄了鈴乃一眼。

「千穗的體內，被人精製了魔力？」

「換個說法，也可以說是千穗小姐的生命能量，變質成了魔力。」

「等、等等，等一下，這種事有可能發生嗎？」

真奧伸手制止鈴乃。

「只要我的計算，以及教會自古傳承下來的算式沒錯的話。」

「那驗算一下吧。」

「別開玩笑了。我自己也因為難以置信而驗算了兩次，最後才得出這個結論。」

鈴乃憤憤地反駁真奧冷淡的言論。

「不過，在體內精製魔力……小千可是人類，而且還是日本人……是地球人喔？」

「雖然我不是不能理解你想表達什麼，不過真要說的話，現在才講這個也太晚了吧。你不也曾經在這個日本，透過吸收從人心產生出來的魔力而恢復成魔王好幾次了嗎？」

「呃，是、是這樣沒錯……」

「總之透過聲納的反應計算千穗小姐體內魔力的殘量之後，我發現雖然那的確是足以引起中毒的分量，不過並未達到危害生命的程度。現在只不過是千穗小姐的肉體，正為了壓抑與中和剩下的魔力而消耗能量，所以她才會陷入昏睡狀態，我剛才跟聲納一起打進千穗小姐體內的聖法氣有促進中和魔力的效果，等中和完畢之後，她自然就會清醒。」

「換句話說，就結論而言，我剛才差點兒就被淨化了對吧。」

鈴乃以苦笑帶過蘆屋板起臉提出的抗議。

若鈴乃所言屬實，那麼至少暫時不需要擔心千穗的身體安全。

不過在追究原因的過程中，又產生了其他的問題。

照理說是普通人類的千穗體內，居然被精製了魔力。

而且誘發這種現象的原因依然不明。

還有陷入昏睡狀態的千穗，正戴著鑲有「基礎」碎片的戒指。

「雖然這並不能解決問題……不過我想千穗手上的戒指，應該跟之前那位治好阿拉斯．拉瑪斯的白衣女子所戴的戒指，是同一個東西。」

惠美一面搜尋記憶一面說道。

「什麼叫做『我想』啊？」

「我當時很著急啊，所以也不太記得那戒指長什麼樣子。不過感覺就是一樣的東西……」

「真沒用。那麼，為什麼那枚戒指會在小千那裡呢？」

「這個嘛……應該是因為那位白衣女子，基於某種理由才套在千穗的手指上……」

「看來沒什麼好說的了！無論如何，關於那戒指的出處還是先放在一邊吧。比起那種事情，現在最需要思考的問題應該是……」

「讓佐佐木千穗體內精製魔力的外因，對吧？」

「……漆原？」

在場所有人同時看向直到現在依然緊盯著電視的漆原。

「雖然佐佐木千穗體內出現魔力的確是件不可思議的事情，不過考慮到真奧你們過去變身的狀況，也不是不能認為這世界的人類原本就是那樣，只是真奧你們不知道而已。不過無論如何，佐佐木千穗會變成那樣的原因都是來自於外在。」

「至少說話時別看著電視，把臉轉過來啦。」

瞧也不瞧其他人一眼的漆原，怎麼看都像是正在茫然地看著地方鄉土料理大會的新聞，儘管惠美不悅地出言抱怨，但漆原依然不予理會。

「剛才我不是說是我叫遊佐過來的嗎？遊佐平常明明把我當成只會整理排隊人潮的自動販賣機，那麼為什麼會赴我的約呢？」

由於話題又回到了自己身上，因此惠美只好板起臉回答：

「因為我聽說加百列又跑去Villa．Rosa笹塚啊。」

「妳說加百列？」

真奧、蘆屋以及鈴乃的表情一同露出嚴厲的表情。

「那個輕薄的蠢大個兒，該不會是他把小千……」

「要是那樣，事情就簡單了。不過那傢伙來找我是為了別的事。那傢伙似乎因為接連失敗，所以被解除尋找『基礎』碎片的職責囉？現在他正在找大魔王撒旦的遺產。」

「解除職責，聽起來好像是在演警探影集呢。」

惠美板起臉說道。

「你說……『大魔王撒旦的遺產』？」

「真奧，你知道嗎？」

「……如果是錢那我會想要，但遺產稅就算了。雖然我也不是心裡沒底，不過感覺那應該不是什麼足以讓天界積極尋找的東西。」

「嗯，看來真奧跟我同等級呢。」

「啊？」

「沒什麼。總之加百列似乎也不是很清楚自己要找的東西……不過為了代替加百列，或許會有其他天使來到日本也不一定。目前看起來最有嫌疑的，應該就是那傢伙了。」

「喂，鈴乃。要是妳身為聖職者還有剩下一點良心，等回到安特．伊蘇拉以後，就把大法神教會當作信奉邪神的邪教給毀滅掉吧。」

「……我實在是無話可說。」

鈴乃垂頭喪氣地回答。

「真是的，不是尼特族就是花花公子，真是沒一個好貨色。」

蘆屋憤然地雙手抱胸。

「蘆屋，別把我也算進去啦。我就是因為討厭天界，所以才跑出來的耶。」

「跑出來？」

「話說回來，原來你有身為尼特族的自覺啊。」

「唔！」

蘆屋稍微思考了一下漆原的話，但真奧快速的吐槽，還是讓漆原頓時啞口無言。

「總、總而言之啊！」

漆原輕咳了一下後便繼續說道：

「若加百列所言屬實，那麼這次來到日本的天使似乎是『監視者』呢。」

「『監視者』……？是指監督所有天使行為的監視者拉貴爾嗎？」

漆原點頭回答鈴乃的質問。

「雖然他並不是什麼特別高位的天使，也不像加百列那麼擅長戰鬥，更不是生命之樹的守護天使。不過，拉貴爾被賦予了特別的權限。」

「是指『末世的宣告』……嗎？」

鈴乃話才剛說完——

『大家好，以下將為各位播放星期五的週末（註：日語中「末世」與「週末」的發音相同）新聞……』

漆原看的電視便從新聞換成了由主播向觀眾打招呼的節目。

「……」

在場所有人的視線頓時都集中在鈴乃身上。

「咦？啊，不、不對！這、這只是偶然啦！」

明白大家的視線代表什麼意義後，鈴乃面紅耳赤地否定。

「冤、冤枉啊！」

漆原無視鈴乃的抗議，繼續說道：

「不知為何，在安特．伊蘇拉也有關於末世宣告的傳承，不過這傳說實際上並沒什麼大不了的。拉貴爾只是在必要時監視天使們的行為，並在下達特定處分的裁定時負責宣告結果罷了。雖然基本上通常都跟墮天有關啦。」

「墮天的宣告？」

「沒錯。在我離開天界後不久，好像就建立起了那樣的制度。由『監視者』負責下達裁定，並由『墮天邪眼光』遵從裁定加以執行。」

「墮天邪眼光……是指沙利葉的事嗎？」

真奧因為突然跑出沙利葉的名字而感到驚訝。

「你想想看，要是沙利葉能自己獨斷讓天使墮天，那天界的男天使早就都消失不見啦。」

真奧、惠美與鈴乃互望了彼此一眼。這實在是非常有說服力的說明。

「天使們雖然看起來任性妄為，但在天界內部使用力量時都受到了相當的限制。人類的世界不是也差不多嗎？就跟能夠按下核彈發射按鈕的現場士兵，不會征服世界是一樣的道理。」

「不過既然如此，那個叫拉貴爾的傢伙到底是來日本幹什麼的啊？儘管說是要取代加百列，但照這樣看來，他似乎沒有那麼強大的力量呢……」

漆原點頭回應惠美的質問。

「如果拉貴爾並不是來帶沙利葉回去……那麼我想他應該是為了下達裁定而來的。」

下次出現的傢伙，或許就不會是像我這種鴿派囉。

加百列替漆原留下了這樣的警告。

「那個裁定，是什麼意思啊？」

漆原輕佻地回答真奧的問題：

「你不知道嗎？明明魔界之王和天使混血的勇者都到齊了。」

此時漆原不知為何看了鈴乃一眼。

「連在安特．伊蘇拉被魔王軍蹂躪時都只是袖手旁觀的天界，為什麼會像大拍賣似的接連派遣天使來到日本，你們有想過其中的理由嗎？」

對一面頌揚神的加護，一面將大批教會騎士送往死地的大法神教會高位聖職者的鈴乃而言，這實在是個讓人心如刀割的問題。

「……因為無論安特．伊蘇拉死了多少人，對天界都不會有什麼影響……」

「正確答案。」

這是個殘酷的答案。

「不過，一旦覺得將對自己產生危害，他們就會全力進行排除。聽懂了嗎？無論是真奧還是遊佐，當然也包括蘆屋跟貝爾在內，你們正逐漸逼近天界打算隱瞞的真實，除了獨占『基礎』的碎片之外，你們還動用武力擊退了武鬥派的天使。若拉貴爾判斷你們將危害天界並下達裁定——」

只有真奧等人在看的新聞畫面，正在播放某國內戰的景象。

「天界就會正式地發動進攻。而且還是以讓人覺得加百列的天兵大隊不過是小兒科的規模呢。」

「……開什麼玩笑！那這次也直接衝著我們這裡來不就好了嗎？」

真奧憤怒地搥了一下桌子。

「這我就不清楚了。畢竟剛才那些推論是以相信加百列的話為前提，而現在之所以還沒演變成那樣的狀況，或許表示他們正在尋找其他與我們完全無關的東西也不一定。例如艾米莉亞看見的『白衣女子』呢。而且佐佐木千穗的戒指，不也是從跟我們完全無關的地方出現的東西嗎？」

「既然如此，那我們到底該怎麼辦才好？如果只能等待那個叫拉貴爾的傢伙採取下一步的行動，或許還會再出現像佐佐木小姐那樣的犧牲者也不一定啊。」

「呃，關於這部分，我是有一些頭緒啦，而且我從剛才開始就一直在等。」

「在等？等什麼……」

『那麼接下來將為您統一播報今天的新聞。』

這時候，關於內戰的報導已經結束，新聞主播正開始播報今天日本發生的主要新聞。

『關於手機與攜帶型資訊終端機收看電視節目的功能，亦即所謂行動數位電視在關東圈發生了收訊障礙，至今原因仍然不明，販賣搭載行動數位電視功能終端機的各通訊廠商，目前正急於釐清原因以便對顧客有所交待。』

「啊，原來不是只有docodemo這樣。」

由於這起行動數位電視收訊障礙事件替工作增添了不少煩惱，因此惠美一聽見這則新聞後便抬起頭來關注。

電視螢幕上正在播映某間公司員工召開道歉記者會的畫面，一群人像是事先說好了般同時道歉，緊接著採訪記者們接連發出的閃光燈更是讓畫面變得閃閃發光。

就在這個瞬間——

「咦？」

「喔哇！」

「唔！」

真奧與蘆屋像是被閃光燈的氣勢給彈開一般，從椅子上跌了下來。

漆原雖然勉強抓住桌緣忍住，但膝蓋也同樣不斷地顫抖。

「喂、喂，你們怎麼突然變這樣啊？」

「沒事吧？」

惠美扶起明明沒發生什麼事卻被撞飛的真奧，鈴乃則是協助蘆屋起身。

「咦？」

「什麼？」

然而惠美與鈴乃一看見真奧與蘆屋起身後的模樣，便同時嚇了一跳。

兩人的頭髮像觸電般整個豎了起來。

而先前才被鈴乃半開玩笑地打入聲納的蘆屋那一頭隨意留長的頭髮，更是完全翹到讓人覺得即使一口氣用光一瓶髮蠟，應該也不至於變成那樣的程度。

「什麼啦！這到底是怎麼回事？」

「……我比妳還想知道呢。」

真奧以顫抖的語氣不悅地回答。

「艾米莉亞跟貝爾都沒發現嗎？看來果然是因為妳們兩個的容量太大了。」

乍看之下似乎沒什麼變化的漆原有些痛苦地說道，並努了努下巴指向電視。

在五人驚慌失措的這段期間內，電視上的新聞已經改為播出列島各地接連傳出因天氣酷熱而導致中暑的新聞。

「咦，什、什麼？電視？咦？我、我知道了，妳等一下！」

此時惠美突然用手按住額頭開始自言自語，然後慌張地環視周圍，在確定沒有監視攝影機跟其他人影後，她才讓阿拉斯・拉瑪斯在談話室內現身。

「欸咿！」

阿拉斯・拉瑪斯一溜煙地跑向電視，然後便開始不斷地敲打螢幕。

在小女孩的攻擊之下，液晶螢幕開始有些變形，惠美連忙出手阻止突然做出暴行的阿拉斯・拉瑪斯。

「阿、阿拉斯・拉瑪斯，妳在幹什麼啦！不行！那是醫院的……」

「那個東西剛才『磅』了一下！」

「……咦？」

阿拉斯・拉瑪斯再度開始用她柔軟的小手「乒乒乓乓」地拍起了電視。

「它『嗶咯』、『啪～』還有『咿～』了一下！」

小女孩用右手指向電視，並頻頻用左手指著自己大大的眼睛。

「『嗶咯』、『啪～』還有『咿～』？」

由於阿拉斯·拉瑪斯使用的全都是狀聲詞，因此惠美完全無法理解她想表達什麼。

「剛才貝爾不是也用蘆屋試過一次了嗎？大概是因為阿拉斯·拉瑪斯本身非常容易受到影響，所以才察覺到了吧？」

漆原用手整理自己翹起的頭髮，同時努了努下巴比向電視。

「是聲納啦。不曉得是誰今天一直在利用電視的電波發出聲納。只要能知道接受電波的電視所在位置，這麼做會比隨便發出廣範圍的聲納要來得有效率，也比較能確實過濾出對象的所在地。佐佐木千穗應該就是受到那個的牽連吧。」

「聲納？剛才那個像靜電的東西，是聲納嗎？」

真奧維持著頭髮倒豎的狀態逼問漆原。

「那、那道衝擊的確跟貝爾的惡作劇很像……」

蘆屋瞪向鈴乃，同時點頭肯定真奧的說法。

「漆原，剛才的聲納，就是那個叫拉貴爾的天使搞的鬼嗎？」

「嗯，那個可能性很高。只要凶手不是加百列，不過我覺得應該就是拉貴爾幹的啦。」

「等、等一下，那他到底是怎麼讓電視發出聲納的，話說這種事情有可能辦到嗎？即使這個推論正確，全日本可是有好幾千萬人在收看電視耶！照理說除了千穗小姐以外，應該還會有其他受害者吧？基本上我從來沒聽說過聲納能讓人陷入昏迷狀態……」

對千穗與蘆屋都發出過聲納的鈴乃頓時慌了手腳，但真奧像是突然想起什麼似的抬起頭，翹起來的頭髮也跟著隨之晃動。

「小千的家……曾經是聲納的爆發地點。」

「什麼？」

「啊……」

真奧說完後，惠美似乎也因為想起了同一件事而發出驚呼。

「是艾伯……是指艾伯特之前發射的聲納嗎？」

那是發生在千穗還不曉得真奧與惠美真面目時的事情。

惠美過去的旅伴艾伯特，曾經為了警告惠美與日本將遭遇某件災厄而發射了好幾次聲納。

而千穗找真奧商量這件事的舉動，也成了加深千穗與真奧等人之間關係的遠因……

「沒錯。小千家曾經接受過好幾次從安特．伊蘇拉傳來的模糊聲納與概念收發。喂，鈴乃，我記得視施術者的力量而定，聲納與概念收發都能改變反應的對象吧？」

「嗯、嗯。如果單純只是想尋找人或物體的位置，那麼計算也會變得單純許多，除此之外也有像我對千穗小姐與艾謝爾做的那樣，透過改變共鳴的方式來應用在其他各式各樣的用途上

面。」

千穗當初也是因此才偶然收到艾伯特的概念收發。而千穗家之所以會成為聲納的爆發地，大概就是因為艾伯特在尋找概念收發的收訊地時，碰巧找到了千穗吧。

艾伯特設定的條件是「對魔王撒旦抱持著強烈的思念」，於是他的概念收發便對千穗內心的力量產生了反應，而收到這份訊息的千穗在那之後也成了唯一一位跟安特．伊蘇拉扯上關係的日本人。

「或許佐佐木千穗的家，也是因此才對透過電視發送的聲納產生了強烈的反應。」

「等等？即使某個地方之前曾經出現過強烈的反應，也不表示一定就會發生那樣的現象吧？若術式會對艾伯或艾美留下的聖法術殘渣產生反應，那麼當初我跟加百列戰鬥時散播在笹塚一帶的聖法氣，就算因為對聲納產生反應而引起大爆炸也不奇怪吧。」

「光是聖法氣的聲納，就足以讓我們的腦袋大爆炸了呢。」

「就是說啊。」

惠美無視真奧與蘆屋的抱怨。

「雖然我當時被真奧打倒了，所以對整起事件不太清楚。」

然而漆原的態度依然充滿了自信。

「不過為什麼艾美拉達．愛德華與艾伯特．安迪，會對位於地球的日本發射聲納呢？」

「……那是什麼意思？」

「奧爾巴知道喔？畢竟就是他本人直接從魔王城追蹤真奧開的『門』的軌跡，並將艾米莉亞送來這裡吧。不過那兩個人就不同了。為什麼照理說無法使用『門』的那兩人，能夠僅憑在『異世界』那種不著邊際的地方獲得的情報，得知艾米莉亞人在日本，並從安特．伊蘇拉筆直地朝日本發射聲納呢？」

「雖然那是在我來這兒之前發生的事，所以我也不清楚詳情，但難道不是跟奧爾巴大人一起追蹤你們的軌跡嗎？實際上我自己也是那樣過來的。」

「別讓我重複太多次啊，貝爾。無論是艾美拉達．愛德華還是艾伯特．安迪，他們都不會使用『門』的法術喔？」

「不過，艾美跟艾伯還是順利過來了吧。魔王不是說過有一種由大天使翅膀做成的天使羽毛筆，只要是惡魔以外的人用了那個道具，就能使用『門』的法術嗎？那兩個人就是因為有萊拉……有媽媽的羽毛筆，所以才會用那個東西對日本使用聲納跟概念收發吧。千穗也是因此才會收到艾伯的概念收發…………咦？」

「……啊。」

惠美與真奧恍然大悟似的互望了彼此一眼。

「大概就是那樣啦。這下妳知道拉貴爾打算用聲納找什麼了吧？」

惠美的臉色頓時變得蒼白。

艾美拉達的那通電話，是多久以前打來的呢。

打從在東京巨蛋城遇見那位知道阿拉斯．拉瑪斯狀況的白衣女子，直到今天為止，自己究竟是在發什麼呆呢。

「拉貴爾跟加百列現在最優先的目標，既不是『基礎』碎片，也不是『進化聖劍．單翼』，更不是真奧。這些全都只是順便而已。」

那位天使，或許已經來到日本了也不一定，自己明明早就已經知道這件事了。

「是萊拉喔。雖然不知道理由，但他們正在日本尋找萊拉的蹤跡，並打算對她下達某種裁定吧。」

「換句話說，就是因為艾伯特那個笨蛋透過萊拉的羽毛筆放出了概念收發，所以要是一個不小心，或許連小千的媽媽都會有危險的意思吧。」

總算發現事態出乎預料嚴重的真奧嘟囔著，但對惠美而言，這狀況其實還要再更加危急。

「拉、拉貴爾的最終審判，具體來說到底是什麼？」

惠美不自覺地揪住漆原的胸口。

「唔呀！」

「艾米莉亞！太用力了啦！還有這裡可是醫院，冷靜點！」

「誰冷靜得下來啊！」

惠美自然地拉高了音調。

「雖然從來沒見過面，而且直到最近才知道她的存在……不過、不過……在見到面之前，在跟她說到話之前，她都必須要平安無事才行啊，她是……我的媽媽耶？」

「那個，請問發生什麼事了嗎？是在找人嗎？」

此時聽見惠美叫喊的護士小姐一臉驚訝地現身了。惠美因為她的聲音而瞬間恢復理智，同時也放開了漆原。

「對、對不起，什麼事也沒有。」

「這樣啊。畢竟這裡是醫院，麻煩各位要安靜一點喔？」

儘管白衣的護士小姐似乎不太能接受，但還是悄悄地離開了。

「嗚，咳，嗯……最有可能的推測，果然還是墮天吧。畢竟是『監視者』與『墮天邪眼光』的組合啊。」

即使眼角含淚，或許是因為知道惠美是認真的，所以漆原沒抱怨便坦率地回答。

「那麼，這表示沙利葉也跟這件事有關囉？」

「不，事到如今這應該不可能吧。雖然這麼說也有點奇怪，不過那傢伙基於某些原因，所以真的完全沒把天界的事情放在心上。」

真奧回想起在前往銚子之前，沙利葉被自己打從心底迷戀上的木崎宣告禁止出入麥丹勞，並因為打擊過大而裂成碎片融化、流進排水溝裡的樣子。

「既然如此，那我也猜不透他們到底想幹什麼了。墮天原本就不是那麼容易下達的裁定，更是從來沒聽說會有人為了裁定一個大天使，而特地跑來異世界造成那麼多影響。」

「……結果，還是得先教訓一下那個叫拉貴爾的混帳就對了。」

此時真奧點頭並緩緩起身。

「既然連漆原都不知道，那麼就只能直接問本人了吧。」

「姑且還是先請問一下，為什麼魔王大人有必要『教訓』那個拉貴爾呢？」

蘆屋維持坐在椅子上的姿勢問道。

真奧的回答十分簡潔。

「我對那群天使的人際關係一點興趣也沒有。不過我指揮的魔王軍其中一位未來大元帥後補可是被他們給捲進去了耶。除此之外，還需要其他的理由嗎？」

蘆屋笑著肯定了真奧認真的表情。

「不，一點問題也沒有。若是為了優秀的未來同僚，那麼我當然也要助您一臂之力。」

「漆原、惠美、鈴乃。」

「嗯？」

「什麼事！」

「幹什麼？」

真奧依序看向所有人的臉。

「我一定要把那個叫拉貴爾的傢伙給揪出來，讓他負起害小千受苦的責任。你們也來幫忙吧。」

儘管真奧的態度傲慢，但不可思議地卻沒有任何人反對。

「唉，反正我很閒。而且我好歹也有自己受到佐佐木千穗照顧的自覺。」

「雖然我希望你可以等死了以後再說讓千穗當大元帥這種夢話，不過既然是為了守護重要友人的安全，那就沒辦法了。」

「為了守護朋友，就來修訂天使的教誨吧。僅限於這次，就正式跟你們合作好了。」

僅僅是為了守護一位少女，魔王、惡魔大元帥、墮天使、勇者以及聖職者，在醫院的談話室內為了同一個目的奮起。

「……嗯？」

此時真奧發現有人正在腳邊拉著自己的褲子。

「爸爸！」

阿拉斯·拉瑪斯以認真的眼神仰望真奧。

「阿拉斯．拉瑪斯，也最喜歡千穗姊姊了！」

小女孩驕傲地宣言。

真奧也露出不輸給對方的笑容，一口氣抱起了阿拉斯．拉瑪斯。

「上吧！」

「喔！」

五位年輕人與一位小女孩，一同走向電梯並離開了西海大學醫院。

而目送他們的，正是剛才惠美引起騷動時，前來提醒惠美的護士小姐。

她一邊揮著手上的診察表，一邊前往千穗的病房。

「佐佐木小姐，打擾囉……咦？」

進入病房後，護士小姐發現住院少女的母親似乎不在。從包包還留在這裡來看，應該是去買東西或上洗手間了吧。

護士小姐點點頭，來到了千穗躺著的病床前面。

「……佐佐木小姐，託妳那些可靠朋友的福，妳應該馬上就能出院了呢。」

護士小姐凝視著千穗的睡臉，露出滿面的微笑。

「能將水火不容的存在聯繫在一起的妳……或許有機會成為新的『知識』之母也不一定。」

幾分鐘後，從外面洗手間回來的里穗，在看見床邊小桌上面放了寫著明天將進行的檢查項目預定表後，便拿起紙張開始讀了起來。

因此她完全沒有發現千穗左手神祕戒指上的寶石，正散發出淡淡的光芒。

走出因為空調而涼爽的醫院後，嗆人的濕氣以及即使已經傍晚氣溫卻依然居高不下的室外空氣，一同襲向了這些異世界的戰士。

明明才剛下定決心幾分鐘而已，但五人卻馬上露出了無精打采的表情。

「那麼，既然你都做出了那樣的宣言，應該對拉貴爾的所在位置有些頭緒吧？」

「漆原，你有什麼線索嗎？」

針對惠美這記正中直球，真奧以漂亮的技巧傳了出去。

「……你這個問題是認真的嗎？」

看見球突然被傳給自己，漆原以一副厭煩的表情抬頭瞪向之前率先發難的真奧。

「我是有一些基本的方案啦。不過我不想被擅長機械的你瞧不起，所以覺得與其那樣不如一開始就直接問你還比較好。」

真奧厚臉皮的發言，讓漆原無話可說。

「……真奧有先設想哪些候補地點嗎？」

「有兩個地方。」

漆原因為真奧即時的回答而挑起了眉毛。

「喔，跟我一樣呢。」

「不要只有你們兩個在那裡擺出理解的樣子啦。」

鈴乃輕輕推了一下真奧的背，於是真奧便挑起單邊眉毛看向鈴乃。

「妳還記得我們去電器賣場時，是什麼東西壞了嗎？還有今天一整天螢幕都出現發光故障的東西又是什麼？而我跟蘆屋的頭，又是因為什麼才變成這副德性？」

「亂蓬蓬、亂蓬蓬！」

真奧一邊讓阿拉斯·拉瑪斯玩著自己依然翹起的頭髮，一邊說道。

「是電視吧。」

「……難不成！」

惠美似乎因為發現了什麼而睜大了眼睛。漆原也跟著點頭。

「因為難以想像所有出現異常的電視全都在播放同一個節目，所以關鍵應該不是特定的電

視臺。既然如此，說到能將所有關東圈的電視聯繫在一起的東西，應該只剩下兩個吧。」

「俗話不是說煙、被人稱讚的豬、笨蛋以及囂張的傢伙都喜歡高的地方嗎？我也是這麼認為的。」

夏天溫熱的晚風，吹拂著五人的頭髮。

「那就是東京鐵塔跟東京晴空塔。」

※

「喂，蘆屋，你知道嗎？」

「是的？」

東京都港區芝公園。

異世界的魔王，正得意地向心腹的惡魔大元帥說道：

「東京鐵塔的頂端，是用戰車做的呢！」

「……」

蘆屋嘆息地看向真奧握在手中的東西。

「是上面寫的嗎？」

真奧手上正握著在途中車站的KIYOSUKE買來的書，那是一本名叫《事到如今無法問人！關於數位電視廣播的一切》的雜學系文庫本。

「東京鐵塔特別展望臺上面的部分，是將韓戰後廢棄的美國戰車，做為鋼材的原料來利用呢。據說那是因為當時的日本難以取得優質的鋼材，而美軍正好也想開發新的戰車，兩方因為利害關係一致所產生的結果。」

「……！……！」

真奧交互地看向蘆屋的臉以及手邊的書，低聲嘟囔道：

「……你、你之前就知道了嗎？」

「以前在某個劇團從事幫忙搬道具的工作時，他們上演的戲劇，剛好就是在描寫高度經濟成長時的日本，我就是在當時接觸到這些訊息。」

蘆屋若無其事地回答。

順帶一提，此時真奧與蘆屋已經好好整理過自己的頭髮。

「那麼魔王大人，請問您是否知道東京鐵塔為什麼會被塗成白色以及被稱為國際標準橘的橘色？」

「……不知道。」

「因為根據航空法，只要是高度六十公尺以上或是有影響航空器安全之虞的建築物，都有

塗上國際標準橘與白色，以及設置日間障礙標識的義務。就東京鐵塔而言，則是整座塔都被當成日間障礙標識，並間隔塗上那兩種顏色。」

真奧啞口無言地看著蘆屋的側臉。

「可、可是東京晴空塔也沒有紅紅的呀？」

「只要有設置高光度航空障礙燈，那麼就沒有設置日間障礙標識的義務。」

「…………啊，真的耶。」

真奧拚命翻著文庫本，看來他似乎已經找到了對應的記述。

蘆屋看向沮喪的真奧，露出苦笑說道：

「雖然東京鐵塔基於種種原因而變成像現在這樣……不過我覺得，這座塔果然還是紅色的時候最美。」

說完後，蘆屋抬頭仰望屹立在眼前的東京鐵塔。

高度三百三十三公尺。除了電視以外，這裡還被當成了許多電信企業的核心基地，長年以象徵東京的建築物受到眾人喜愛。

儘管建築物本身的高度已經被建造中的東京晴空塔超越，但依然完全無法削減其存在感。

除了每天都會有大批的觀光客來訪之外，由於已經決定在全面進入數位電視時代後，將會把空下來的頻寬做為電信資源利用，因此這裡的存在意義將會變成對市民與日本人更加有益的存在吧。

「不過，雖然這是我自己提出的看法，但感覺有點沒自信呢。」

「您的意思是？」

「這裡的人未免也太多了吧。真的會有天使待在這種地方嗎？」

雖然這跟真奧等人完全無關，不過對全日本而言，八月算是暑假的月分。東京鐵塔原本就是足以代表日本的人氣地標，而今天更是因為眾多觀光客與攜家帶眷的遊客而顯得熱鬧非凡。

「這麼說來，果然還是艾米莉亞去的東京晴空塔比較有可能囉？」

真奧、蘆屋與惠美兵分兩路，前兩人負責東京鐵塔，後者前往東京晴空塔，至於漆原與鈴乃則是按照漆原的建議留在代代木，以防其中一方出現問題時，能夠立刻趕過去支援。

雖然對漆原的建議感到有些介意，不過無論是搭乘ＪＲ總武線前往靠近東京晴空塔的錦糸町站，還是搭乘都營大江戶線到最靠近東京鐵塔的赤羽橋站，都能在代代木進行轉車，因此也不是不能理解漆原提議留在代代木的理由。

針對這個讓實質戰鬥力頗高的鈴乃退出前線的布陣，鈴乃一開始也提出了異議。

然而在天使認真應戰的場合，除了惠美以外，在場所有人都沒有足以對抗的手段。

在列舉出鈴乃與沙利葉戰鬥時，無法對高位天使擺出強硬的態度，以及曾在遠離現場處協

助真奧變身成魔王等事蹟後，鈴乃才勉強接受。

「不過為了方便善後，這次麻煩妳把影響的範圍縮小一點啊。」

鈴乃過去曾經誇張地破壞了新宿站的變電所，導致ＪＲ的電車因此全線停駛。所以也難怪真奧會特意這麼提醒她。

「要是方便復原的範圍內的魔力足以讓你恢復成魔王的話呢。」

不過鈴乃卻冷冷地回答。

一考慮到關於收拾善後的事情，真奧的心情就變得沉重了起來，不過光是惠美與鈴乃一開始就認可真奧等人在有個萬一時能恢復惡魔形態，就已經是很大的進步。

「不過，就算要去東京晴空塔，那裡現在也還沒開始正式啟用吧？如果接下來想對那些通信機器亂來，在動手前應該就會被人發現不是嗎？」

雖然就真奧等人目前所知，受害的狀況早已超過會不會被人發現的程度，不過若那個叫做拉貴爾的天使真的如同漆原的預測，打算使用某種方法干涉電視訊號發射聲納，那麼再也沒什麼比被日本人阻撓更能降低他進行任務的效率了。

「就算是東京鐵塔的維護與檢查，也並非總是滴水不漏地進行，我想兩邊的條件應該差不多吧。還是別顧慮那麼多，先過去再說吧。」

真奧與蘆屋兩個大男人，目前正排在觀光客隊伍的最後面。

由於必須盡可能地對這裡進行調查，因此得盡量將一個人能進入的場所擴大到極限才行。

大展望臺與特別展望臺的共通入場券是一人一千四百二十圓，在毫不猶豫地支付合計共兩千八百四十圓的費用後依然覺得不痛不癢，對真奧等人而言是來到日本後首次的經驗。

而這也能證明千穗在真奧與蘆屋心中，無論就何種意義來說都成了如此重要的存在。

「對了，魔王大人，我們接下來是要搭電梯上去吧。」

「喔。」

「不過聽說東京鐵塔，好像也能利用樓梯上下樓呢。」

「……啊？」

「雖然我想應該不太可能，但若那個叫拉貴爾的天使是在樓梯的場合……」

「喂、喂，等等，該不會要用腳爬這座塔的樓梯……」

真奧仰望在夜晚的燈光中閃閃發光的紅色鐵塔。

同時回想起當初為了救千穗，而穿著一條內褲衝上東京都廳樓梯時的記憶。

「……真的假的？」

另一方面，惠美從附近大樓的屋頂透過法術「天光駿靴」，輕鬆地就飛到了東京晴空塔。

為了避免被地面的人看見自己飛行，惠美還事先換上了黑色的長袖襯衫搭配黑色的長褲與長靴。

在新宿的UNI✕LO購買這身較薄的黑色套裝時，光是在長袖這點就足以讓人熱得痛苦萬分，不過在標高超過六百公尺的晴空塔上方，可是正吹著足以不斷剝奪普通人體溫的狂風。

「是不是多穿一點過來會比較好啊……」

惠美邊讓風吹動自己的瀏海邊嘟囔著，不過說到更暖的衣服，就只剩下那些要價數萬，標榜「本季秋冬新品」的衣服與登山用品了。

雖然這並非將金錢與友情放在同一個天秤上，然而即使身為勇者，依然難為無米之炊。

儘管現在已經是晚上，但依然有許多相關業者進出東京晴空塔，再加上周邊的人潮往來十分頻繁，與其無謀地接近探查，不如打一開始就先遠離此處，再從高空降落塔頂還比較輕鬆。

當然高處也同樣有負責高處維修與檢查的作業員在工作。特別是東京晴空塔還尚未完工，新聞也連日報導將測試天線的運作狀況，因此安排在夜間進行天線周邊維修檢查的可能性也很高。

這是因為若在電波使用量大的白天到傍晚這段期間內以肉身接近天線，高頻率的電波將會加熱人體，引發俗稱「高頻波熱」的現象。

惠美在位於東京晴空塔距離地面四百五十公尺處的某個展望臺屋頂降落。

確認過放在胸前口袋的備用保力美達β後，惠美慎重地探索周圍。

小心別被一般人發現自然不在話下，且若尋找的天使正在塔內某處，那麼對方很有可能已經感應到惠美飛行時所使用的聖法氣。

雖然惠美事先已經做好或許會遭塔內人物射擊的最壞打算，但除了呼呼作響的風聲以外，東京晴空塔內完全感應不到其他的氣息，讓她有些納悶。

眼前是遼闊的東京夜景，即使是在晚上，依然能夠隱約看見位於遠方關東平原邊緣的山巒輪廓。

看了一眼旁邊耀眼的航空障礙燈後，惠美一邊小心別被風給吹倒，一邊開始慎重地走在展望臺的屋頂上。

「不是在這邊嗎？」

視線所及，就只有呼嘯的狂風吹拂之下的航空障礙燈以及堅固的工程用鷹架。

「還是先找一下子，再去東京鐵塔那裡看看好了……」

就在惠美打算聯絡真奧或鈴乃這裡撲空，差點因為一陣特別強的風而弄掉手機時——

「！」

發現風中參雜了明顯雜音的惠美，馬上壓低身子警戒周遭。

鋼骨結構的影子內，看不見其他人影。

所以才更顯得異常。自己剛才聽見的聲音是……
「噴嚏聲？」
「哈啾！」
這次惠美清楚地聽見了。那是男性的噴嚏聲，而且聽起來還特別的呆，進一步而言，惠美曾經聽過那個聲音。
『媽媽！找到了！在上面！』
阿拉斯．拉瑪斯從體內發出的聲音似乎有些焦躁，惠美往小女孩指示的方向一看——便發現在自己十幾公尺上方的鋼骨，有一個奇妙的人影。
惠美在來之前，就已經做好了與那個叫做拉貴爾的天使在這裡戰鬥的覺悟。不過那個人影看起來未免也太奇怪了。
雖然因為光線陰暗而看不清楚對方的臉，不過那個人似乎正抱著膝蓋蹲在那裡。
「哈啾！」
然後又再度打了個噴嚏。就在惠美不知所措地看向對方時——
「啊！」
那道蠢動的人影也發現了惠美。
接著慌張地想要起身的人影，就這麼在鋼骨上跌了一跤。

「危險！」

儘管不曉得對方是誰，惠美依然反射性地大喊，然而從四百五十公尺高空落下的悲慘意外，才一秒鐘就被迴避了。

「！」

惠美一看見那幅景象，便毫不猶豫地亮出了聖劍。

因為從鋼骨上跌落的人影，瞬間展開了背上那對發光的翅膀。

無論怎麼看，那都是在等候惠美的天使。

雖然這印證了真奧認為電視塔很可疑的推理，但這麼一來就會產生一個疑問。

為什麼這個天使不迎擊接近這個重要據點的惠美呢？

惠美為了應付對手各種可能的攻擊而將體內的聖法氣提高到最大極限，但張開翅膀的天使卻像是隨風起舞的窗簾般搖搖擺擺地在空中晃動，最後好不容易才在惠美前方不遠處，以彷彿被人踩扁的青蛙般的姿勢落地——接著就這麼一動也不動。

就在不知所措的惠美為了窺探對方的狀況，正打算向前踏出腳步時——

『媽媽！假白臉！要小心！』

惠美遲疑了一下後，才發現「假白臉」這聽起來像神祕咒語的字眼是指加百列，於是她用力往後一跳拉開距離，謹慎地用聖劍擺出架式。

雖然有從漆原那兒聽說加百列再度出現在日本，但惠美卻沒預料到自己會在發射聖法氣聲納的地點遇見對方。

即使曾經擊退過對方，加百列終究還是代表天界的大天使。為了能夠即時反應加百列的任何行動，惠美睜大眼睛緊緊盯著對方。

「嚇我一跳～」

然而加百列最先採取的舉動，居然是用顫抖的聲音這麼說道。

「我、我完全沒注意到呢……妳、妳到底是什麼時候來的啊？」

加百列搓著手臂抬頭瞪向惠美，仔細一看，他的嘴唇已經完全變成了青色。

「這裡，好、好冷喔喔喔喔！」

「……誰理你啊。」

對惠美而言，她也只能如此回答。

不曉得加百列是怎麼搭配的，在彷彿古代希臘人於夏天穿的長袍底下，居然露出了一個寫著「I LOVE L.A.」的T恤圖案。他裸露著應該沒人會想看的大腿，連襪子也沒穿就直接套上了涼鞋。

當然這些東西好歹也是天使的衣著，因此除了T恤以外，這些裝備應該都隱藏著超越外觀的力量吧。遺憾的是，這些力量中似乎並未包括禦寒的功能。

「話、話說，艾、艾米莉亞？妳、妳來這裡幹什麼的啊？東、東京晴空塔還沒開放喔？六百三十四公尺還是好久以後的事喔？」

加百列邊顫抖邊口齒不清地發著牢騷。

「人、人類的力量，真、真的是不可小覷呢，嗯，無論是安特．伊蘇拉還是天界，都沒有這麼高的建築物呢！就、就連魔王城也頂多只有東京鐵塔那麼高……沒想到這裡的風又強又冷……哈啾！」

大天使在大都會的上空灑下了骯髒的噴嚏。

「我才想問你為什麼會在這裡呢。你不是被解除尋找『基礎』碎片的職務了嗎？」

惠美完全不在乎加百列的身體狀況，在質問的同時將聖劍指向對方。

「嗯，對啊。話說，妳有沒有帶面紙啊？可以的話，最好是柔軟又有保濕效果那種。」

而加百列還是一樣無視惠美散發的險峻氣氛，自顧自地說道。

加百列曾經想對阿拉斯．拉瑪斯不利，因此惠美完全沒有寬待對方的理由。

惠美以迅雷不及掩耳的速度逼近加百列，像之前曾經做過的一樣將聖劍前端抵在加百列的胸口上。

「你應該沒忘記之前發生過的那些事吧？我可沒那麼有耐心喔。」

「這女生不管對惡魔還是大天使都一個樣啊！」

加百列甚至連眼淚都快流下來了。

「呃~那個，該怎麼說。總之我也跟路西菲爾說過了，這次我並沒有打算跟妳、聖劍或是魔王扯上關係。真的，真的啦！我是為了工作的事情才來出差，你們真的只要照平常那樣過著和平的生活就好了……」

「就是因為那樣和平的生活被人破壞了，所以我才會在這裡啊。那個聲納，是你發出來的嗎？」

「……」

惠美故作冷淡，並慎重地挑選語句。目前還無法確定天使們的目的，是否真如漆原所言是尋找萊拉。

「你還記得那位知道我們真面目的女孩嗎？她因為聲納而失去意識了。」

「咦？真的嗎？」

不曉得這到底是發自內心的驚訝，還是加百列一流的演技。總之這位輕浮的大天使露出驚愕的表情，同時張大嘴巴吸了一口氣——

「哈啾！」

然後不知為何打了一個大大的噴嚏。

而就在這一瞬間，原本被劍抵著的加百列突然從惠美眼前失去了蹤影。

「！」

『媽媽！不是在那裡！』

惠美追著聖法氣將聖劍往後方一揮——

「猜錯囉。」

一隻手指抵在惠美的後腦。

「BANG！是我贏了。」

「……」

聖劍的劍刃驅散了加百列做為誘餌所放出的聖法氣，加百列本人則是流著鼻涕維持倒立的樣子，擺出手槍的姿勢將食指抵在惠美的後腦杓上。

「雖然正面用劍術應戰對我不利，不過戰鬥並非只有一種方法。」

惠美後腦杓的方向傳出聖法氣的能量提高的氣息。

「……你打算殺了我，然後奪走阿拉斯．拉瑪斯嗎？」

高空的風，驅散了惠美的聲音。

「我不會那麼做喔。畢竟目前還搞不清楚你們到底是怎麼融合的，要是殺了妳之後連孩子也一起死掉不就糟了嗎？」

加百列的聖法氣突然急遽減弱，刺向後腦杓的殺氣也跟著消失了。

「先別管這個……關於那女孩失去意識的事情，能再跟我說明得詳細一點嗎？」

「咦？」

「我之所以待在這裡，只是為了避免從這座塔發出去的測試電波與東京鐵塔的電波之間產生干涉，導致聲納的精度下降而已，坦白講我也不知道拉貴爾打算用什麼方法發射聲納，更沒聽說過他的做法會害這個世界的人喪失意識。」

惠美謹慎地只將臉轉過去，瞪向倒立著的加百列那副破綻百出的表情。

「妳說的是那位女孩吧？那個叫佐佐千穗，對魔王心醉不已的可愛女孩。我記得她不是跟魔王在同一間店裡工作嗎？沙利葉有跟我提過她喔。」

「你問這個幹什麼？該不會想像沙利葉那樣把千穗抓走，拿來當成實驗動物吧？」

「喂……那傢伙曾經打算那麼做嗎？」

加百列用少根筋的表情吸了一下鼻子，舉起雙手猛然搖頭。

「我才沒有那麼糟糕的興趣呢。只要告訴我她出現什麼樣的症狀就好了。」

「……為什麼你會想知道那種事？」

面對惠美的質問，加百列有些不好意思地搔著臉說道：

「哎呀，那個，雖然我不像沙利葉那麼直接，但或許我們最後想知道的事情其實一樣呢。吶，地球人不也一樣在尋找進化或基因的起源嗎？」

加百列的語氣讓惠美不由得毛骨悚然，因此她毫不掩飾自己的不悅，瞪著對方啐道：

「你覺得只要這麼說，我就會乖乖地告訴你嗎？」

「不覺得。姑且不論這點，鑒於我們天界至今對你們做過的那些事，我也不認為妳會乖乖地告訴我。所以，要不要跟我做個交易啊？」

「交易？」

一陣強風在夜空中吹拂著惠美的長髮。

「我會先直接向妳透露幾個情報，然後妳再視內容決定，要不要告訴我關於佐佐木千穗的事情就可以了。」

「……又沒有證據能證明你說的話是不是真的。我才不會做出隨便聽信敵人提供的情報並出賣朋友的事情。」

「所以我不是說了嗎？妳可以自行決定要不要告訴我。不過，我覺得妳一定會想說的。」

加百列好不容易將身體恢復正常的方向，輕輕拍動翅膀降落在展望臺的屋簷上。

「要是我說妳的父親諾爾德．尤斯提納還活著，妳打算怎麼辦？」

「什麼……？」

加百列出乎意料的一句話，讓惠美明顯露出動搖的表情。

似乎非常享受這個反應的加百列，發出了低沉的笑聲。

「開始想聽了嗎？」

「……啊。」

惠美還來不及回答，加百列就出現了異狀。

「啊，對、對、對不起，稍微離我遠一點……哈啾！」

還在想加百列的表情怎麼會突然變得扭曲，沒想到他居然忍不住朝惠美的臉用力地打了個噴嚏。

「…………………」

在強風的推波助瀾之下，感覺到有一陣令人不敢恭維的飛沫噴到自己臉上的惠美——

「哼！」

「唔喔喔！」

毫不留情地用聖劍劍柄敲了一下加百列的頭頂。

「我、我的眼睛，都冒出火花了……」

「如果你能快點講一講，那我倒還能勉強聽一下。不過，要是阿拉斯．拉瑪斯判斷你是在說謊，我馬上就讓你身首異處。」

「所以說……為什麼妳要用跟對惡魔一樣的方式對待我啊！」

惠美瞄了一眼淚眼盈眶的加百列後啐道：

「我對敵人可不會手下留情。對阿拉斯．拉瑪斯的敵人更是如此。」

聽到這句話，大天使只好舉起雙手表達投降之意。

五分鐘後，剛做好的展望臺內部出現了兩個人的身影。

儘管空氣不流通，但這裡還是十分溫暖。

設施內到處都蓋著塑膠布，看起來就是一副施工中的樣子。

「雖然已經變溫了，要喝嗎？」

加百列在惠美眼前從長袍裡拿出罐裝咖啡。

「媽媽，不能喝，很危險。」

對加百列充滿敵意的阿拉斯．拉瑪斯，目前正恢復實體站在惠美的腳邊。

即使阿拉斯．拉瑪斯沒那麼說，也不會有人想喝加百列從懷裡拿出來的溫咖啡。

「我沒有在裡面下毒啦。」

儘管加百列拚命地辯解，但這並非有沒有毒的問題。

「我才不打算碰不是這世界的人所拿出來的食物或飲料。別管什麼飲料了，快把你想說的話說一說，然後滾回天界去吧。」

「真嚴厲……不過說來真不可思議～無論是安特．伊蘇拉還是這個地球，同樣都有『若吃了另一個世界的東西，就會無法回到現世』的傳說呢～」

看起來似乎並未因此感到不悅的加百列，打開尺寸略大並寫著「研磨微增」的罐裝咖啡，當場喝了起來。

「啊～好溫……」

加百列徹底擺出一副我行我素的樣子。即使知道那是他的策略，惠美還是厭煩地跺著腳說道：

「我可沒打算陪你在這裡喝茶聊天。如果有話想問我，就快點告訴我爸爸的事情。」

「妳願意聽嗎？」

「要是我覺得你在說謊，這件事就到此為止。」

「如果你敢騙媽媽，我絕對不會原諒你！」

被母子兩人異口同聲地指稱為騙子的加百列，有些沮喪地回答：

「……唉，總之等聽完我說的話後，你們再自己判斷要怎麼行動吧。除了諾爾德・尤斯提納以外，我還有其他事想告訴妳。」

加百列用雙手包著咖啡罐，開始斷斷續續地說道：

「天界現在面臨了即將一分為二的局面。這種事情……雖然不能說是前所未有，不過大概也算是千載難逢了。就這部分而言……妳的父母以及妳的出身，帶有非常重要的意義。」

「……別在那裡兜圈子了，直接告訴我結論吧。我目前只知道那個叫拉貴爾的傢伙正為了某件事追我媽媽……追萊拉……不過天界跟我們一家人到底有什麼仇啊？」

「雖然跟仇恨有點不一樣，不過你們的確是做了麻煩的事情。」

加百列還是一樣露出讓人看不透真意的微笑。

「只不過，萊拉跟諾爾德都只是其中一個大要點，說得極端一點，無論是妳、魔王撒旦還是那個『基礎』碎片……進一步而言，甚至連路西菲爾、穿浴衣的聖職者、撒旦的心腹以及那位佐佐木千穗在內，都已經脫不了關係了。不對，要說最壞的狀況，甚至還包括這個地球的所有人類。」

「所以說，我不是叫你別兜圈子了嗎？」

惠美不耐煩地催促著加百列。

「哎呀，妳還真是個急性子～明明我接下來要說的事情可是足以從根本顛覆你們的世界觀呢。」

加百列以惹人厭的語氣說完後便看向咖啡罐。

「我想先澄清妳的誤解，我們這些天使，並非不屬於這個世界的東西。」

「咦？」

「天使的行動原理只有一個。那就是『全力迴避天界的危機』。直截了當地說，大家都認為無論魔王軍在安特．伊蘇拉殺了多少人，只要天界不會有危險就無所謂。」

加百列乾脆地說出若安特・伊蘇拉的大法神教會信徒聽見，或許會發狂也不一定的言論。

「然後，打從前陣子妳將魔王軍趕出安特・伊蘇拉，並漂流到這個地球時起，勇者艾米莉亞這個存在就已經被認定為是『天界的危機』。」

「還真是過分呢……理由是什麼？」

「我之前也說過了，要妳再好好思考一下自己到底是什麼樣的存在。」

這是在那場圍繞著阿拉斯・拉瑪斯的戰爭最後，加百列離開前所留下的話。

「我，是什麼樣的存在？」

「嗯……雖然這個例子不太好，不過這麼說妳應該就能理解了。妳覺得人類跟黑猩猩之間，有辦法生小孩嗎？」

「啊!?!?」

惠美因為加百列突然提出的驚人質問而皺起眉頭，語氣也跟著變得激動。

「當然不可能吧？」

「為什麼？」

「為什麼……這……基本上從生物的角度來看，他們的種類根本就不同吧！」

「不同樣都是靈長類與猴子的夥伴嗎？狗跟貓不是也有自然交配的雜種嗎？」

「那只是因為在種類方面，兩者之間的基因並沒有極端的差距吧？關於人類跟黑猩猩的基因構造雖然還有爭議，不過就連認為誤差只有百分之幾的見解，也只是其中一種有力的說法罷了！」

「我是不太懂什麼基因啦，但妳還真清楚呢。」

「因為我很久以前曾經在電視上看過那種科學節目啦！」

「勇者居然『會看電視』呢，這還真有趣。」

玩笑開完後，加百列繼續維持輕浮的態度看向惠美說道：

「換句話說，人類與黑猩猩之間是因為有種族的隔閡，所以才無法生小孩囉。」

「沒錯！那又怎麼樣！」

「那為什麼人類跟天使之間有辦法生小孩呢？」

時間彷彿瞬間靜止。

這句話應該就是用來形容這種時候吧。

「……你……說什麼？」

「妳是天使萊拉與人類諾爾德．尤斯提納之間生下來的孩子。要是質疑這個前提我可是會很困擾呢，關於這件事實我能保證是真的。因為這就是將妳與『天界的危機』直接聯繫在一起的理由啊。」

「那、那是……」

「妳剛才的說法還不錯。就是因為種族之間沒有極端的差距，然後，那同時也是真理。」

加百列誇張地張開雙手。

鐵罐內喝剩的咖啡飛濺而出，在白色長袍上留下了汙漬。

「人類就生物上來看其實是天使，或是天使就生物上來看其實是人類，妳覺得哪一邊才是正確答案呢？」

「哪一邊……那、那個……」

天使，是人類？

在自己眼前揮動的翅膀、壓倒性的聖法氣、銀色的頭髮以及紅色的眼睛，姑且不論長袍上的咖啡汙漬，不管怎麼看都不像是人類。

不過——

「你們打從一開始便擅自認定天使與天界是超越常理的存在對吧。當然身為一名天使，我也無法否定那種存在。然而那並不是指我們，真要說的話——」

加百列指向站在惠美腳邊，依然瞪著自己的小小存在。

「應該是指她才對。」

「嗚～」

被天界的大天使認定為超常存在的小女孩，像是為了挺身保護媽媽般站在惠美前面，用眼神與聲音威嚇著加百列。

一時跟不上狀況的惠美，感覺到自己的腳正在發抖。

但加百列毫不在意地繼續說道：

「唉，剛剛說的那些話還只不過是序曲而已，真正重要的還在後頭。這跟天使只會為了『天界的危機』行動有關，現在天界即將因為『天界的危機』的定義而一分為二，所以拉貴爾才會為了統一定義而行動。然後，接下來這就和拉貴爾會根據哪一邊來下達裁定有關了。」

加百列看起來有些開心似的對臉色發白的惠美說道：

「不只母親，妳的父親大概也來到地球了。視拉貴爾裁定的結果而定，或許天界也會對妳父親出手呢。」

※

西海大學附設醫院三〇五號室的病房已經熄燈。

這裡目前只剩從走廊射進來的日光燈光芒，以及顯示護士鈴位置的小燈靜靜地閃爍著。

此時黑暗的房間裡突然出現一道微小的亮光。

那是一道帶著不可思議熱度的紫色光芒。

在只剩下入睡的住院患者們呼吸聲的病房內——

「……媽媽……我不是說過好幾次別在燒賣裡面加豌豆嗎……」

千穗發出完全睡昏了頭的聲音，從床上起身。

「啊，對、對不起，媽媽，我睡著了，所以米……咦？」

因此，等血液重新在身體內循環後，千穗才想起母親在自己失去意識前的吩咐，撥開身上的毛毯。

「這裡，是哪裡啊？」

千穗看著完全沒印象的天花板、牆壁以及窗戶，驚訝地眨著眼睛。

「咦？醫院？」

就在這時，千穗因為感覺有人正在耳邊，輕聲地告訴自己目前的所在位置而轉頭一看——

「……咦？」

然後便發現了自己的手機。由於外螢幕並未顯示時鐘，因此看來已經沒電了。

滿心疑惑的千穗思考了一下後，便想起自己曾經經歷過一次相同的現象而小心翼翼地環視周圍。

「艾伯特，先生？還是說，是艾美拉達小姐……嗎？」

身邊確實有聲音響起，然而周圍卻沒有半個人影。雖然並非期待有人回答，但千穗還是試著向不存在現場的某人問道。

「啊……」

此時，照理說已經沒電的手機，居然開始發出千穗從未設定過色彩的來電光芒。

明明既沒有鈴聲，也沒有震動，不過手機確實收到了訊號。

千穗戰戰兢兢地拿起手機打開一看，但畫面依然是一片漆黑。

「喂、喂……？」

千穗半信半疑地將手機拿近耳邊，壓低聲音應道，接著聽筒另一端便傳出了一個從未聽過的女性聲音。

而且那道聲音所說的第一句話，就完全超乎了千穗的預料。

「不可以挑食喔……不、不過把燒賣跟豌豆放在一起，真的是惡魔的行為！雖然我喜歡惡魔，不過關於燒賣我還是比較喜歡蝦子與培根！」

想不到對方居然在指摘自己的夢話。千穗在此下定決心，除非是別人善意提供的料理，或是世界上除了豌豆以外的食物都消滅了，否則自己絕對不要再吃豌豆。

儘管從對方的語氣中感覺不到惡意，但千穗還是因為有人聽見了自己跟挑食有關的幼稚夢話，而在黑暗中變得滿臉通紅。

接著，對方在單方面地講了好一陣子話後，便突然催促千穗看向左手。

「左手？啊，這戒指，該不會就是那個叫『基礎』碎片的東西吧？」

千穗看向雖然沒印象，但正戴在自己手上的戒指問道。

「最近真的發生了很多事，現在光這點小事是嚇不倒我的。」

千穗露出苦笑。至於電話另一端的通話對象，似乎也為千穗的大膽而感到驚訝。

「撒旦……是指真奧哥吧……嗯，咦？東京的某處？嗯……」

在那之後，兩人稍微對談了好一會兒，千穗的緊張也逐漸獲得舒緩。

「我知道了。我願意幫忙……咦？我不覺得害怕喔？雖然還是有點緊張啦……」

千穗微笑道。

「雖然我周圍有惡魔、天使以及安特．伊蘇拉的人們，但再怎麼說大家的感情還是很好……咦？嗯，我並不擔心喔。因為就算欺騙我，異世界的人也得不到什麼好處。與其這麼做，不如像那個叫奧爾巴的人一樣，直接拿我當人質還比較簡單又有效吧。」

千穗手上戒指的光芒，像是在微笑似的搖曳著。

「擅長的武器？嗯……感覺好像沒什麼像武器的東西……」

像是為了鼓起幹勁一般，千穗看向自己緊握的雙手。

「我有在練習弓道，如果是弓，那我還有一點自信。」

※

「喂……真的在這裡嗎？」

「……不曉得呢。」

真奧與蘆屋正一臉疲累地走下東京鐵塔的樓梯。

由於正值暑假期間，因此東京鐵塔內可說是人山人海。

或許是因為跟都廳有關的記憶作祟，在開始探索東京鐵塔時，真奧決定利用電梯上樓，只有下樓時才無可奈何地使用樓梯。

不過光是想搭電梯上展望臺就已經快被人潮擠到頭昏腦脹，即使不斷往上走，也只會看見展望臺內塞滿了人、人、人……

光靠兩個人實在無法確認所有人的樣子，而且基本上他們連半點類似聖法氣的痕跡都感覺不到。

由於不曉得到底什麼東西會被拿來當成聖法氣聲納的發訊源，因此真奧與蘆屋還刻意排隊，接連利用付費望遠鏡觀察外面的狀況。考慮到對方是利用電視當成聲納的媒界，所以明知道這麼做會造成其他客人的麻煩，他們還是試著緊黏在館內螢幕的前面。

就連在特別展望臺，兩人也同樣掃過了所有的望遠鏡，不過還是一無所獲。雖然其中有一

個望遠鏡能看得見東京晴空塔，但依然沒發現惠美在晴空塔戰鬥的痕跡。

「要是被我發現那傢伙正在底下的餐廳吃飯，我就要把可樂灌進他的鼻子裡面！」

說著不曉得稱不稱得上是過於激動的怨言，真奧與蘆屋緩緩地走下樓梯。至於這個樓梯，居然還特地在各樓層揭示遊客大略消耗了多少卡路里，讓真奧因為這無意義的新發現而變得更加不悅。

相較於晴空塔，東京鐵塔因為總是處在燈光照耀之下，所以很少有光源上的死角，而展望臺以外的部分，看起來也沒隱藏什麼可疑的人影。

這麼一來，就只能考慮對方是潛入一般人無法進入的特別展望臺上方，或是蓋在地上的蠟人館的蠟人裡面了。

「仔細想想，對方也不是隨時都在發射聲納……倒不如說那個叫拉貴爾的傢伙一直停留在特定地點的可能性還比較低呢。」

蘆屋說的話也有道理。

對真奧來說，即使自己能夠保持魔王的形態，若無必要也不想一直待在這種迎風的高處。

「不然……那我們到底該怎麼辦才好……？」

「雖然目前資料還太少，不過若淀川橋家電的那起事件也是受到聲納的影響，距離醫院那發聲納之間大約間隔了五～六個小時。所以說下次……」

「是晚上十二點左右囉？我們怎麼可能有辦法等那麼久啊！」

「為什麼不行？」

「啊？」

真奧因為蘆屋那一臉覺得不可思議的表情而皺起了眉頭。

「如果相信貝爾的說法，就暫時不需要擔心佐佐木小姐的安全。雖然要是一直發生那種意外，電器賣場的人或許會感到困擾，不過晚上十二點能看的電視並不像白天那麼多吧。只要拜託佐佐木小姐的雙親晚上別打開電視，就算再等六小時應該也沒什麼問題。」

然而真奧卻露出有些困擾的表情，低聲說道：

「可是就算小千不會有事，要是因為讓對方打出那發聲納，而導致另一邊的狀況惡化就糟了。」

「咦？」

「我……有話想問那個人，在成為魔王並侵略安特．伊蘇拉失敗的現在……這樣下去，或許會因為被天界搶先，而失去這個機會也不一定。」

「魔王大人？」

雖然蘆屋看起來無法理解真奧的話中之意，但真奧還是無視那樣的部下拿出手機，打了一通電話給鈴乃。

『喂。』

「我們已經在東京鐵塔繞了一圈，不過並沒有發現類似的傢伙。惠美那邊怎麼樣，她有說什麼嗎？」

『不曉得，她還沒跟我聯絡……咦？什麼？』

「怎麼了？」

『路西菲爾他……喂，我換給路西菲爾聽，你等一下。』

在一陣雜音之後，聽筒中便馬上出現了漆原的聲音。

「你們沒找到嗎？」

『啊，意思是對方並非常駐在那裡吧。』

「嗯，對方或許目前並不在鐵塔裡面。」

「只是有這個可能性而已。所以這樣下去，或許得眼睜睜地看對方發射下一次的聲納了。該怎麼辦才好。」

「這樣啊，要不要試著跟艾米莉亞聯絡看看？」

「呃，我本來就打算晚點要打電話給她。不過就我剛才在東京鐵塔用望遠鏡確認的狀況，那裡似乎沒有戰鬥的氣息。如果她跟天使打了起來，應該遠遠就能確認到那股非比尋常的聖法氣，所以應該是不用擔心吧……」

『我知道了，我這邊會想點對策。總之你跟蘆屋就先在那裡待機吧。要是事情順利或是有什麼狀況我會通知你，晚點再連絡吧。』

「對策？你到底……啊，喂…………居然給我掛電話了！」

「怎麼了嗎？」

在一旁聽電話的蘆屋出聲問道。

「我不知道……漆原那傢伙自信滿滿地說有什麼對策。」

「真令人不安。希望他別採取什麼特別花錢的手段就好了。」

「現在徵信社應該也不會幫忙找人吧……總之先等個十五分鐘看看。要是到時候還沒聯絡，大家就先找個地方會合一下吧。」

說完後，將手機收進口袋的真奧開始踏著沉重的步伐走下樓梯，蘆屋也尾隨在後。

※

鈴乃正在漆原的帶領下，走在夜晚的代代木街道上。

漆原跟真奧講完電話後——

「由我們這邊來把天使燻出來吧。妳也過來幫忙。」

也沒做什麼說明就直接出發了。

「喂，路西菲爾，你到底打算上哪兒去。現在離車站愈來愈遠囉。」

漆原與鈴乃原本之所以會留在代代木，就是因為那裡有能直通東京鐵塔與晴空塔的電車。一旦離開車站，除非兩人使用超常的手段，否則根本就無法快速地移動，這麼一來到了必須戰鬥時，或許會導致力量不足也不一定。

「妳跟艾米莉亞應該能透過某種方法補充聖法氣吧。」

「……那是什麼意思。」

「不用裝傻啦。跟我們相比，妳們最近實在是太肆無忌憚地使用力量了。」

鈴乃的懷裡確實藏了保力美達β的小瓶子，但她並不打算在魔王城居民面前公開補充聖法氣的具體手段。

「雖然我們現在找不到拉貴爾，不過還是得趁那傢伙發射下次的聲納之前，鎖定他的所在位置才行。這點光靠我們是辦不到的。現在也沒時間叫艾米莉亞回來了，所以就拜託妳啦。」

「這裡是哪裡？你到底想要我做什麼啊？」

鈴乃仰望漆原停下腳步的地方。

眼前是一棟彷彿方尖碑般的尖塔型大廈。

在月光的照耀之下，那棟建築物在都會的黑暗夜晚裡顯得充滿威嚴，接著鈴乃便在四角皆設有紅色航空障礙燈的那棟大廈上，發現了一個熟悉的標誌。

「真要說的話，我其實比較偏向不需要電視。我覺得只要有網路還有手機就很夠用了。」

「不、不過這裡應該不是什麼人都能隨便進去的地方吧？」

相較於狼狽的鈴乃，漆原倒是顯得氣定神閒。

「妳大概知道我想做什麼了吧？」

「雖然知道，但要是弄壞這裡的東西引發了什麼問題，一定會造成恐慌吧！」

「所以我才不是找能夠勝過大天使的艾米莉亞或魔王真奧，而是找妳這個普通人類來做啊。如果是妳的力量，應該能以弱到剛好的力量擴散出去吧。」

「這種說法聽起來真令人火大……不、不對，不是這個問題……喂，路西菲爾！」

無視因為被人當面評價很弱而心有不甘的鈴乃，漆原快步走向大樓的入口。

看見一位少年穿著洗到變形、磨損的T恤接近，警衛理所當然地上前攔住漆原打算盤查。

然而那對隱藏在隨意留長的前髮底下的紫色眼睛一微微發光，漆原的身影馬上便從警衛的視野裡消失。

警衛因為眼前突然有人消失而顯得狼狽不堪，而漆原則是直接在他面前轉過身向鈴乃招手，然後兩人便悠然地走進聳立在澀谷區代代木的地標，通稱docodemo塔的docodemo代代木大樓。

鈴乃戰戰兢兢地跟在漆原後面。明明這位穿著皺巴巴T恤的少年與穿著浴衣的女性怎麼看都不像公司員工，但不可思議的是，居然沒有任何人攔下他們。

「說到現在使用跟電視電波一樣大範圍頻寬的機械，就只有手機了吧。」

「該、該不會……你要我做跟拉貴爾一樣的事吧……」

「沒錯。」

漆原笑著點頭。

「我要妳利用docodemo手機頻寬的電波打出聲納。對象只要設定為不可能出現在日本的大量聖法氣就可以了。在那些反應中，其中一個就是天使。」

「怎、怎麼會變成這樣……」

鈴乃因為寒冷而縮起身子顫抖。

儘管地上還很熱，但一到了以兩百七十二公尺的高度為傲的docodemo塔頂，呼嘯的寒風便毫不留情地吹向微波天線的基座。

鈴乃原本就穿著容易被風壓影響的浴衣，再加上那又是夏衣的材質，因此幾乎等於是直接用肌膚在承受冷風。

「久等啦。我已經知道哪個頻寬能在關東地區內傳到最遠的地方了。只要對著天線發射，就能讓聲納乘著那個頻率散播出去。直接觸摸可能會產生高頻波熱，所以要小心點喔。」

漆原從僅限特定人物使用，通往大樓內部以及用來維修和檢查天線用的通道探出頭來。他正用手攤開在手機目錄裡也有記載的都內電波範圍圖，不過那張是特別為了業務用途所設計的地圖。

鈴乃腦中浮現被漆原弄得亂七八糟的電腦桌，開始擔心起事情結束之後，漆原是否能夠好好地將地圖放回原本的地方。

「這麼做不會害這裡的重要電腦或其他東西壞掉嗎？」

「不會不會，放心啦。倒不如說因為搭載聲納會壓迫到頻寬，所以動作若不快點，或許會造成通信障礙也不一定呢。」

「……啊啊！我不管了啦！」

雖然鈴乃至今依然不太了解漆原到底在說什麼，不過既然都來到了這裡，再繼續拖延下去也沒用。

鈴乃將體內的聖法氣提升到極限，對準天線一口氣放射出去。

「探信聖波！」

持續從鈴乃手中放射出的聖法氣一與微波天線融合，就像是在空中張開了一張看不見的電

網般迅速地往四面八方放射出去，擴展成一個巨大的光環。

光環以docodemo塔為中心，緩緩擴散到數百公尺外遠的地方，而光芒在與大氣融合之後也開始逐漸消失。

對人類而言，鈴乃發出的聖法氣波就像手機電波一樣既看不見也感覺不到，然而即使如此，它們還是會確實地擴散到遠處，並在最後捕捉到些什麼吧。

「唔……唔唔唔唔唔。」

探信聖波雖然是一種廣域索敵的聲納術，但並非只是單純地打出聲納而已。光是發出聲納，就會不斷地消耗聖法氣，而且還必須持續到發射出去的聖法氣順著反應傳回來為止。

持續盡可能地擴大探查範圍的鈴乃，在反應回來之前都不能停止放射聖法氣。

「……不、不行了……」

然而即使擁有超人的力量，那也只是跟普通人類相比的狀況，鈴乃本身的聖法氣量依然遠遠不及惠美。

若再這樣持續放射聖法氣，力量馬上就會耗盡。

「唔！」

鈴乃在發出呻吟的同時，將手伸進懷裡拿出保力美達β的小瓶子。

像是電視廣告一般，鈴乃只用單手拇指便轉開蓋子，然後當場一飲而盡。

「喔，原來妳們是用那個啊。」

站在一旁的漆原，露出好像在說「看見好東西了」似的陰險笑容。

鈴乃下定決心等這個工作結束，一定要用武身鐵光將漆原給打下樓後，總算勉強用補充的聖法氣撐到了反應回來。

「……來了！」

鈴乃展開的光環——探信聖波傳來了反應。

一道彷彿隱形電流般的觸感沿著擴散的聖法氣波，透過docodemo塔的天線回到了鈴乃體內。

接著鈴乃放鬆力道，滿臉大汗地喘著氣。

「距離這裡東南方約六公里處有一個，東北東約十五公里處有兩個，西南附近也有一個非常微弱的反應……」

聽完鈴乃氣喘吁吁的報告後，漆原皺著眉頭比對手上的地圖。

「西南是笹塚的方向，雖然不知道為什麼會變微弱，不過那應該是沙利葉吧。東南約六公里處是東京鐵塔，東北東十五公里則是在晴空塔附近。如果晴空塔那個是艾米莉亞跟阿拉斯·拉瑪斯……看來得打個電話給真奧了。東京鐵塔那裡果然有人……」

「還有……另一個地方……」

「咦？」

即使滿身大汗，鈴乃還是快速拔起了別在頭髮上的十字型玻璃髮簪。

在發出一陣光芒後，鈴乃纖細的手上已經握著一支由髮簪變化而成的巨槌。

鈴乃無視害怕自己將因為沒有好好說明就亂使喚人而被打飛的漆原，盡可能地移動到天線底座的邊緣。

「就是這裡。」

「啊？」

「準備好了，路西菲爾。有不知名的東西正在靠近這裡。」

鈴乃以認真的眼神，俯視眼前的代代木夜景。

在往來行車的燈光中，一道特別強烈的光芒正以極快的速度，沿著docodemo塔的外壁往上攀升。

「要來了！」

「什、什麼東西？」

漆原因為來不及做好應戰的準備而驚慌失措，鈴乃則是為了隨時對應突發狀況而後退一步做好準備。

鈴乃打算等對方一飛上來這裡，就要用大槌全力往對方的頭頂招呼，因此她擺好架式，並用剩下的聖法氣一口氣強化全身。

既然對手理所當然似的沿著外壁飛行，那麼或許也必須做好空中對戰的覺悟。

風的聲音改變了。

「…………！」

無聲的訝異襲擊了鈴乃。

就連漆原也僵在原地，彷彿剛才驚慌的模樣都是騙人似的。

一位完全出乎意料的人物，正浮在兩人面前。

來人全身散發出淡淡的金色光芒，只有睜開的眼睛顏色與平常不同。

那是對與漆原和沙利葉如出一轍的紫色眼眸。

而將那道金光與紫瞳的神祕性破壞殆盡的，則是一件以淡粉紅色為基調花紋的睡衣，以及用磨損的金字標示醫院名稱的綠色拖鞋。

「千、千穗小姐？」

「騙人的吧？為、為什麼？」

來人正是照理說還在西海大學附設醫院住院的千穗。

「啊……是鈴乃小姐跟漆原先生！」

雖然兩人理所當然地感到十分驚訝，但千穗似乎也沒預料到會見到他們。千穗將手抵在耳

朵上後，居然就直接開始說起話來了。

「不是這裡！咦？啊，是、是那樣嗎？」

雖然她看起來像是在跟某人對話，但鈴乃與漆原當然什麼也沒聽見。

「是概念收發嗎？」

由於包圍千穗的光芒怎麼看都是聖法氣，因此漆原開始懷疑該不會是魔力精製連帶讓千穗覺醒了什麼奇妙的能力。

「咦？啊，不是啦。這只是用在淀川橋家電買的耳機麥克風連到手機上而已。雖然用這副打扮走進店內有點難為情。」

「……這樣啊。」

「那種事隨便怎樣都好！千穗小姐到底發生什麼事了？」

發現千穗的耳朵與睡衣口袋間連了一條黑線的漆原沮喪地跪在地上，鈴乃則是驚慌失措地詢問千穗。

「呃，我現在沒有時間詳細說明！話說剛剛在這裡發射聲納的人，是鈴乃小姐吧？」

「嗯、嗯。」

金光閃閃的千穗以平常的語氣問道，還無法接受這種異常狀況的鈴乃只能點頭回應。

「那個，因為這樣似乎不太好，所以還是別再這麼做會比較好。」

「咦？」

「有人說這樣會破壞世界之力的平衡，最好不要只從其中一邊去刺激它。」

「喂，佐佐木千穗，妳是在跟誰說話？」

漆原以銳利的視線回應千穗所說的話。

「妳不可能會知道那種事。那通電話，是在跟誰通話？」

面對漆原的提問，千穗不知為何有些困擾地以彷彿快哭出來似的表情回答：

「『別多管閒事啦，笨蛋，呸呸呸！』……那個人是這麼說的。」

「啊？那是怎樣啊！」

「不、不是我說的啦！呃，那個，是電話另一端的人……」

千穗以差點快哭出來的模樣對著漆原辯解，鈴乃則因為這幅難得一見的場景而稍微恢復了冷靜。

從惠美的話與千穗的戒指來看，至少可以確定那個能以對千穗的肉體毫無副作用的方式，賦予她過剩的聖法氣力量者，應該不是加百列那一方的存在。

更何況眼前的千穗並未遭人操縱，依然維持著鈴乃所熟知的佐佐木千穗的人格。

既然如此，那麼千穗跟電話另一端的某人，應該是基於某個目的才會來到這裡。

不過鈴乃並未發問，取而代之的是以迅雷不及掩耳的速度揮動巨槌。

「武光烈波！」

「呀啊！」

衝擊波穿過嚇得縮起身子的千穗旁邊，鈴乃則像是追著自己放出的攻擊般從docodemo大樓跳入夜空。她以纖細的手臂揮舞巨槌所放出的衝擊波，彈飛了從夜空中飛向千穗背後的四顆光球。

「……天兵大隊！」

「啊，也對。畢竟加百列都來了呢。」

漆原與鈴乃瞪向光球飛過來的方向，那裡有四個浮在空中的人影——

「在場的所有人都不准動！」

他們是手裡拿著劍的天兵大隊。隸屬於加百列的天使軍隊，正傲然地浮在夜空中打算制伏鈴乃等人。

「……千穗小姐，如果在這裡的事情辦完了就快點離開，那些傢伙交給我們來處理！」

鈴乃小心謹慎地舉起巨槌說道。

「咦，可、可是……」

「您是基於某個目的才借助那股力量過來的吧？不過您現在沒有時間在這裡向我們說明那個目的，而且那股力量應該也無法讓千穗小姐突然成長為一流的戰士。魔王跟艾謝爾在東京鐵

塔，艾米莉亞則是在晴空塔。」

「……我、我知道了。」

身上閃耀著金光的千穗，將雙手高舉過頭。

才剛看見她的兩掌之間發出銀色的光芒，千穗就已經側身將雙手分開。

千穗盡可能地將右手拉到右耳後方，左手則是維持著幾乎跟右手相同的高度往前伸出，立起食指。

就在這個時候，漆原發現千穗左手食指上的戒指，正發出與眼睛顏色相同的紫色光芒。

千穗從原本空無一物的地方，拿出了一把銀色的光弓。

她擺出日本弓道中發射前的最後步驟——「會」的射形，要不是穿著花紋睡衣與醫院拖鞋，甚至會讓人聯想到神話中月之女神的莊嚴姿態。

「真奧哥，是在東京鐵塔吧？」

千穗向漆原確認。看見漆原點頭後，千穗微微露出笑容說道：

「席魯庫·艾特歐·魯西特！」

雖然是千穗的聲音，但那卻是千穗不可能通曉的語言，如同鈴乃剛才所做的一樣，她瞄準docodemo大樓的天線射出了光箭。

那是一道無論規模還是蘊含的聖法氣都遠遠超過鈴乃的「探信聖波」。千穗用來發動法術的咒語，在神聖韋斯語中就是與「探信聖波」同義的句子。

維持著明確形狀的金色光環，以docodemo塔為中心向周圍的大氣擴散。

相較於鈴乃的探信聖波，千穗放出的光芒無論前進多遠都沒有衰弱的跡象，呈放射狀在東京天空中擴展開來。

「我之後一定會向大家說明！請你們要小心一點喔！」

說完後，千穗便彷彿一顆流星般飛往位於東北東方向的東京晴空塔。

「站住！」

天兵大隊見狀，便準備去追擊千穗。

「你們的對手是我！」

docodemo代代木大樓的尖塔上空，鈴乃正挺身阻擋在四對翅膀面前。

「剛才的那些法術光球，是瞄準千穗小姐吧？還有你們追擊千穗小姐時的眼神，看起來可是一點都不像天使喔？你們到底有什麼打算！」

鈴乃以猙獰的笑容，仰望自己過去曾經屈服的天使。

「如果你們打算假借神聖之名危害人類……那就由我來矯正你們！」

「啊……貝爾，只要讓我口頭教訓一下，那個……」

漆原站在天線的底座旁邊打算勸阻鈴乃，但卻被她制止了。

「我知道。不過若是由在上位者出來收拾這個場面，他們就無法切身地體會失敗的痛苦，也沒辦法在真正的意義上反省自己的錯誤。」

「啊？」

「他們的行為傷害了無辜的人類，並為異世界帶來了許多的傷害。那是身為天使不該有的行為。既然如此，那麼我就必須修訂這一點才行！」

另一方面，在看見鈴乃充滿鬥志的樣子後，天兵大隊的四位天使皆難掩疑惑。

「人類，把武器收起來！我們是隸屬於加百列大人的天兵大隊！妳的行為違背了神的意旨與加百列大人的目的……」

「你們這些庸俗的傢伙給我閉嘴！」

「……？」

天兵大隊因為被人類如此指摘而感到動搖。

不過這些人之前造訪Villa・Rosa笹塚時明明還是天使的樣子，現在卻在長袍底下加了T恤與運動服，看見他們這副半桶水的日本模樣，就算不是鈴乃，應該也會想指責他們庸俗吧。

這些天使們之所以會感到動搖，或許是因為有某種程度的自覺也不一定。

「什麼叫做神的意旨！宣揚要愛自己鄰人的神，怎麼可能會允許他人毫無意義地傷害無辜的少女以及這個國家呢！我才想問你們這些假借神之名傷害他人的傢伙……」

鈴乃踢了尖塔一腳後，便飛入了新宿的夜空之中。

「到底是什麼人！」

前首席異端審問官克莉絲提亞・貝爾舉起巨槌，燃起體內聖法氣散發出強烈的魄力，讓侍奉大天使的四位天兵大隊忍不住端正架勢。

「覺悟吧，天兵大隊！審判就要開始了！」

鈴乃將巨槌伸向站在自己前方的天使，散發出深灰色光芒的長髮隨風飄動。

「第一！你們主人的行為，傷害了無辜的人民與民眾的財產。大法神教會在此基於正義，命令你們做出相對應的賠償！第二！針對你們未事先警告便企圖傷害大法神教會信徒這點，我要求你們提出相對應的理由！若你們願在『神』之名下坦白招認與悔改這兩項罪狀……唔！」

鈴乃以響亮的聲音宣布審判，但天兵們並未給她說完的機會。

天使們沉默地亮出武器，用過去曾抵在她身上過的長劍發動攻勢。

鈴乃不慌不忙地用武身鐵光的握把擋下利劍。

相較於惠美的聖劍、沙利葉的大鐮刀以及加百列的杜蘭朵之劍，對方使用的是用金屬鍛造的普通長劍。

「唔哇，真刺激！」

留在docodemo屋頂上的漆原見狀，便吹起了口哨。

「區區人類，居然想制裁我們這些天界的使者，別笑死人了！」

「喔，是嗎？不過就連使用墮天之力的天界大天使，都曾經向我告解懺悔自己的罪行呢。唉，反正……」

鈴乃輕輕一笑，揮動握把彈開利劍。

除此之外，鈴乃還同時利用這個反動回轉巨槌，瞄準天兵的背全力揮下。

「武光衝星！」

「呃啊！」

即使沒被打飛，但這股從體內往上爆發的衝擊還是讓天兵失去了意識，讓他掉到了漆原所在的尖塔屋頂上。

「你們如果不靠偷襲，就連『區區人類』也贏不了嗎？」

鈴乃旋轉巨槌，快速迴轉了三下後才重新將巨槌扛在肩上。

「這是利用聖法氣強化並突破身體極限的招式。原本是打算用來對付惡魔用的法術……接下來，換誰想嘗試看看？還是說要乖乖地接受我的審判，跟加百列一起承認自己的錯誤……看來是不可能呢。」

剩下的三位天兵，沒等鈴乃說完便一齊攻了過來。

從三個不同方向襲來的天使之劍，全都被鈴乃用巨槌前方圓滑的部分巧妙架開，並用握把接下。

「什麼！」

「哇喔！」

天兵與漆原同時發出驚呼。

鈴乃用浴衣的袖子捲住劍刃空手抓住，然後用灌注了聖法氣、穿著草鞋的右腳跟狠狠地踢向劍刃側邊。

照理說是在天界鍛造的劍，就這麼連同握劍的手腕關節一同粉碎。

「要是有碎片從這麼高的地方掉下去可就不妙了，垃圾要好好帶回家啊。」

鈴乃一臉游刃有餘地將從天兵手中掉落的劍柄與劍刃碎片收進袖中。

「那麼，我已經給過你們兩次投降的機會，所以沒有下一次了。這個國家佛祖的忍耐極限似乎是三次，不過我兩次就很夠了。」

鈴乃重新用兩手提起巨槌，輕輕地吐了一口氣。

「「「！」」」

天使們完全來不及反應。

鈴乃用灌注了聖法氣的腳跟往空中一踢，便發出有如大砲般的聲響。就在天兵們因為巨響而分心的一瞬間，穿著浴衣的聖女早已從原本的正面，繞到了他們的後方。

而下一個瞬間，剛在敵人背後現身的鈴乃又以不到一眨眼的時間再度出現在天兵面前，背對著他們飛翔。原本做好承受巨槌衝擊的天兵們，因為只感覺到空氣吹拂的觸感而露出訝異的表情。

鈴乃用力揮了一下巨槌，並用空著的左手整理散亂的頭髮，然後彷彿剛施展完拔刀術收鞘般的將武身鐵光恢復成髮簪，重新插回頭上。

「武光舞．鳳仙花。」

就在這一瞬間。

三道聖法氣的衝擊波響徹新宿的夜空。

三位天兵無法承受從身體內側產生的衝擊，於是便跟最開始的那位天兵一樣瞬間失去意識，一同朝漆原所在的docodemo大樓屋頂墜落。

「別小看人類。好好地體會一下活著的痛苦吧。」

「喔喔，好可怕。」

漆原發自真心地感到恐懼。

無視顫抖的漆原，鈴乃擦了一下因戰鬥而流的汗，將放在左袖裡的東西拿到眼前觀察。

「不過……這是怎麼回事……天使，到底是什麼？」

天兵們使用的劍，當然並非由「進化天銀」所打造，不過卻也不是材質不明的超級金屬。

而是鈴乃每天理所當然都會接觸到的金屬。

那就是「鐵」。

「喂，貝爾！好像又有什麼東西靠近囉？」

漆原從大樓呼喚正歪著頭感到納悶的鈴乃。

「……？」

鈴乃因為聽見漆原的話而抬起頭，並小心地將劍的碎片收進袖子裡面以防掉落。

某個東西正從遠方的天空逼近。

那看起來似乎是千穗之前放出的光環，不過除此之外，還伴隨了其他東西。

儘管形式不同，但千穗做的事情其實跟鈴乃一樣，都是發射某種聲納。既然如此，那同樣也會以「反應」的形式將某種信號集中傳回施術者指定的地點。

不過那道擴散的光環在集中的同時，到底又帶回了什麼東西呢。

「唔……」

不可能。鈴乃不自覺地提高警戒。

千穗發出的確實是聖法氣的聲納，然而——

「魔力？」

鈴乃與漆原茫然地看著散發金光的魔力光帶，從頭頂上往東南的方向飛去。

「……嗯？」

當光帶從頭頂上經過時，雖然不多，但鈴乃感覺自己的體內似乎有什麼不好的東西也跟著消失了。

※

「漆原那傢伙到底在幹什麼啊？」

東京鐵塔底下有一棟能夠搭乘直通展望臺電梯的複合商業大樓——東京鐵塔Leg．Town，真奧與蘆屋正站在建築物內其中一間洗手間的鏡子前面。

就在漆原掛斷電話的十幾分鐘後，彷彿利用墊板的靜電惡作劇般，真奧與蘆屋的頭髮突然隨著一陣莫名的惡寒而翹了起來。

「他都沒跟您聯絡嗎？」

「嗯，完全沒有。」

由於兩人平常都沒時髦到會隨身攜帶髮蠟與梳子，因此他們正在利用洗手間的自來水整理頭髮。

特別是這已經是蘆屋的頭髮今天第二次被鈴乃的聲納所害，然而不清楚實際狀況的兩人當然無從得知這件事。

「真是的，惠美不接電話，我們也沒找到拉貴爾，真搞不懂我們到底來這裡幹什麼。」

發完牢騷後，總算將頭髮整理到能見人程度的真奧與蘆屋心情黯淡地走出建築物，回頭仰望自己才剛爬上爬下過的東京鐵塔。

雖然兩人已經在這裡閒晃了好一段時間，不過東京鐵塔的人口密度還是完全沒有降低的跡象，正當真奧與蘆屋判斷不可能在這種狀況下找到連臉都沒見過的對象，開始感到束手無策時——

「……喂，蘆屋，你會不會覺得有點忐忑不安啊？」

「嗯……我有不好的預感。」

真奧與蘆屋皺起眉頭互望了彼此一眼。跟先前頭髮翹起來時一樣，一股類似暈船的暈眩感正蠢蠢欲動在兩人的背上遊走。

「喂，那是什麼？流星？」

此時群眾中有人看向天空大喊。真奧與蘆屋也跟著望向圍觀群眾所指引的方向。

一道流星正從南方往這裡逼近。

「聖法氣的光……那就是讓我們心神不寧的原因嗎？難不成是惠美？」

真奧說出以魔王而言十分合情合理的感想。

「魔王大人，要是被本人聽見您說這種話，您可是會被殺掉喔。而且……」

蘆屋以有些莫名其妙的方式提出諫言，然後跟周圍的人一樣指向天空。

「讓我們如此焦躁不安的原因，應該就在那東西的後面。」

即使不用蘆屋特別說明，真奧當然也明白這點。

位於流星後方的金色光帶，像是為了包圍東京鐵塔似的一口氣往這裡逼近。

以塔為中心開始從全方位靠近此處的光帶，不知何時在天空化為了一道巨大的光環。

這無論怎麼想都並非自然現象，但就算是日本，應該也不具備足以引起這種現象的技術。

「哇、哇，這是什麼表演嗎？」

「該不會是極光吧？」

「東京哪有可能會出現什麼極光啊！大概是煙火吧？」

真奧集中精神提防群眾產生混亂或是敵人出現，然而或許是因為外觀看起來很漂亮，所以即使這現象不管怎麼看都是天地異變，現場還是沒有半個人覺得情況嚴重。

「哎呀，加百列那傢伙該不會又捅了什麼婁子吧？」

「嗯？」

就在這段期間內，真奧發現某個站在自己附近的圍觀群眾，正一面仰望天空一面說出奇妙的話，於是慌張地環視周圍。

然後真奧便發現一個戴著太陽眼鏡、留著龐克風爆炸頭的男子，正站在距離自己身後不遠處。

「啊？你……」

「喔？哎呀，真巧呢，烏龍麵店的青年。」

真奧雖然因為對方理所當然似的說著流利的日語而感到驚訝，但在他回過神來之前，蘆屋已經為了保護真奧而插進兩人之間。

男子推了一下太陽眼鏡，看向蘆屋與真奧。而且不知為何，他的嘴裡還叼著一根牙籤。

「……魔王大人，請您看他的眼睛。」

真奧因為蘆屋嚴肅的語氣而看向推著太陽眼鏡往這兒瞧的男子，發現他的眼睛顏色——

「紫色的，眼睛……？」

「嗯，我的眼睛有什麼好奇怪的嗎？」

男子上下晃動著嘴裡的牙籤，並刻意摘下太陽眼鏡睜大眼睛給對方看。

「這裡餐廳的烏龍麵也不錯呢！還有筷子也是，這次我有努力用過囉！」

「你、你……你該不會……」

不曉得是基於憤怒，還是因為神祕的光環正往這裡逼近，真奧激動地顫抖。

從正面仔細觀察之後，真奧發現男子的爆炸頭並非純黑，還另外有一撮看起來特別鮮豔、

彷彿經過挑染的紫色頭髮。

「原來你這傢伙就是拉貴爾啊！」

「喔？我不記得自己有跟你報過名號啊……」

爆炸頭男子對拉貴爾這個名字產生反應，打從心底感到驚訝似的睜大了眼睛。

「原來你真的在地面上吃飯啊啊啊？」

在這瞬間，逼近的光環接觸到了塔頂的天線，包圍鐵塔的光芒也宛如陣雨般的灑落一地。

「……喔？」

「嗯？」

「哎呀？」

真奧、蘆屋以及疑似拉貴爾的男子同時發出驚呼。

爆發的光環殘渣一抵達真奧與圍觀群眾所在的東京鐵塔底下的地面，便瞬間朝在場的兩位青年襲捲而來。

光之陣雨直接擊向真奧與蘆屋，爆炸頭的男子也因為隨之產生的衝擊波而不禁遮住了臉。

兩位青年一沐浴在光中，體內便立即出現異樣感，頭髮也像是為了與爆炸頭男對抗般開始大爆發，然而兩人還來不及驚訝地互望彼此——

變化馬上就發生了。

照理說原本是被金色的光之漩渦直接命中的兩位青年身上，居然發出了黑色的光芒。

「喔喔喔喔喔喔喔喔喔喔喔喔喔喔喔！」

一道咆哮把金光吸收殆盡，將一切全都染上黑暗並炸裂出黑色的光芒，掩蓋了原本打在東京鐵塔上的柔和燈光。

外形宛如發光的裝飾吊燈，做為人類創造的時代監視者的紅色鐵塔底下，正氾濫著將近無限的黑暗。

「既然你人在地上，那一開始就給我說清楚啊！居然害我白花了那麼多錢啊啊啊！」

儘管從那片黑暗中傳出來的惡魔之聲，有著足以讓人感到血液凍結的魄力，但語句中卻充滿了完全不符合聲音重量的小家子氣怨恨。

整個世界頓時籠罩在從黑暗底部湧出的綠色光芒之中。

綠光包圍了東京鐵塔周邊一帶，同時暫停了裡面所有人的行動。

這跟曾經出現在笹塚的魔力結界一樣，無論是綠光內的人還是物體，實際上都存在於外面，所以能夠免於遭到結界內破壞行動的牽連。

從遠方來看，如同極光般往上攀升的結界，看起來就像是在為東京鐵塔打上綠色的燈光。

這一切都是由一個惡魔所為，且那個惡魔正用足以一瞥就讓人類昏倒、蘊含著強烈怨恨的視線瞪向爆炸頭男子。

「我要把可樂灌進你的鼻子裡面！」

吸收了蘊藏在金色光環中的魔力之後，魔王撒旦與惡魔大元帥艾謝爾，就在這一瞬間降臨了東京鐵塔。

「這是怎麼回事啊！」

爆炸頭男丟掉了太陽眼鏡，正面承受對方的眼光。

「老加。你知道這些傢伙在日本嗎？」

但他說話的對象，卻並非突然現身的兩位大惡魔。

「！」

被撐到極限的UN×LO的T恤，因為無法承受獨角魔王撒旦轉身的動作而處處應聲破裂。

「我沒想到會跟他們扯上關係，所以才沒告訴你，抱歉啦。」

那個人到底是從何時開始出現在這裡的呢。

悠然地浮在魔王撒旦的魔力結界中，並彷彿理所當然似的不受其魔力影響者，正是曾經打算搶奪魔王與勇者之子的那位大天使——

亦即化為流星追著光帶來到東京鐵塔的加百列。

※

「……媽媽。」

「……」

「媽媽……」

惠美正抱著膝蓋蹲在東京晴空塔展望臺的角落。

就算阿拉斯．拉瑪斯泫然欲泣地猛力搖著惠美呼喚她，惠美還是沒有反應。

父親還活著。

關於五年前那段離別的記憶。惠美一直以來總是將站在自己面前、因為淚水而模糊的父親身影烙印在心裡，將喪父的悲歎與憤怒化為力量持續戰鬥下去。

跟父親的事情相比，天使並非超常存在這點只能算是件小事。畢竟她原本就沒把路西菲爾跟沙利葉當成是超常的存在，這只不過是讓惠美更加確認他們是與自己敵對的一個強大勢力罷了。

比起這種事情，父親尚在人世。

明明這不但是一件令人高興的事實，更是自己一直夢寐以求的希望。

但惠美的腳卻畏縮得動彈不得。

加百列說謊的可能性應該很低吧。畢竟就算欺騙惠美說諾爾德還活著，對他來說也沒什麼

好處。

加百列所說的「天界的危機」之一，恐怕就是萊拉與諾爾德生下艾米莉亞這孩子的事實，將連帶產生讓天界與天使的神聖性降低的危險吧。

天界與天使之所以成為眾人信仰與崇拜的對象，就是因為他們是遠遠超乎人類想像的超常存在，若被人得知他們只不過是擁有不同文明的人類，其威勢將會一口氣跌落谷底吧。

因為即使規模不同，安特．伊蘇拉的人類還是能使用跟天使沒什麼兩樣的奇蹟。

所以如果要說謊，加百列應該會說諾爾德已經死亡並離開人世了才對。

這麼一來，無論他想怎麼扭曲「勇者艾米莉亞之父」的形象都沒問題。

即使被人揭露諾爾德只是個普通的農夫，也能用他回到天界或被拔擢為天使等理由蒙混過去。

而另一個更單純的理由就是，每個人都會憎恨殺害自己雙親的仇人。惠美與真奧之間的關係原本就稱不上良好，若讓她再次得知父親的死訊，必然會增加惠美對「魔王撒旦」的恨意，如此一來就能讓妨礙天界的兩人彼此互相殘殺。

但加百列卻是這麼說的。

父親諾爾德還活著。

光是這點就足以讓惠美看不見前方。惠美稍微抬起頭一看，便發現阿拉斯．拉瑪斯正以泫然欲泣的表情緊盯著自己。

「媽媽？沒事吧？妳肚子痛嗎？」

「……不，我沒事，雖然沒事……」

惠美無力地笑道，然後再次將臉埋入膝蓋。

「只是在想接下來到底該怎麼辦……」

「妳想怎麼辦？」

雖然在首次以教會騎士的身分踏入戰場時，惠美就已經清楚地自覺到自己想消滅魔王軍這個願望，最根本的理由就是替父親報仇。就只是為了這一點而已。

儘管來到日本以後，惠美與魔王基於種種原因而經常有彼此往來的機會，但她從頭到尾都還是將魔王視為最終必須打倒的敵人。

不過——

「光是知道爸爸還沒死，那傢伙好像就變成了無關緊要的敵人……」

惠美的父親是個農夫，雖然力氣很大，但依然不是經歷過戰鬥訓練的戰士。跟魔王軍交戰過的惠美十分清楚惡魔的力量與殘虐，所以在看過自己被毀滅的故鄉遺址後，馬上便得出諾爾德因為力有未逮而死於非命的結論。她無法不那麼想。

所以每當她想著一定要讓魔王也嚐嚐跟父親所承受過的相同的苦楚與疼痛時，腦中總是會

浮現出那個瞬間。

當然就算父親還活著，惠美對魔王的怨恨也不會因此消失。

即使父親尚在人世，依然有可能生病或受傷，而且這也無法抹去和平的生活遭人全數破壞後所產生的痛苦與憎恨。

在當上勇者以前，身為一個安特．伊蘇拉的人類，魔王軍所散播的破壞與悲劇全都難以讓人原諒。

不過驅使惠美討伐魔王的重要齒輪突然被人從旁拆了下來，導致她內心思考的方式改變這點，依然是無可否認的事實。

而關於剩下的齒輪，接下來到底該跟什麼樣的齒輪與行動，她現在還找不到答案。

加百列遺留的土產──「研磨微增」的空罐正在惠美旁邊滾動。

在告訴惠美諾爾德或許人在日本之後，加百列便向她索取代價。

換句話說，就是千穗目前的狀況。

惠美動搖了。雖然她一點都不想告訴對方跟重要的友人千穗有關的情報，但不可否認的是，在她心裡的某處還是隱藏著只要告訴對方少女的狀況，就能更加接近父親一步的邪惡誘惑。

然而時間卻不給惠美迷惘的機會。

一股巨大的能量通過在良心和慾望之間搖擺不定的惠美下方。

『哎呀，這下可不妙了。』

加百列停止露出奸笑，一口氣喝乾了手上的咖啡。

『就聊到這裡吧。再怎麼說還是自己的事情比較重要，這個話題就先到此為止。關於我提供的情報，就當作是附贈的好了。下次見面時，再告訴我些什麼吧。』

『等、等等……』

『雖然這可能會讓妳有點迷惘。』

加百列擺出不符合自己風格的認真表情說道。

不曉得是怎麼辦到的，只見加百列接連穿過牆壁與窗戶，等注意到時，他人已經在展望臺外面了。

『並不是所有天界的人，都覺得只要用工作當藉口就能為所欲為。大家只不過是不想死而已。再怎麼說，我們還是有自己身為受人崇敬天使的自覺啊。』

說完後，加百列便飛出展望臺，追著那股神祕的巨大能量離開了。

那股能量與加百列都是往南方前進。恐怕是真奧所在的東京鐵塔發生了什麼事吧。

然而即使如此，惠美還是一動也不動。

因為她應該戰鬥的對手、戰鬥的理由，以及該守護的東西，都已經變得一片混亂。

「……吶，阿拉斯．拉瑪斯。」

「嗚？」

「對我來說，勇者的工作實在太沉重了。我原本就只是個隨處可見的農家女孩。要是我從小就接受英才教育，應該就能不在意那些小細節直接打倒魔王，並擁有更強烈一點的使命感也不一定。」

「媽媽，不喜歡，當勇者嗎？」

阿拉斯．拉瑪斯大概是聽不懂太難的話吧，然而不可思議的是，即使如此小女孩依然確實地察覺到惠美想表達的事，並用簡短的話重複說了一次。

「以前，是那樣沒錯啦。不過要是沒當勇者，我就不會遇見阿拉斯．拉瑪斯了，所以現在倒是沒那麼討厭。」

「嘻嘻。」

「吶，阿拉斯．拉瑪斯。」

「什麼事？」

「阿拉斯．拉瑪斯長大後想做什麼啊？」

惠美的問題讓阿拉斯．拉瑪斯驚訝地眨起了眼睛。正當惠美心想小女孩可能還無法理解這類的問題時——

「我要當，放宗熊！」

阿拉斯．拉瑪斯的眼睛突然變得閃閃發光，用力舉起雙手如此宣言。

由於沒想到對方會提出具體的職業，再加上這答案實在是太出人意料，因此惠美在陷入一陣沉默後，臉上便露出了柔和的笑臉。

「妳想當放鬆熊嗎？」

「嗯！還有，還有啊！」

似乎還想繼續說下去的阿拉斯．拉瑪斯，朝惠美探出了身子。

「咖哩！」

「咦？」

惠美感到有些納悶。因為她到現在都還沒讓阿拉斯．拉瑪斯吃過咖哩。

在魔王城時，蘆屋應該也有特別注意不讓阿拉斯．拉瑪斯吃味道太強烈的東西才對。所以阿拉斯．拉瑪斯對咖哩應該沒有喜不喜歡吃的概念……

「因為媽媽最喜歡放宗熊跟咖哩了！阿拉斯．拉瑪斯也最喜歡媽媽了！所以等長大以後，阿拉斯．拉瑪斯，要當放宗熊，跟咖哩！」

「……這樣啊。」

阿拉斯．拉瑪斯說等長大以後，想成為惠美最喜歡的東西。

惠美為了掩飾即將奪眶而出的眼淚，而將阿拉斯・拉瑪斯拉近自己緊緊抱住。

「對不起，媽媽，好像變得有點軟弱。」

「要吃咖哩嗎？」

「等千穗姊姊康復後，我們再一起去吃吧。」

「耶！」

「唔噗！」

阿拉斯・拉瑪斯在惠美懷裡很有精神地舉起手，然後直接擊中了惠美的鼻子。

「……這樣正好能幫我打起精神呢。」

因為不同於剛才的理由而變得淚眼盈眶的惠美，總算重新站了起來。

「反正這又不是第一次將結論延後了。現在必須先為了守護重要的東西行動才行。以後的事情……就等以後再考慮吧。」

既然確定了拉貴爾的行為會對日本、千穗以及萊拉造成危害，那麼就目前而言，拉貴爾無庸置疑地是惠美的敵人。

加百列曾經說過他是在這裡預防拉貴爾從東京鐵塔放出的聲納波，受到晴空塔發出的測試數位電波干擾。

既然如此，那麼主要的戰場一定是真奧與蘆屋前往的拉貴爾所在地——東京鐵塔。

若那兩人打算跟加百列與拉貴爾戰鬥，一定百分之百沒有勝算。

然而就算情況不至於演變成戰鬥，還是有鈴乃所說的「魔王被帶去安特．伊蘇拉」的危險性存在。

「明明我都還沒找出答案……要是讓他們被帶到遠方，我可是會很困擾呢。」

如今已經不是擔心有沒有可能被地上的人看見的時候了。

就在惠美沿著跟進來時相同的工程用通道走出展望臺的屋頂，將意識集中到腳底準備全力飛行時——

「現在不行喔。因為東京鐵塔附近已經都被真奧哥用魔力結界封鎖起來了。要是硬闖進去，會替附近的人造成危害。」

「唔！是、是誰？」

除了惠美與阿拉斯．拉瑪斯之外，現在晴空塔應該已經沒有其他的人。而就連阿拉斯．拉瑪斯本人，也已經跟惠美融合並進入她的體內了。

「不過，這樣我就放心了。大家果然還會繼續待在日本呢。」

一道光芒從比惠美目前所在的展望臺還要高的地方下降。

全身包圍著金色光芒的來人，對一看見自己的身影就變得啞口無言的惠美說道：

「一起去吧。我會幫妳做一個入口。」

「千、千穗……妳那個樣子是……」

「走吧，遊佐小姐。」

在全身纏繞著金色聖法氣的千穗回答惠美的問題之前，她已經先憑空拿出一把銀色的弓箭，並搭上聖法氣的箭矢。

「唔！」

只見銀色箭矢伴隨著一股強大的魄力被射入夜空，同時以光的軌跡載着千穗與惠美往南方飛翔。

惠美與千穗的身影一同消失在那道光芒之中，只剩下高空的強風留在原地呼嘯。

※

「喔，看起來好像變得很有趣呢。」

加百列傲然地在充滿綠光的世界中俯視兩位大惡魔。

「我這邊可是一點都不覺得有趣。老加，為什麼你沒待在另一座塔而跑來這裡了？這樣要是害下次聲納的精確度下降怎麼辦！」

爆炸頭男隔著撒旦與艾謝爾，向對面的加百列出言抱怨。

穿著刷破牛仔褲搭配T恤，打扮輕鬆的爆炸頭男背上，理所當然似的出現了閃閃發光，但看起來不太適合這副打扮的翅膀。

「因為艾米莉亞跑來礙事啊。不過已經沒必要再發出聲納了。剛才那股能量波應該不是普通人所為，現在應該不用費什麼工夫就能找到那個人吧。」

「我說啊，這點小事不用你說我也知道！不過……」

拉貴爾與加百列的視線在某處交會。

「我怎麼想都不覺得這些人會乖乖地放我們走呢。他們的表情好恐怖喔。」

「你覺得我們會放你們走嗎？」

彷彿從地底響起般的邪惡聲音，散發出即使壓倒兩位天使依然綽綽有餘的威嚴。

「你們兩個，別以為能從這個魔力結界裡向外踏出一步。」

「……」

魔王撒旦，以及惡魔大元帥艾謝爾。

兩位天使與兩位惡魔，在被魔力封閉起來的東京鐵塔展開對峙。

「基本上這個世界不是沒有魔力嗎？這個人是魔王撒旦吧？雖然我不曉得旁邊那位是誰，不過老加啊，這跟你一開始說的話不同吧？哼？」

「關於這點我向你道歉。不過我可沒說謊喔。我真的沒想到這件事會跟他們幾個扯上關係。這全都是因為剛才那個東西。『磅』的一聲很漂亮對吧。」

加百列試著用雙手表現出光環靠近鐵塔後爆發，然後將魔力灌注到撒旦與艾謝爾身上的過程。

「恐怕萊拉已經抵達了我們所不知道的地方。應該就是受到那個的影響吧。」

「啊～真是的，那又怎麼樣？只要墮天決定之後，再動員所有天兵把知情者全都殺掉就好啦……反正無論這個國家變成什麼樣子，對我們都不會有任何影響……」

「我不會讓你們那麼做的。」

「……」

加百列稍微瞄了一眼撒旦的表情。然而在那之前，拉貴爾已經率先對撒旦發難。

「話說你這個人也真是的！居然假扮成人類說英文耍帥，害我完全被你騙了！明明只要乖乖吃你的烏龍麵就好了，為什麼要來妨礙我啊？雖然我聽說你們跟老加之間起了些爭執，不過這次我們對你們什麼也沒做吧？能不能請你們別插手天界的事情？」

拉貴爾口沫橫飛地說道。

加百列見狀，便大大地皺起眉頭露出尷尬的表情。

「呃～拉貴爾？我是大概知道發生了什麼事啦，不過你用那種說法……」

在這瞬間，撒旦與艾謝爾的背後，竄出了黑色的火焰。

「你看吧……我就知道他們一定會生氣。」

「你們那場無聊的內鬨，可是傷害了我們的同伴啊。」

黑暗步步逼進，光明則是不斷後退。

「如果你們肯改一改用暴力支配世界的宗旨，或許還有商量的餘地。我自己也是企圖支配世界，進攻他國的侵略者。是用暴力逼人屈服的壞人。所以只要一看見你們這種傢伙，就會想狠狠地揍你們一頓。」

「喔嘎喔？」

話剛說完，撒旦便突然出現在拉貴爾面前，然後重重地往對方驚訝的側臉一拳揮了下去。

拉貴爾發出奇妙的叫聲，整個人撞上東京鐵塔的鋼骨。

「喔，真快呢……」

「魔王大人，您已經打下去了。」

「那邊則是太慢了！」

艾謝爾慢了一拍吐槽，而加百列則是又再跟著吐槽了一次。

「就連魔界也找不到像你這種一臉理所當然地踐踏他人，還肆無忌憚地主張這是正義的人渣。你應該知道我們平常都稱自己是什麼吧，加百列。」

「……應該，是惡魔吧。」

雖然加百列還是謹慎地保持警戒，但不知為何回答時看起來卻顯得有些滿足。

「沒錯，我們是惡魔。是一群做盡壞事，必須靠為害他人才活得下去的人渣！」

惡魔之王撒旦朗朗地宣告自己的罪狀。

「如果沒有背負自己的罪行活下去的覺悟，那就別對其他人抱怨！這裡可是那些背負著自己一切的所作所為，拚命活下去的人類們的世界啊！」

「……老加，換句話說，他們打算跟我們戰鬥嗎？」

「嗯～好像是這樣沒錯。」

看來無論是撒旦的拳頭還是斥責，對拉貴爾都沒什麼效果，雖然剛才很誇張地飛了出去，但他的外觀看起來依然是毫髮無傷。

另一方面拉貴爾撞上的鋼骨，也因為受到撒旦的魔力結界保護，所以跟之前的首都高速公路戰時一樣，連一點擦傷的痕跡都沒有。

「老加，拜託你啦。」

「果然變成這樣啊……」

「那還用說。我的工作可不包括戰鬥啊。我不是一開始就說過我這邊光是為了追萊拉，就已經分身乏術了嗎？」

說完後，拉貴爾沒等加百列回答，便逕自往東京鐵塔的塔頂飛去。

他打算逃離撒旦的魔力結界。就目前的狀況而言，比起在地面上尋找包圍鐵塔周圍的魔力結界界線，不如直接去找東京鐵塔上方的天空界線還比較快。

接下來的一切都是發生在電光石火之間。

雖然拉貴爾一下子就飛到了第一展望臺，但撒旦卻以接近瞬間移動的超高速衝到了他的背後，打算用纏繞著黑暗火焰的拳頭進行攻擊。

然而加百列又以超過撒旦的速度上前守護拉貴爾的背後，制止了撒旦的攻擊，艾謝爾見狀，便以眼神對加百列使出了念動力。

但沒想到加百列居然一面接下了魔王的拳頭——

「喝啊！」

一面只靠眼力與氣勢就破解了艾謝爾的念動力。

過去惡魔大元帥曾在笹塚的戰鬥中，展現出同時自由操作無數巨岩的念動力，但生命之樹的守護天使卻完全沒將這股力量放在眼裡。

「我不是說過了嗎？就算是全盛時期的魔王撒旦，應該也不是我的對手。」

儘管撒旦打算收回被擋下的拳頭，但加百列卻緊緊地抓著他的手不放。

「哎呀，我這也是在公事公辦。其實我真的不想做這種事，也覺得對那個高中女生很不好意思。或許你們會覺得很好笑也不一定，不過這對我們而言可是很重要的事情呢。」

「！」

發現加百列正將聖法氣聚集到手中的撒旦，連忙提升體內的魔力。

「喔，真敏銳呢，不過太遲了。」

不過一股異質的能量還是突破了撒旦的魔力，衝進他的體內。

那是一道強力的聲納，而且裡面所蘊含的聖法氣，更是遠遠地超過了鈴乃在醫院半開玩笑地打入蘆屋體內的分量。

加百列的聖法氣不斷突破撒旦的生命能量——魔力，在他的體內四處作亂。那是一種類似蛇毒，會不斷剝奪惡魔體力的招式。

儘管這種攻擊絕對稱不上華麗，但還是帶有足以讓魔王撒旦頭昏眼花的能量。

由於加百列並沒有繼續追擊，因此撒旦用力往後一跳拉開距離，呼吸也像是為了忍耐劇痛般變得十分凌亂。

「拉貴爾，你走吧。只要從這裡出去，應該就能追蹤到萊拉的痕跡。這兩個人交給我來處理就好。」

加百列指向魔力結界的頂端，而拉貴爾沒回答便直接開始往上飛。

既然是利用撒旦的魔力構成的結界，那麼只要施加更強的力量自然就能加以破壞。儘管結界不會因為一個地方毀損就導致全體崩壞，但除了避免戰鬥波及到外面以外，撒旦製作這個結界的另一個用意就是想避免兩位天使逃跑。

若被加百列一個人牽制在這裡又讓拉貴爾逃跑，可就賠了夫人又折兵了。

「蘆屋！阻止他！」

在撒旦下令之前，艾謝爾已經採取了行動。他趁著加百列不注意，從眼睛、雙手以及兩條尾巴，同時對拉貴爾使出了六發看不見的念動力攻擊。

「太天真了！」

艾謝爾面前突然掀起了一陣風。

照理說還在與撒旦對峙的加百列，不知何時已經拿了一把類似劍的武器，斬斷了艾謝爾的念動力。

與劍柄的大小相比，那把武器劍身的部分顯得明顯過短，可見那原本應該是一把長劍。

「杜蘭朵……」

艾謝爾憤憤地吐出那把劍的名字。

那是照理說已經被與阿拉斯・拉瑪斯融合的「進化聖劍・單翼」一擊粉碎、加百列在神話中使用的佩劍。

「唉，雖然因為前端無法再生，所以成了這副不上不下的模樣。」

加百列舉起那把劍身看起來曾經斷成兩截過的大劍，指向撒旦的方向。

「！」

撒旦因為感覺到有某樣東西正無聲地劃破空氣逼近自己，而稍微偏了一下臉。

明明加百列與撒旦兩人之間還有段距離，但撒旦的臉頰卻流下了一條血痕。

「不過，就只有銳利度的部分沒變呢。無論你們身上穿的UNI×LO使用了多麼優秀的素材，我想應該都斬得斷喔？」

「……那你就試試看啊。」

然而艾謝爾卻毫不膽怯。

他瞄準加百列，用尾巴與雙手的爪子毫不間斷地開始發動攻勢。

「喂、喂，這樣很危險耶！要是你的手指頭被砍斷我可不管喔……咦？」

不想傷害艾謝爾的加百列，試著用杜蘭朵的劍身彈開對方的攻擊，但傳回來的手感卻十分堅硬。

原來杜蘭朵的劍刃居然砍不下去。

「喔？喔？喔喔？」

「……！……！……！」

相對於加百列只有一把劍，艾謝爾的攻擊手段卻有三種。雖然進展緩慢，不過沉默地淡淡持續攻擊的爪子與尾巴的尖刺，還是開始慢慢掠過加百列的身體。

「好痛，好痛！好、好刺啊！」

「蘆屋那堅硬的外表可不是長好看的啊。」

撒旦趁機來到了無法完全架開艾謝爾攻勢的加百列背後。

「唔欸！」

等發現時已經太遲了，撒旦從背後用巨大的手抓住加百列的頭部。

「你以為面對人類的反攻，是誰一直撐到了最後？」

「哇，等、等一下！」

「蘆屋……惡魔大元帥艾謝爾的肉體是全魔王軍最硬的，是防守的專家啊。就算是惠美的聖劍，也沒那麼容易傷得了他。」

「覺悟吧！」

「唔哇！」

艾謝爾的利爪總算逮到了加百列的身體，並直接貫穿過去。看來即使是大天使，面對魔王與惡魔大元帥的同時攻擊與魔力，終究還是太吃力了。

「不過，猜錯了。」

然而照理說被貫穿腹部的加百列，居然連一滴血都沒流，便直接像霧一般消失了。

看著原本握在手中的加百列頭部像煙一般消失，撒旦與艾謝爾不禁感到納悶。

「你們跟艾米莉亞的戰鬥方式都太直來直往啦。」

撒旦的背後傳出一道聲音。

還來不及回頭，現身在撒旦後方的加百列便以看起來不怎麼樣的力道，用掌底拍了一下撒旦的背。

「ＢＡＮＧ！」

「唔喔喔喔喔喔！」

加百列光是這點程度的攻擊便足以打飛撒旦，且撒旦在撞上艾謝爾後力道依然並未衰退，讓兩人彷彿在空中翻了個筋斗般的姿勢大亂。

「這、這是……？」

「哎呀，要是露出那麼意外的表情反而會讓我感到很困擾呢，又不是什麼大不了的事。那只不過是殘像罷了。打從切斷艾謝爾對拉貴爾使出的念動力開始，你們就一直在跟我製造出來的分身戰鬥。」

說完後，加百列若無其事地拍了一下手。

像是以此為信號來做爆米花般，現場突然憑空出現許多跟加百列長得一模一樣，掛著惹人厭笑容的等身大天使。

「唉，換句話說憑現在的你們，就算兩個人加起來也不過只有我分身的程度。好啦，我這

麼說是為你們好，還是就這麼算了吧。我不會害你們的。」

「……你以為，我們真的會就這麼乖乖罷休嗎……」

撒旦撐起喀喀作響的身體，瞪向加百列。

「你對惠美，做了什麼嗎？」

「咦？」

「你剛才說了『那個高中女生』吧。為什麼你會知道小千發生了什麼事？」

「……不是你自己說了什麼『傷害了我們的同伴』之類的嗎……」

「我說的也有可能是指漆原或是鈴乃，甚至連惠美都有可能，為什麼你馬上就知道是看起來最沒有關係的小千。」

「啊，原來如此……沒錯，我是聽艾米莉亞說的。嗯，我剛才在晴空塔那兒有遇見她。」

加百列像是為了自己的失言而感到後悔似的聳肩。

「不過，我只知道她因為拉貴爾的聲納而失去了意識。結果除了這個以外，我完全沒從她那兒聽到任何東西。虧我還主動送了她那麼多珍貴的情報呢。」

「什麼？」

「雖然她現在或許因為那個情報，而失去了鬥志也不一定呢。不過要是真的變成了那樣，那你可要感謝我喔？畢竟我幫你減少了一個敵人。」

「喂，你到底做了什麼……」

「嗯？沒什麼大不了的啊。我只是告訴艾米莉亞，她的父親還活在某處而已。」

「！」

此時浮現在撒旦腦海中的，是勇者艾米莉亞為了替父親報仇而對身為魔王的自己揮劍相向的身影，以及即使從樓梯上跌倒摔得全身都是擦傷、依然哭著譴責真奧貞夫這個殺父仇人的遊佐惠美的身影。

「魔王大人……？」

艾謝爾敏感地發現撒旦的樣子有些奇怪。

其實在這段期間內，艾謝爾早已隱約發現惠美對撒旦抱持過剩敵意的根源為何，但關於這件事，撒旦應該完全沒有感到煩惱的必要才對……

「加百列，你應該從以前就經常被人說不懂得看氣氛吧。」

「雖然我最近才從某人那裡受到了看氣氛只能稱得上是二流的薰陶……不過我不否認。」

「從旁奪走支撐某人的支柱，這麼做很有趣嗎？」

「很有趣呢。哎呀，感覺你好像在關心自己的敵人艾米莉亞呢，真是有趣。」

「……卑鄙的傢伙！」

即使艾謝爾如此啐道，加百列的笑容還是沒有產生任何動搖。

「真光榮。不過有件事先說在前頭，我希望她別一直拘泥於『討伐魔王』這種無聊的小事，多花一些心思在格局大一點的東西上面。為了這個目的，她現在的支柱實在太礙事了。」

「……？」

就在撒旦因為搞不懂加百列到底想表達什麼而感到納悶時——

「老加加加加加！」

拉貴爾發出冗長的慘叫，從比撒旦等人所在的第一展望臺附近還高的上空衝進了戰場。與此同時，東京鐵塔的頂端發出了一道強烈的閃光。

「喂，現在正講到關鍵呢。」

不知為何，加百列居然對自己的夥伴拉貴爾的聲音噘起了嘴。

「他已經發出聲納了嗎？」

「這裡沒有電視……所以也無法確認……」

由於撒旦與艾謝爾完全不是加百列的對手，因此也無法確認拉貴爾在這段期間內到底做了什麼事。

「哎呀，老加啊，這下糟了！」

「嗯？」

「我不能飛了……」

「啊？」

那道聲音，就這麼直接通過加百列、撒旦以及艾謝爾的眼前往下墜。

「「「……」」」

拉貴爾像是隻被獵人擊落的鳥，難看地掉落在第一展望臺的屋頂上。

「看來你們沒事呢。」

從拉貴爾掉落的上方，傳來了一道聲音。一行人抬頭一看，便發現那是一副就某種意義而言已經看慣了的姿態。打從看見天使一聲不吭地遭人擊墜時起，大概就能預測到之後她會出現在這裡。

紅眼銀髮的勇者艾米莉亞，正以複雜的眼神看向兩位惡魔。

然而無論是撒旦還是艾謝爾，甚至就連加百列，都並未看向艾米莉亞，而是緊盯著出現在她旁邊的人物。

「小、小千？」

「佐佐木小姐……」

因為高空強風的吹拂與長期睡眠而亂成一團的頭髮，以及粉紅色的花紋睡衣搭配綠色的醫院拖鞋。

那位全身纏繞著閃閃發光的聖法氣、手持銀色弓箭的少女——照理說應該還躺在西海大學

附設醫院病床上的佐佐木千穗，正與異世界的勇者並肩站在東京鐵塔的頂端。

「真奧哥！蘆屋先生！你們沒事吧？」

「沒、沒事？這、這到底是怎麼回事……？小、小千妳才沒事吧？到、到底要怎麼樣才算是沒事？到底發生了什麼事？」

惡魔之王撒旦像是在示範什麼叫做狼狽不堪似的動搖不已。

「魔王！有話晚點再說！現在得先阻止拉貴爾！」

而協助那樣的真奧振作起來的，則是正動輒以眼角偷瞄千穗的艾米莉亞。

「麻煩的事情全都等之後再說！現在應該優先解決那兩個礙事的天使！」

踢了一下天線後，艾米莉亞直接衝進加百列與撒旦之間，背對著撒旦與艾謝爾。

「妳復活得意外地快呢。已經整理好心情了嗎？」

加百列小心不被千穗發現地問道，艾米莉亞則是乾脆地回答：

「因為完全搞不懂，所以總之先放著等晚一點以後再考慮！」

「這樣不太好喔，把麻煩事往後延這種想法，感覺跟路西菲爾一樣呢？」

「雖、雖然搞不太清楚是怎麼回事！蘆屋，快去阻止拉貴爾！這次我不會再犯像沙利葉時那樣的錯誤了，我要直接用『門』把他給丟到遙遠的星球去！」

「遵命！」

從之前那一戰的結果，便已經能夠確定加百列贏不了惠美。

既然如此就該把加百列交給她處理，而真奧等人目前最優先的事項則是阻止拉貴爾繼續發出聲納。

撒旦與艾謝爾一前一後地夾擊正抖著膝蓋起身的拉貴爾。

一看見兩位惡魔，拉貴爾便開始大叫道：

「你們是怎樣！萊拉有那麼重要嗎？可不可以別插手別人世界的事情啊？想征服世界就去做啊，隨你們高興！對我們而言，能不能抓到萊拉可是會改變天界的趨勢耶！別來礙事啦！」

「就我所知，那傢伙應該不是那麼了不起的天使吧。而且她也不是生命之樹的守護天使，只不過是個地位有點高跟有小孩的女人，有必要為了她而那麼激動嗎？」

「我才不會被你釣到！要是告訴你們原因，只會讓你們得到多餘的情報。這是天界的問題！局外人少來礙事！」

「那可不行。」

就在這一瞬間，一支光箭射中大吵大鬧的拉貴爾腳邊，並引發了一場小規模的爆炸。

「喔喔？」

「剛才那是警告。你們的行為會破壞這個世界力量的平衡。現在馬上放棄使用聲納探查，回到自己的世界去！」

此時撒旦首次發現千穗戴在握弓的左手上的戒指，正在閃閃發光。

拉貴爾咬牙切齒地看向腳邊被光箭射中的地方。

「閉嘴！雖然我不知道妳是附在那個少女身上還是使用了傀儡之術，但既然敢出現在我面前，就表示妳氣數已盡，到了該算總帳的時候了！接下來只要追蹤這個聖法氣，我的工作就結束了！」

「原來天界也會算帳嗎？」

「……」

「……喂，說點什麼吧。」

像這種時候，不同於平常蘆屋四郎，惡魔形態的艾謝爾完全不會吐槽，這點讓撒旦感到有些寂寞。

「席魯庫・艾特歐歐歐歐？」

拉貴爾瞄準頭上的千穗，打算施放某種法術。雖然撒旦與艾謝爾連忙打算阻止，但千穗卻不為所動。

少女彷彿一開始就知道會有這樣的結果，就連剛才搭好的弓也完全沒有動作。

原本打算詠唱某種咒語的拉貴爾，突然像失去支撐的提線傀儡般無力地跪倒在地上。

「怎、怎怎怎、怎麼回事……」

拉貴爾慌張地凝視自己的身體，但就是無法隨心所欲地行動，甚至連站也站不起來。

「你覺得為什麼剛才你的翅膀會消失呢？」

千穗俯視著慌張的拉貴爾，緩緩地降落到撒旦等人所在的展望臺屋頂上。

「即使『基礎』的碎片並非完全體，但要是直接命中身體，甚至有可能再也無法恢復成天使。因此你還是在事情變成那樣之前回去吧。你並不是我的敵人。而是位於遙遠、遙遠世界的夥伴。」

「咳……呼……」

「這、這是……？」

就連撒旦也看得出來，拉貴爾的背上正緩緩地漏出聖法氣。

艾米莉亞與千穗現身時的閃光，應該就是千穗的箭擊中拉貴爾的翅膀時發出的光芒吧。

「哎呀……這下不妙了……嘿咻！」

正在與艾米莉亞對峙的加百列一看見拉貴爾的慘狀，便輕輕地合起雙掌。

只見一顆光球包圍了加百列，然後他便瞬間從惠美的眼前消失了。

「？」

艾米莉亞試著追蹤對手的氣息，發現加百列已經以幾乎只能用瞬間移動來形容的速度，站在倒地的拉貴爾的身邊。

撒旦、艾謝爾以及千穗也理所當然往後飛翔，與加百列拉開距離，但對方似乎並沒有加害三人的意思，只是單純地站在原地不動。

也不曉得加百列到底想幹什麼，只見他脫下長袍底下的T恤，然後開始在頭上轉了起來。那無意義的結實肌肉與半裸的上半身，看起來實在讓人感到非常不悅。

「投降！是我們輸了！我們會乖乖地放棄。這是白旗喔！」

「啊？」

「什麼，老加……你到底在說什麼啊？」

加百列便將手掌放在儘管連站都站不起來，但似乎仍打算再戰的拉貴爾頭上。

「你幹什麼……？」

光是這樣，拉貴爾的身體便像斷了線的人偶般失去意識。

無視驚慌的艾米莉亞等人，加百列不情不願地將失去意識的拉貴爾扛在自己肩上。

「你想怎樣？」

面對加百列神祕的行動，艾米莉亞以一副彷彿隨時都會動手的樣子問道。

「嗯～該怎麼說才好，艾米莉亞一來我們的勝算便大幅下降，那女孩好像也變得很厲害，偏偏拉貴爾這傢伙看起來就是不會聽勸的樣子對吧？雖然站在我的立場，我無論如何都不能背叛天界，但還是不想打沒有勝算的仗……只不過呢……」

加百列露出不變的惹人厭笑臉，抬頭仰望在空中飛的千穗。

「看見你們跟這個地球的人們後，我開始有點想看舊世界改變的樣子了。所以，希望這個世界能暫時有精神一點。妳應該也是這麼認為吧？」

「……」

加百列最後的那句話，是針對千穗說的。

「……唉，是不是都無所謂啦，反正妳跟我思考的過程完全不同。那麼，關於我刻意洩漏出來的情報，你們就好好地煩惱吧。晚一點拉貴爾應該會生氣吧，不過我會負起責任帶這傢伙跟天兵們回去，放心吧！再會啦！」

「啊！喂！」

「站住！」

艾米莉亞與撒旦還來不及阻止——

加百列與拉貴爾便再度被光球給包住，並消失在撒旦、艾米莉亞、艾謝爾與千穗的面前。

雖然提防了一下對方從死角發動攻擊的可能，但過了幾秒後，兩位天使依然沒有再度現身的跡象。

發出淡淡的綠色光芒、守護著內在所有人與物的魔力結界到處都完好無缺這點，反倒傷害了撒旦的自尊心。

因為明明是為了防止兩位天使逃跑的結界，結果加百列卻展現了只要有心隨時都能離開的事實。

「……居然這麼瞧不起人。」

氣得咬牙切齒的撒旦悔恨地握緊拳頭。

「結果我們還是不曉得加百列的目的……明明只要他有心，應該就能在我們介入之前讓拉貴爾達成目的……」

艾米莉亞皺起眉頭看向加百列與拉貴爾到剛剛為止都還在的場所。

「……現在已經沒有敵人，也感覺不到他們的氣息了……但還有另一件，讓我感到在意的事情。」

艾謝爾委婉地說完後，撒旦跟艾米莉亞也跟著他的視線望向某處。

「……說的也是！」

三人的視線，都集中在剩下的另一個巨大謎團，也就是帶著強大力量出現的千穗。

少女身上正充滿了足以與艾米莉亞匹敵的強大聖法氣，且照理說只要一接觸到魔力就會陷入昏睡狀態的千穗，現在居然能若無其事地承受撒旦與艾謝爾散發出來的魔力餘波。儘管因為突然受到注目而慌張地漲紅了臉，但千穗依然立刻困擾地對三人低頭說道：

「不過，對不起！好像已經沒什麼時間了。」

無論動作還是語氣，都還是平常的千穗。

「喂、喂！」

「雖然好像很了不起似的對拉貴爾先生跟鈴乃小姐說教，不過為了收集真奧哥跟蘆屋先生的魔力，我們似乎也破壞了這個世界的能量平衡，必須早點讓它恢復才行……好、好的！我知道了，馬上！」

千穗像是為了聽清楚某人對自己的耳語般，閉起眼睛將手抵在耳朵旁邊。

「那、那個人說了什麼？」

「她說她也不曉得，所以覺得很困擾。」

「她說……千穗，妳耳朵上那個，該不會是……」

事到如今，艾米莉亞總算發現千穗的耳朵上掛了一個黑色的耳機麥克風。

千穗看起來既不像是被人操縱也不像是被人附身。現在的千穗是借助了某人的力量，並以自己的意志在行動。這麼一來，那個某人的可能人選就只有一個。

「媽媽？是媽媽嗎？」

面對艾米莉亞的呼喚，千穗以彷彿是自己在慌張的樣子，快速地拿起銀色弓箭。

「真奧哥，蘆屋先生，請你們先離開展望臺的屋頂，不然會很危險！」

「危、危險是什麼意思？」

「千、千穗！妳打算幹什麼！拜託妳，把那個電話借我用一下……」

「嗚嗚……對不起。」

面對三人各自不同的反應，千穗的表情有些困擾地扭曲，然而即使如此，她還是輕輕踢了一下東京鐵塔的天線，往更高處飛去。

「千穗——！」

「對不起——！」

外表莊嚴的千穗，以聽起來一點都不莊嚴的聲音，對準東京鐵塔的天線射出銀色的箭矢。

「喔喔喔？」

銀箭一命中天線，馬上就開始出現變化。

真奧貞夫變身成魔王撒旦前的現象，彷彿影片回轉一般，開始逆向重現。

綠色的魔力結界開始緩緩溶解，撒旦與艾謝爾身上的魔力也逐漸被奪走。

就連力量看起來未受影響的艾米莉亞也無法承受這股變化的力量奔流，只能努力別讓自己被跟著吹走。

「喔！」

「唔哇！」

魔力結界完全消失之後，撒旦與艾謝爾分別變回了真奧貞夫與蘆屋四郎，倒在第一展望臺的屋頂上。

艾米莉亞知道，是千穗將所有的魔力都凝聚了起來。

魔力全都集中到千穗剛才用箭射擊的天線，然後——

「變成明天的天氣吧——！」

隨著千穗的信號，一條光帶以東京鐵塔為中心飛向遠方的天空，替東京的天空染上了一片類似極光的色彩。

待魔力結界解除後，路上的人們皆抬頭仰望這不合時節的天文奇觀。

位於代代木docodemo大樓的墮天使與聖職者。

以及待在東京鐵塔的魔界之王、惡魔大元帥與聖劍勇者，都在注視著那道光線。

穿著睡衣的平凡高中女生，面露微笑地緩緩降落在真奧前方——

「唔！小千！」

「千穗！」

「佐佐木小姐！」

惠美跟蘆屋慌張地趕了過來。

因為女孩就這麼維持著笑容，突然失去意識倒在真奧的懷裡。

「喂、喂，小千，妳怎麼了，沒事…………咦？」

抱著千穗的真奧似乎發現了什麼。

由於結界消失，因此位於高處的這裡也開始吹起了又強又冷的風，然而即使如此，依然能清楚地聽見那個聲音。

「……睡著了……」

倒在真奧懷中的千穗，正發出安穩的打呼聲。

她的表情充滿了滿足，讓人完全感覺不到先前那股足以壓倒異世界戰士們的存在感，那是一張宛如嬰兒的笑容。

終章

「午、午安，真奧哥。」

躺在醫院病床上的千穗用毛毯遮住自己羞紅的臉，向真奧打了聲招呼。

「喔……啊，那個，我聽妳媽媽說似乎明天就可以出院了……那個，妳媽媽呢？是她打電話給我的……」

真奧因為沒看見里穗的身影而尷尬地四處張望。

「我、我想她馬上就回來了……她剛才說要去買東西……」

「這樣啊，嗯，總之沒事就好。這是探病的花。」

「謝、謝謝你。」

千穗害羞地伸出雙手。

「……那個，還有啊。」

「……嗯。」

真奧與千穗像是在試探彼此般互望了一下。最後是真奧先忍不住打破了沉默。

「妳還記得昨天晚上的事嗎？」

千穗輕輕、但確實地點了一下頭。

「在幫真奧哥搬家那天，我回家後看了電視。然後畫面突然發光……直到我在這間病房醒來為止，我都沒有中間這段的記憶。」

千穗開始說明昨晚自己身上到底發生了什麼事。

「然後昨天……那個，因為是在醫院裡，所以照理說沒有開機的手機響了，之後戒指發光……還有，身體好像自然地明白能做到那些事……不過，基本上都是靠自己的意志在行動。因為我在聽了電話裡的話後，就覺得非做不可。」

聽完千穗的說明，真奧問了一件自己最想知道的事情。

「妳知道電話裡的人，是誰嗎？」

「那個，關於這點……我想對方的確是女性沒錯，而且應該還是真奧哥你們那個世界的人……」

真奧的心臟因為不安與期待而瞬間跳了一下。然而千穗卻搖頭回答：

「對方並沒有告訴我她叫什麼名字。只提到若有人問起，就隨便蒙混過去。那就是她借我力量的條件……」

「……虧、虧妳能相信那種人說的話，還把身體借給她呢？」

真奧流著冷汗，坦白陳述自己的感想。

「嗯，不過，我覺得如果是真奧哥或遊佐小姐的敵人，應該不會跟我說話。而且對方還厲害到能做出那些事呢！既沒有把我當成人質，也沒有二話不說地就直接操縱我，所以我想至少應該不會是壞人。」

「嗯……雖然我之前就這麼覺得，不過小千最近的膽子會不會變太大啦？」

「因為託最近認識的那些人的福，每天都過著驚險刺激的日子。」

千穗露出天真的笑容。

「而且，之前加百列先生來的那時候，其實我覺得很不甘心。」

「咦？」

「當時你不是叫我在阿拉斯．拉瑪斯的事情結束之前，都別靠近公寓嗎？雖然我很高興你擔心我，也知道無法戰鬥的自己待在那裡只會礙事，不過果然還是會有一點不甘心。我是真的覺得，要是自己也有能夠守護喜歡的人們的力量就好了，然後……」

千穗拿起手機，不好意思地抬頭看向真奧說道。

「電話另一端的人，就說能借妳力量了嗎？」

即使如此，將身體借給未曾蒙面只通過電話的對象，依然不像是千穗會有的輕率舉動。

真奧的語氣變得有些嚴厲，千穗用力搖頭回答：

「當然沒有那麼簡單……在她聽見我說的夢話，告訴我不能挑食之後，包括我在家裡失去意識的理由、真奧哥你們來我的病房看我、當時真奧哥與遊佐小姐或許會在東京鐵塔與晴空塔戰鬥、對手是加百列先生跟我不認識的其他天使、這件事跟沙利葉先生無關、其他還有許多擁有強大聖法氣的人在行動，以及雖然自己處在知道這一切的立場，但還是因為某些理由而無法出現在其他人面前等等，這些事情她全都在我腦海裡對我詳細說明過囉。」

「……」

千穗扳著手指娓娓道來，真奧則是沉默不語。

「在將這些事情全都告訴我之後，她還很認真地拜託我說『就算有什麼危險，我也絕對會保護妳，之後也會好好向妳道謝，為了守護我最重要的人們，請妳借給我力量』……所以我才會覺得可以相信她。要是真奧哥跟遊佐小姐真的面臨了危險，而我又能幫得上忙……」

說到這裡，千穗再次往上窺探真奧的表情。

「……坦白講，我真的有一點點高興。在天空飛時雖然很冷，但感覺很舒服呢。」

無論是跟異世界居民的真奧等人的關係，還是對於自己所處的立場，千穗都比其他人還要來得有自覺。因此她也不會感情用事地隨便闖入戰場，增加真奧與惠美的負擔。

但正因為如此，不難想像她經常獨自痛感自己的無力。

即使如此，她只是個普通的高中女生這點終究不會改變。

「唉，要是下次再發生同樣的事情，就算對方是個能溝通的傢伙也不能輕易答應，要先找我或惠美商量喔？畢竟誰也不能保證下次的事件能像這次一樣，在所有人都平安無事的狀況下落幕。」

真奧說完後，千穗以認真的表情點頭答應。

判斷那副表情足以信賴的真奧，緩和表情問道：

「那妳的身體有什麼特別的變化嗎？」

「……真要說的話，好像有，又好像沒有。」

千穗沒什麼自信地回答。

「身體就像是普通地睡覺跟起床一樣非常健康，也沒有會痛的地方。不過……腦袋裡卻出現了絕對不是屬於我的記憶。」

「不是小千的記憶？」

「與其說是記憶，不如說是強烈的思念……害我以為自己是因為看了電影之類的東西，所以才會作那種夢呢。不過……不過，這絕對是真奧哥……不對，是魔王撒旦的記憶。」

「……我的？」

「我看見了一個小小的惡魔。」

真奧因為千穗這句話而倒抽了一口氣。

「那個惡魔一直哭，而且還身受若不接受治療就會死掉的重傷……在幫他治療順便陪他說話時，他便以閃閃發光的眼神聽得十分入迷。所以我，自然而然地就想要幫助你……」

「小千？」

真奧感覺到些微的異樣感。

「不過，我當初光是為了維繫你的生命就已經竭盡了全力，所以沒能教會你最重要的事情。我一直，都想跟你道歉。」

千穗的眼睛緊盯著真奧。

「……妳是誰。妳對小千的身體做了什麼？」

馬上就領悟到異樣感原因的真奧稍微從椅子上探出身子，以嚴肅的語氣低聲問道。

「回想起來，我當時不夠成熟。光是為了理想而奔走，缺乏認識大局的訓練，所以最後才會害你犯了錯。不過……我的準備已經進行到無法回到你身邊的程度了，真的很對不起。」

無論是聲音還是身體，都是屬於千穗的東西。

但語氣和給人的氣氛卻明顯不同。

「你應該，還記得我吧？撒旦．賈克柏。」

這次真奧總算踢倒了椅子湊上前去。

「我很快就會講完，請你稍微聽我說一下。」

「怎麼回事……妳……到底……！」

「很抱歉把這女孩也捲了進來，但我已經沒有其他的辦法了。」

無視語氣顫抖的真奧，借用千穗姿態的某人擅自開始說道。

「我的目的是讓安特．伊蘇拉……讓天界與魔界恢復應有的姿態。為了這個目的，我需要眾多的協力者。當時我之所以會幫助你，某方面也是基於其他的盤算。如果是你，或許能替我掌握到我所追求的真實……」

說完後，「千穗」看向窗外。

「你會來到這個世界，並非出於偶然。」

「什麼？」

「這裡是距離安特．伊蘇拉最近的『生命的大地』。你跟那孩子都只是漂流到旁邊而已。因為這兩個地方非常接近，所以無論是人或物的交流都十分便利，更重要的是這塊『生命的大地』……有好好地被完成，並繼承了下一代的種子。既不偏向聖，也不偏向魔，但卻又同時內含了這兩者，是個奇蹟的世界……」

不過……「千穗」繼續說道。

「我們妨礙了『繼承』。這樣下去，『大魔王撒旦的災厄』將再度降臨那個世界。我……想要阻止這件事……不過，還是不行。他們，就是那種人，是一群只在乎自己的人。所以我才

採取了行動。」

「我聽不懂妳想說什麼！直接說重點啦！」

「其中一邊的鑰匙，在那孩子手上。還有……那孩子的父親。」

真奧刻意不去思考「那孩子」指的是誰。

現在正在跟眼前對象講話的人，是自己。

「妳現在人在哪裡？」

「我的記憶之所以會反映在這女孩的記憶裡，不過是出於偶然，並不代表我操縱了這女孩。所以我們無法順利地對話，我的殘留思念也馬上就會消失。若能送給這女孩自己守護自己的力量，那當然是最好……不過就只有一件事，我託這女孩將某個必須傳達給那孩子的情報交給她，關於這點，請你原諒。」

「千穗」朝真奧伸出了手。

「拜託你……找出安特．伊蘇拉的『知識』……那把鑰匙，就在那孩子，跟那孩子的父親……手上……某處……一起……」

「喂、喂，怎麼了？」

對方說的話開始變得語焉不詳，像是遭到電波妨礙一般，「千穗」的聲音沙啞了起來。

「……同樣……的……拜託……只有……」

「千穗」臉上浮現出痛苦的表情，但依然努力擠出笑容說道：

「讓世界恢復該有的姿態。加油吧，魔王撒旦！」

就在這個瞬間，千穗恢復了。

「……那個，然後啊，我在想關於真奧哥小時候的記憶，到底是怎麼了……真奧哥？」

「……沒事。」

魔王輕輕搖頭，扶起剛才踢倒的椅子重新坐下。

千穗的左手依然戴著鑲有紫色寶石的戒指。

「如果是現在的日本，就算不用那麼繞圈子的方法，至少也有錄音機可以用吧。」

「咦？」

「沒什麼。」

真奧苦笑，並再次輕輕搖了一下頭。

「那個戒指的主人，有提到什麼關於接下來的事情嗎？總不可能小千已經變得能夠自己使用『基礎』的碎片了吧？」

面對真奧的問題，千穗以有些困擾的表情看向左手的戒指。

「我好像有聽說……又好像沒有……不過，總覺得有件事情必須告訴遊佐小姐才行呢。」

「……這樣啊。」

即使有事先取得了本人的同意，但真奧還是開始擔心起這樣的方式，會不會替千穗的身體帶來負擔。

「不過，據鈴乃所說，小千的聖法氣容量似乎並不大，所以還是別亂來會比較好。不然又會害妳媽媽擔心吧。」

「我知道啦。更何況像我這種生手，就算突然變得能使用一點超能力，也無法獨自跟敵人戰鬥啊。」

「沒錯。現實的敵人，可是不會配合我們這邊的等級跑出來呢。」

真奧滿意地點頭肯定千穗的說法。

「這個，還是請真奧哥交給遊佐小姐會比較好吧？」

千穗用眼神比向鑲有「基礎」碎片的戒指。真奧考慮了一會兒後——

「不，還是讓小千帶著好了，就當作是護身符吧。」

無論是加百列、拉貴爾，還是沙利葉，目前看起來都沒有特別關注「基礎」的碎片。昨晚千穗變成那樣的起因，無庸置疑地就是出在戒指身上，既然「她」已經說過會保障千穗的安全，那麼還是讓千穗帶著以防萬一會比較保險。

千穗與真奧等人的關係，已經進展到了像這樣無法切割的關係。

「啊，不過！真奧哥！」

「嗯？」

「真奧哥不是有會配合自己的等級成長的敵人嗎？」

「咦？」

「就是遊佐小姐啊！遊佐小姐可是勇者耶！魔王跟勇者，不就是那種關係嗎？」

「那傢伙又沒在特地配合我成長……」

「果然我也有點想要像遊佐小姐那樣的戰鬥能力呢！」

「呃，為什麼會變成那樣啊！」

「我想要！因為我不想輸給遊佐小姐！」

「不對，這已經不是勝負的問題了……話說回來，妳畢竟才剛康復，別那麼激動啦！」

在那之後，千穗與真奧關於「參戰與否」的爭論，一直持續到里穗買完東西回來為止。

※

然後，說到聖劍勇者本人。

「是的，是的，真是非常抱歉，關於符合障礙的時間部分，我們會以天數計算……」

「針對每一位客戶，我們都會寄送簡訊與書面的道歉啟事……」

「簡訊、網路與通話……您說的對，真是非常抱歉……」

三個女性一齊結束通話以後，便打從心底深深地嘆了一口氣。

「雖、雖然早上看見新聞時就已經有所覺悟。」

目前就讀大學的打工人員清水真季泫然欲泣地說道。

「沒、沒錯，這還真是有點辛苦呢。」

或許是心理作用，但鈴木梨香的臉色看起來也很憔悴。

「…………………」

至於遊佐惠美，則是一直保持著沉默。

今天docodemo客服中心的線路，完全陷入了爆滿狀態。

畢竟昨天在東京二十三區全域，docodemo手機都產生了一個小時以上的通訊障礙。

打從早上開始上班時起，抱怨的電話就不斷蜂擁而來。要求減少通話費倒還算好，不過等企業或法人開始請求損害賠償時，就已經不是惠美等人的職權能處理的範圍了。

造成這起被晨間新聞當成頭條報導的通訊障礙原因，無庸置疑地就是鈴乃昨天在代代木docodemo大樓所發射的聲納與千穗的光環。

用手機電波對抗電視電波，關於這個想法本身，惠美並沒有加以責備的意思。

不過不曉得究竟是漆原計算錯誤，還是鈴乃的法術效果太強，又或者是千穗的力量造成這樣的結果，但總之當時的頻寬似乎一直持續地受到壓迫。

結果導致部分時段有些手機無法通話，而在種種原因連鎖下便演變成了今天這場騷動。

從今天早上開始，領班便打電話以接近懇求的方式麻煩所有未排班的人員盡可能出勤，客服中心也進入了座無虛席的全面對應狀態。

惠美當然也感受到了強烈的責任感，但就這部分而言總不能將所有的責任都推給魔王城，因此她只好持續沉默地工作。

更重要的是，在惠美心中尚未將昨晚發生的事情整理完畢。

加百列所揭露的衝擊事實，的確有著足以在自己心裡掀起軒然大波的力量。

父親還活著。

一想起這件事情代表的意義與影響，便讓惠美害怕得裹足不前。

所以惠美才會替自己找藉口，認為像現在這樣切換思緒埋首於工作忙到沒有思考的時間，反而能更有效率地處理問題。

「今天這樣還有辦法午休嗎？」

因為接連不斷的電話而感到厭煩的梨香嘟囔著，臉色發白的真季也跟著說道：

「我昨天晚上看電視看到很晚，從早上開始肚子就很不舒服，根本就無法吃飯。」

「電視……對了，梨香，真季。」

「嗯？」

「是的？」

突然想起某件事的惠美，向左右的兩名同事問道：

「你們昨天看電視時，有發生什麼怪事嗎？例如……螢幕會突然發光之類的……」

惠美輕輕地試探，梨香像是想到了什麼似的點頭。

「啊，原來除了行動數位電視功能以外也會發生這種情形啊。唉，雖然我昨天根本就沒心情看電視，所以也不太清楚……」

梨香不知為何感慨萬千地說道。

「我還沒買對應數位電視的機型呢。現在還是接受類比訊號，並沒有什麼特別的狀況。」

「這、這樣啊。」

惠美因為得知梨香與真季並未遇到什麼特別的麻煩而鬆了一口氣。

「話說回來，梨香小姐。為什麼妳會沒心情看電視呢？昨晚不是有播妳喜歡的影集嗎？」

「啊——！」

真季的問題讓梨香打從心底嚇了一跳。

「我完全忘記了……」

「……妳該不會交了男朋友吧？」

真季直截了當的問題，讓梨香整個人都慌了起來。

「喂、喂，真季，妳在說什麼啊！還、還不是男朋友啦……」

「～～……！」

惠美抱頭煩惱。

看見梨香全力地自掘墳墓，真季的表情也瞬間變得明亮了起來。

「還沒？梨香小姐，妳剛才是說還沒吧？」

「咦，啊，不、不對啦，妳、妳看，真季！電話，電話響囉！快點工作吧。」

「晚一點要詳細地講給我聽喔！喂，讓您久等了，敝姓……」

一看見真季那副興致高昂的樣子，梨香露出悲慘的表情向惠美求救。

「……不可能，我幫不了妳。」

「惠美好冷淡喔！」

惠美一邊忍耐著頭痛，一邊接起了自己的分機。

沒錯，既然梨香喜歡蘆屋已經是個不爭的事實，那麼這件事情便沒什麼好在意的了。

若相信加百列的話，惠美只要一考慮到自己竭盡全力驅逐魔王軍的理由，就有可能會否定過去的自己。

不過，即使如此。

「時間還是不會倒流。」

無論是否被人否定，只要還活著就必須持續向前進。

倒不如說，能尋找討伐魔王以外的新目標，反而是一件值得高興的事情。

「我就是想得太正經了，反正現在也不能怎麼樣。胡思亂想其實就跟休息差不多呢。」

先從自己辦得到的事情開始，再好好看清楚時間會為自己安排什麼樣的狀況。

就在惠美下定決心之後，腦中突然傳出了一道向自己搭話的聲音。

『媽媽、媽媽，到小千姊姊住的醫院「攤病」，是指一起去玩水嗎？』

看來女孩似乎是醒了。

惠美開始擔心起自己能不能在這一片忙亂中，一邊安撫阿拉斯·拉瑪斯，一邊專心地工作，但一想到自己居然還能擔心這種事，便不自覺地笑了出來。

總之等今天下班後，還得教阿拉斯·拉瑪斯「探病」的意思，一部分也是為了打聽昨天晚上的狀況，惠美決定要去探望千穗。惠美思考著在回去的路上有沒有千穗可能會喜歡的點心店，同時在腦中列起了清單。

『仙貝！仙貝！』

或許是察覺了惠美的想法，阿拉斯·拉瑪斯開始強硬地主張仙貝。

※

「歡迎回來，魔王大人。佐佐木小姐的身體狀況還好嗎？」

真奧回到魔王城後，發現鈴乃不知為何居然跟蘆屋一起在家裡等待。

「你回來啦，沒怎麼樣吧？」

「嗯，小千已經恢復了精神，倒不如說太有精神反而讓人困擾呢。我也沒什麼事，為什麼突然問這個？」

儘管這次的威脅並非針對真奧與蘆屋，真奧單獨外出這點還是讓鈴乃有些擔心，不過考慮到昨天才發生過那樣的狀況，她也不認為真奧會出什麼事。

若鈴乃在蘆屋沒外出的情況下跟著真奧出門，或許會產生不必要的誤會，所以她只好有些焦慮地等待真奧回家。

「不，沒什麼……」

鈴乃曖昧地回答，然後試著轉移話題。

「話說回來，魔王，電視！電視能播喔！」

考慮到要是讓對方認為自己在擔心反而令人不悅，因此鈴乃刻意提高音量。

「妳到底是幾丁目的夕陽（註：暗指長壽漫畫《三丁目的夕陽》）啊……喔，能看啊。」

「……嗯……能看。」

真奧冷淡的反應，反而讓鈴乃感受到一股難以宣洩的羞恥感。

「意外地沒什麼反應呢。我還以為你會興奮地對著夕陽怒吼耶。」

漆原笑笑地說道。但真奧只是聳聳肩。

「因為中途被那些亂七八糟的傢伙掃了興啊。唉，雖然能多一個發現異常狀況的管道也不錯，不過他們應該也沒笨到同一個招式連續用兩次吧。」

雖然就一般標準來看只是臺小電視，但對魔王城而言已經算足夠。

真奧像是突然想起什麼似的將原本塞在口袋裡的東西扔給蘆屋。

「啊，對了，蘆屋，這個。」

「是的？怎麼了嗎？」

真奧扔給蘆屋的東西是銀行存摺。

不經意地翻著內容的蘆屋發現最新的一欄寫著「存款：50000」後，睜大了眼睛。

「魔、魔王大人？這筆存款是怎麼回事？」

「啊，我們不是因為大黑屋突然不見所以無法工作了嗎？」

真奧打開冰箱拿出剩下不多的麥茶，直接就著寶特瓶口喝下。

「雖然距離麥丹勞開店還有一段時間，但因為西里亞特回到了魔界，所以或許巴巴力提亞那些人還會再送兩三波的人馬過來也不一定。在最壞的情況下，或許連我們也會有危險，所以我覺得三個人分散去打單日的零工並非良策。」

站在一旁觀看存摺的鈴乃，也因為這筆對魔王城而言實在是太高的特別收入而嚇了一跳。

「因為除了『基礎』的碎片以外，卡米歐帶來的刀鞘上面還鑲了其他寶石，所以我就隨便挑一個看起來比較普通的帶回來，然後剛才拿去新宿的麥兵換錢了。這麼一來就能彌補買電視的錢當成下個月的家用，至於剩下的錢你就拿去買手機好了。」

「魔王大人……」

真奧的一席話讓蘆屋超越了感動，陷入了茫然狀態。

「為什麼只拿一個啊？要拿就乾脆全部拿回來啊。」

漆原提出理所當然的疑問。但馬上被真奧駁回。

「你想想看，一個二十出頭穿著UNI×LO的窮酸小夥子，拿著一堆寶石去換錢的樣子看起來也未免太可疑了吧？要是一個不小心被人查了個人資料就麻煩了，所以這點程度剛剛好啦。而且價格太高的買賣，還會被抽稅金呢。」

真奧喝完麥茶後便將保特瓶洗乾淨，重新放進新的麥茶包並加完水後才放回冰箱。

「等開始打工後沙利葉就在對面，要是有什麼萬一，也能把他捲進來保身吧。在那之前，就當作是隔了幾百年的休假，稍微悠閒一陣子吧。又不是只有把行程表塞滿才叫做工作。」

說完後，真奧拿起電視說明書與遙控器，兩相對照後開始有些彆扭地練習操作。

鈴乃看著真奧駝背的姿勢，不自覺地嘟囔：

「……看來他也是有在考慮各式各樣的事情。」

至於蘆屋則是對鈴乃的聲音毫無反應，單純緊盯著存摺上的「存款：50000」僵在原地。

※

「嗨，佐藤，你看起來好像心情不錯呢，又找到什麼好工作了嗎？」

加百列發現佐藤回到自己暫棲的網咖「CYBER@SAFE」後，便對他打了聲招呼。看起來還是一樣只喝烏龍茶的佐藤，一邊喝茶一邊舉手回答：

「喔，希臘人。你知道最近手機跟電視都出了問題嗎？」

「啊，嗯、嗯，大致上。」

雖然稱得上就是事件罪魁禍首的加百列回答得有點尷尬，但看起來似乎很高興的佐藤完全不放在心上。

「因為那起事件，通訊公司開始一齊進行設備的維修檢查作業，所以現在施工現場指揮交通跟保全的職缺多得不得了呢！看來接下來兩個禮拜可以不用擔心找不到工作了！」

「喔、喔，這、這不是很好嗎？」

「嗯，雖然有點同情通訊公司的員工，可是我不但因此有飯吃，還離夢想更進一步了，我甚至開始覺得這是神明在獎勵我平常努力工作呢。」

「這、這樣啊。」

對加百列而言，他也只能如此回答。

「話說回來，你看起來心情也不錯呢。是找到什麼能賺錢的工作了嗎？」

佐藤似乎將加百列當成了跟自己有著相同遭遇的同類。雖然因為不會特別造成什麼困擾，所以加百列也沒特別訂正，不過佐藤偶爾還是會以驚人的眼力看透他的內心。

「嗯，雖然跟賺不賺錢沒什麼關係……不過……」

高大的大天使站到佐藤旁邊倒起跟他一樣的烏龍茶，同時輕輕地笑道：

「或許拯救世界的正義夥伴，會現身也不一定喔。」

「啊？是穿布偶裝表演之類的工作嗎？」

佐藤因為聽不懂加百列說的話而感到納悶。

加百列紅色的眼睛觀察著佐藤的反應，同時散發出宛如享受惡作劇的孩童般的光芒。

—— 完 ——

作者，後記 — AND YOU —

日本的新地標東京晴空塔，是在二〇一〇年三月下旬時，超越了前輩東京鐵塔的高度三百三十三公尺，而展望臺則是還得再等三個月才會完工。既然一年後的二〇一一年三月會變成六百三十四公尺，表示那座塔只花了短短一年就成長了三百公尺。日本真是厲害。晴空塔也發育得很好呢！

在那之後除了部分地區以外，日本將於二〇一一年七月完全進入數位電視時代。

等這本書抵達讀者們手中時，應該已經是二〇一二年六月以後的事了，到時候數位電視不但已經播送了快一年，就連東京晴空塔也正式營運了。時間過得還真是快呢。

至今和ケ原曾經在各式各樣的地方──

「對《打工吧！魔王大人》的世界而言，寫實的日本描寫是不可或缺的！」

像這樣到處囂張地吹噓，不過關於作中真奧與惠美等人生活的日本，究竟是西元幾年的日本這點，其實一直以來都沒有明確的定論。

因此對照前述的晴空塔成長過程，以及發生在《打工吧！魔王大人5》內的事件並加以綜合判斷後，若完全比照現實世界的狀況，便能確定作中世界的時間點是「二〇一〇年八月」。

不過……

然而不可否認的是，若追蹤第一集以來的背景，就會發現二〇一〇年夏天發生在真奧等人周圍的事情當中，有許多不可能的狀況。

由於我每次在撰寫各集時，都會反映出當時的時事，另外在投稿電擊大賞之前，我曾經於網路上以不同的名字寫了後來成為本作基礎的作品，一部分也是因為當時作中的時間，正好是設定在晴空塔開始正式施工以前，所以作中世界與現實發生的事情間便逐漸產生了矛盾。

當然因為這是小說，所以也能將錯就錯地說「請別介意那些小事」，不過問題並非出在這裡，既然已經能特定出作品中的年代，那麼跟本系列有關的所有人物便不得不面對某個問題。

在第一集時，勇者艾米莉亞的友人鈴木梨香，曾經提過某件發生在一九九五年的日本、令人難忘的歷史事件。

雖然不應該忘記，但麻煩在她所道出的這段過於痛苦的記憶，其實幾乎是直接反映和ヶ原個人某位朋友所說的話。

假使真奧與惠美生活的日本是反映出「現實二〇一〇年八月的日本」。

那麼再過七個月，將會發生一件在世界歷史上刻下記憶的事件。而即使等到本書問世，那份記憶與影響應該依然尚未淡化或緩和吧。

因此和ヶ原身為作者，在此以為了充實作品而使用「鈴木梨香」記憶者的身分，向各位讀者表明——

今後關於以《打工吧！魔王大人》為題的作品世界，無論是以哪一種形式，都不會使用東日本大震災做為構成故事的要素。

既然《打工吧！魔王大人》是一個故事，那麼必然會有完結的一天。

雖然不曉得到時候作品世界內的世界，會從本書這個「讓人認為是二〇一〇年八月的時期」進展到什麼時候，甚至就連那些傢伙是否還留在日本都不能確定，不過無論如何，在《打工吧！魔王大人》的「真實日本」中，絕對不會發生東日本大震災。

當然，這絕對不是在比較該事件與作中提過的阪神大震災孰重孰輕。

不過無論是作為「記錄」還是「歷史」，東日本大震災都是屬於「現在」的問題，還遠遠不到能夠無論好壞都加以包容地進行追憶的時期，對將娛樂性看得比什麼都還重要的小說而言，我個人判斷這並非能夠輕易拿來使用的題材。

出現在本作《打工吧！魔王大人》內的日本，是一個在阪神大地震後依然會持續發生不幸的事件、東京晴空塔的高度超越東京鐵塔、即將完全進入數位電視時代、薄型手機占據手機市場的比率開始增加、即使身為魔王與勇者依然必須工作才有飯吃的「現代」日本，除此之外什麼也不是。

雖然與各位讀者眼前的現實日本有些相似，但刻劃在那個日本上面的卻是僅存在於故事中的歷史。

因此從今以後，這個故事依然會在不曉得作品世界內的現實是何時的狀況下繼續下去。不過按照預定，登場人物的年齡還是會確實地增長，而且因為是數位電視開始之前發生的事情，所以無論如何都會有關於時代的設定，即使如此，他們生活的世界仍然是只屬於他們的歷史，要是拿起本書的讀者們能一直守護著這段歷史就太好了。

這次的故事，與作者個人在前面表示的意志無關，是為了能吃到美味的東西而每天拚命工作的魔王等人，利用閒暇時間難得出門購物的故事。

雖然無論有沒有都不會感到特別困擾，但擁有那樣東西還是能夠擴展視野。我畢竟也是個凡人，所以比起只買最低限度的日常用品並將它們都整理得好好的，還是在房間裡雜亂地擺些各式各樣的東西讓它們生灰塵比較好。

不過，居然連惠美都感到有些驚訝，或許差不多該替那些人買個棉被了。

在此期待下一集也能與拿起本書的您再會，並針對作中廢人元帥的失禮言論，向全世界跟運動有關的人士致上最深的歉意，做為這篇後記的總結。

再會囉！

恭喜第五集發售！
我是負責電擊大王版漫畫作畫的柊曉生。
雖然每一位角色我都畫得很開心，
不過這次還是挑了一直很想畫一次看看的阿拉斯・拉瑪斯…！
我很期待增加了一個小女孩後，
真奧等人愈來愈充滿平民感的生活呢（笑）

柊暁生
2012.4

SPECIAL GUEST 01

初次見面。
我是在《電擊魔王》負責
《打工吧！魔王大人》的外傳漫畫——
《打工吧！魔王大人高中版！》的三嶋くろね。
因為有很多事情都是第一次嘗試，
所以目前正淡淡地進行中（笑）。
為了能畫出在原作裡絕對看不到的那個角色
各種不同的樣子，我現在可是幹勁十足呢！

由於原作中有著各式各樣豐富的角色，
因此我也等不及看之後會有什麼樣的發展！
究竟真奧先生能不能成為正式職員呢？
作為一位書迷，我非常期待！

還有，也請各位對《打工吧！魔王大人高中版！》
多多指教！

或許…能看見艾米莉亞
嬌羞的樣子也不一定喔？

SPECIAL GUEST 02

《打工吧！魔王大人5》

特別企劃附錄

履歷表集

履歷表

拼音	SUZUKI RIKA
姓名	鈴木梨香
平成X年 3月 3日 生（滿21歲） 性別 女	
地址	東京都 新宿區高田馬場X-X-X Comfort・Grandir早稻田205
電話	080-XXXX-○○○○

年	月	學歷・工作經歷
平成XX年	三月	神戶市立白龍臺初中畢業
平成XX年	四月	兵庫縣立須谷高中入學
平成XX年	三月	兵庫縣立須谷高中畢業
平成XX年	六月	現任docodemo集團客服中心電話客服人員

執照	英檢三級、簿記三級
特殊技能・嗜好	和服裁縫、西服裁縫、尋找當地美食
面試動機	為了存升學資金！
本人希望欄	讓老家的公司變得更加興盛！

通勤時間	30分	有無撫養親屬	無	監護人姓名	

魔王城的家計簿大公開
嗯～看來得努力多賺一點錢了……
都怪那個笨漆原，這個月又是赤字……
星期 項目 金額 計
一 伙食費 ▲3001魔大
伙食費・雜費 ▲3708/全
超級市場
雜費
無用開支 ▲5040/笨漆原
密林
飲料點心電子機器
合計
四 伙食費 ▲3001魔大
衣物 ▲990/全
雜費 ▲1982/全
藥局
合計 ▲3272
五 伙食費 ▲3001魔大
書籍 ▲210/蘆
料理・舊書
合計
六 單日打工 5000/蘆
××倉庫
伙食費 ▲300/蘆
交通費 ▲210/蘆
合計
日 交際費 ▲515/魔大
澡堂 ▲1500/全
6回數券
合計
週計 ▲12578
ユニシロ UNI CILO
WWW.UNICILO.COM
ユニシロ笹塚店
TEL ○○○-×××-△△△△
領収証
200X年○月▲日 [14:24]
シンシ クツシタ ¥350
シンシ クツシタ ¥350
シンシ クツシタ ¥350
S割 -60
3点
¥990
買上点数
合計
(内消費税 5.00%)
預金
釣銭
100円ショップ
Moots
笹塚駅前店
TEL ×××-▲▲▲-○○○○
200X年×月◇日(木) 14時48分
領 収 証
(領収証としてご利用頂けます)
レジ番号 2
サニードラッグ
毎度、お買い上げ有難うございます。
200X年○月△日(月) 16時15分
領収証
¥1982
スーパーマーケット
ライブ
＊＊＊領収書＊＊＊
お買い上げ5,000円毎に1回
抽選日は毎週水曜日に特
合計
¥3708
お預り ¥3708
お釣り ¥0
買 12点

國家圖書館出版品預行編目資料

打工吧!魔王大人 / 和ヶ原聡司作 ; 夜隱,李文軒譯.
── 初版. ── 臺北市：
臺灣國際角川, 2011.11─ 冊； 公分
──(Kadokawa fantastic novels) ──

譯自：はたらく魔王さま!
ISBN 978-986-287-462-2（第1冊：平裝）. ─
ISBN 978-986-287-693-0（第2冊：平裝）. ─
ISBN 978-986-287-819-4（第3冊：平裝）. ─
ISBN 978-986-287-923-8（第4冊：平裝）. ─
ISBN 978-986-325-092-0（第5冊：平裝）

861.57 100020330

Kadokawa
Fantastic
Novels

打工吧！魔王大人 5

（原著名：はたらく魔王さま！5）

2012年12月12日 初版第1刷發行
2014年6月5日 初版第5刷發行

作者：和ヶ原聡司
插畫：029
日版設計：木村デザイン・ラボ
譯者：李文軒

發行人：塚本進
總監：施性吉
副總編輯：蔡佩芬
主編：吳欣怡
文字編輯：黎夢萍
美術副總編：黃珮君
美術主編：許景舜
美術編輯：蕭毓潔
印務：李明修（主任）、張加恩、黎宇凡、張則蝶

發行所：台灣角川股份有限公司
地址：105台北市光復北路11巷44號5樓
電話：（02）2747-2433
傳真：（02）2747-2558
網址：http://www.kadokawa.com.tw
劃撥帳戶：台灣角川股份有限公司
劃撥帳號：19487412
法律顧問：寰瀛法律事務所
製版：尚騰製版印刷有限公司
ISBN：978-986-325-092-0
香港代理：香港角川有限公司
地址：香港新界葵涌興芳路223號
新都會廣場第2座17樓 1701-02A室
電話：（852）3653-2804